INSEL, WIND UND TOD

HELGA BÜRSTER

INSEL, WIND UND TOD

URLAUBSKRIMI

emons:

Bibliografische Information der Deutschen Nationalbibliothek
Die Deutsche Nationalbibliothek verzeichnet diese Publikation in der Deutschen Nationalbibliografie; detaillierte bibliografische Daten sind im Internet über http://dnb.d-nb.de abrufbar.

MIX
Papier aus verantwortungsvollen Quellen
FSC® C083411
FSC www.fsc.org

Umschlagmotiv vorn: iStockphoto.com/Smaglov
Umschlagmotiv hinten: fotolia.com/dispicture
Umschlaggestaltung: Franziska Emons/Tobias Doetsch
Gestaltung Innenteil: César Satz & Grafik GmbH, Köln
Lektorat: Julia Seuser
Druck und Bindung: CPI – Clausen & Bosse, Leck
Printed in Germany 2014
ISBN 978-3-95451-248-5
Urlaubskrimi
Originalausgabe

Für Doris, die den Anstoß gab

Mittwoch

Es war trotz Ferienzeit nicht viel los auf der »Spiekeroog I«. Vielleicht lag es daran, dass sich das Wetter in diesem Sommer nicht vom April verabschieden wollte. Die Nordseeküste hoffte bislang vergeblich auf Sonne. Auch heute türmten sich düstere Wolken am Himmel. Immerhin regnete es gerade nicht. Thea wühlte zwischen allerlei Kram ein Brötchen und die Thermoskanne mit Tee aus dem Rucksack hervor. Dabei fiel ihr das letzte Telefonskript vom Callcenter in die Hand. Angewidert warf sie einen Blick darauf.

»Fußdeo! Die ham'se doch nicht mehr alle!«

Sie zerknüllte das Skript und warf es ins Meer. Dann schraubte sie die Kanne auf und goss sich ein. Dampfwölkchen tanzten über dem Becher einen Schleiertanz. Thea pustete sie weg und trank, während sie dem Papierball nachdenklich zuschaute, wie er auf den Wellen ritt. Sie hätte das verfluchte Fußdeo unter die Leute gebracht. Palettenweise. Allerdings auf ihre Art. Man musste zunächst das Vertrauen des Kunden gewinnen, ihn sich quasi zum Komplizen machen. Erst dann war er bereit, über solche Intimitäten wie Käsefüße zu sprechen. Dabei war sie es so leid. Seit sie ihre Polizeimarke abgegeben hatte, jobbte sie sich quer durch die Callcenter. Sie verkaufte alles: Zeitschriften, Potenzmittel oder sogar Sexspielzeug. Und sie war ein Naturtalent. An der Stimme erfasste sie die Gemütslage ihres jeweiligen Gesprächspartners und wusste sofort, wie sie mit ihm reden musste. Wenn man sie machen ließ. Ihr alter Chef hatte das begriffen und sie in Ruhe arbeiten lassen, weil er wusste, dass sie gut war. Aber der lag jetzt unter der Erde. Herzinfarkt. Der Neue war ein Schinder. Das war Thea schon bei seinem ersten Satz aufgefallen. Er verschluckte die Endungen beim Sprechen und atmete hektisch in die Schultern. Typisch für Menschen, die jede Unwägbarkeit als Angriff auf ihre Person deuteten. Sie hätte sich trotzdem beherrschen müssen, denn der Zeitpunkt, aus dem Job zu fliegen, war denkbar ungünstig.

Thea konnte Spiekeroog schon sehen. Der Kirchturm stach in den grau verhangenen Himmel. Er sah aus wie eine zusammengepresste Pyramide. Östlich davon tupften rote Ziegeldächer Farbe in die karge Landschaft. Zwei Silbermöwen segelten über Theas Kopf hinweg. Eine der beiden stürzte kopfüber nach unten und schnappte ihr im Flug das angebissene Brötchen aus der Hand.

»He!«

Der Vogel lachte sie aus und segelte elegant davon.

Am Westend zeichneten sich die ersten Zelte als helle Punkte ab. Thea reckte den Hals. Mitten in den Dünen standen sie. Große Sturmzelte, die ein bisschen an Indianertipis erinnerten. An einigen wehten bunte Windsäcke und Fahnen. Auch von Weitem strahlte der Platz Ruhe und Frieden aus, und genau das war es, was sie jetzt brauchte. Thea fuhr zusammen, als die »Spiekeroog I« mit lautem Signal ihre Ankunft ankündigte.

Es dauerte eine Weile, bis Thea im Hafengetümmel den Container mit ihrem Gepäck gefunden hatte. Die Hälfte war schon herausgefallen. Etwas ratlos stand sie vor ihrem Sammelsurium aus Taschen, Tüten und Beuteln. Schließlich begann sie, alles auf das bereitstehende Elektrogefährt zu packen, welches das Gepäck zum Zeltplatz bringen sollte. Die Arbeit war schnell getan. Sie reckte sich und atmete tief die salzige Luft, als jemand sie anrempelte.

»Oh, sorry.« Eine junge Frau lächelte sie entschuldigend an und warf einen Packsack zu Theas Tütensammlung. Ein Mann mit einem zappelnden Kind auf dem Arm rief ihr etwas zu und setzte das Kind ab, um beim Umladen zu helfen.

Thea beobachtete die Familie eine Weile. Die drei hatten, wie es schien, ihre gesamte Wohnungseinrichtung mit auf die Insel geschleppt, inklusive Klappräder, einem sperrigen Kinderholzroller, Fahrradanhänger und Bollerwagen.

»Sind das Ihre Sachen da?«, fragte der Fahrer und zeigte auf Theas Tütenhaufen. Sie nickte. Der Mann verzog das Gesicht und zählte. »Macht vierzig.«

»Eier?«

»Nein. Euro.«

»Bitte? Die Möbel auf Ihrem Wagen gehören mir gar nicht!«

»Hab ja auch nicht alle Gepäckstücke berechnet.«

Thea sah den Mann mit großen Augen an. »Gepäckstücke? Meine Plastiktüten kosten genauso viel wie die Klappstühle und der Bollerwagen?«

»Jo.«

Der Mann würde nicht mit sich reden lassen. Seine Stimme kam von ganz unten aus der Zwerchfellgegend, gestützt von einer soliden Bauchatmung, die keinen Widerspruch duldete.

»Also schön. Aber das ist für hin und zurück, oder?«

»Nur hin.«

Pirat!, dachte Thea und zahlte zähneknirschend. Viel blieb nicht übrig in ihrem Portemonnaie. Hoffentlich hatte die Bank noch ein wenig Geduld mit ihr, sonst würde sie in den nächsten Tagen auf einem Makrelenkutter anheuern müssen.

Nach ihr feilschte der Familienvater um den Preis und zahlte gefühlt deutlich weniger. Die Welt war einfach ungerecht.

»Das erste Mal hier?«, fragte die Frau. Sie reichte dem Kind gerade ein etwas unförmiges Vollkorngebäck.

Thea nickte.

»Auch ein Energiebällchen?« Bevor Thea ablehnen konnte, hatte sie zwei Gebäckstücke in der Hand. »Die Insulaner haben eine ganz eigene Mentalität, weißt du? Über Jahrhunderte gewachsen und bestimmt von den Gezeiten, von Wind und Meer.«

»Aha.«

»Wir waren lange nicht da, aber irgendwann zieht es jeden hierher zurück.«

Die Frau quakte wie ein Frosch auf Brautschau. Sie zog beim Sprechen die Schultern nach oben, als müsse sie sich für ihre Worte entschuldigen. Thea nickte höflich und knabberte an ihrem Energiebällchen. Das Kind – Thea war noch unentschieden, was das Geschlecht betraf – reichte ihr mit einem verständnisvollen Blick seine Wasserflasche. Krümel schwammen darin.

»Danke, ich habe keinen Durst.« Sie zwang sich zu einem wohlwollenden Lächeln. »Man sieht sich.«

Thea schulterte ihren Rucksack und machte sich auf den langen Fußmarsch zum Zeltplatz.

Wie aus heiterem Himmel begann es zu regnen. Aus der Ferne rollte Donner heran. Eine Böe peitschte Thea den Regen ins Gesicht, der sich anfühlte wie Nadelstiche. Das fängt ja gut an, dachte sie und stemmte sich gegen den plötzlich hereinbrechenden Gewittersturm. Schließlich erreichte sie eine schmale Brücke, die über die Schienen der alten Inselbahn führte. Kaum hatte sie die Brücke betreten, ließen Regen und Wind so schnell nach, wie sie gekommen waren. Sie blieb in der Mitte stehen. Von hier aus hatte man einen atemberaubenden Blick über die Salzwiesen bis hin zum Festland. Thea schloss die Augen, atmete auf, und zum ersten Mal hörte sie die Insel summen. Ganz aus sich selbst heraus. Die Melodie klang rau und würzig, da war kein Motorenlärm und fernes Bassgewummer aus irgendeinem Autoradio. Stattdessen Möwengezeter, Windgebrüll und Wellengetöse. Sie holte tief Luft und ging über die Brücke.

Der Weg zum Zeltplatz zog sich. Auf halber Strecke rumpelte der Gepäckwagen an ihr vorbei. Thea hatte ihn nicht gehört und sprang erschrocken zur Seite. Hinter einer Kurve entdeckte sie das Old Laramie. Die Kneipe hatte sich seit ihren frühen Besuchen als Jugendliche kaum verändert. Mit der abblätternden Fassade und dem wildromantischen Cafégarten machte sie ihrem Ruf als Szenekneipe immer noch alle Ehre. Als sie den Campingplatz endlich erreichte, brannten ihre Füße von der ungewohnt langen Wanderung, und der Rücken schmerzte vom Rucksackschleppen.

Die Anmeldung im alten Rettungshaus hatte noch geschlossen. Mittagspause. Thea ließ sich auf eine Bank fallen, wischte sich den Schweiß von der Stirn und sah sich um. Am Eingang zum Zeltplatz stand eine zusammengezimmerte Bretterbude, die sie an ihr eigenes Zuhause erinnerte. Sie wohnte, seit sie nicht mehr bei der Polizei arbeitete, in einer Parzellensiedlung mitten in Oldenburg fast direkt unter der Stadtautobahn. Das war laut, aber billig. Immerhin hatte sie Strom und fließendes Wasser. Sogar Internet gab es seit einem Jahr.

Die Holzbude hier sah aus, als habe sie schon mehrmals unter Wasser gestanden. Kisten mit frischem Gemüse stapelten sich an der Seitenwand. Das Lädchen hatte etwas Verwegenes. Thea hätte sich nicht gewundert, Captain Jack Sparrow in diesem Moment aus der Tür herauswanken zu sehen, eine Buddel Rum in der Hand. Vor dem Laden lungerten Camper, schwatzten und tranken Kaffee oder Bier, und ein Haufen Kinder tobte zwischen ihnen herum. Auf der Rückseite gab es so etwas wie einen Biergarten mit verwitterten Tischen und Bänken. Eine große Bronzefigur überragte die Szenerie. Sie thronte auf einem Pfahl und blickte schweigend auf das Meer hinaus.

Als Thea sich ein wenig erholt hatte, schlenderte sie zum Laden hin und trat ein. Eng war es hier. Bis auf einen schmalen Gang stand alles voll mit Regalen, in denen sich Nudeln, Gläser mit Tomatensoße, Fischkonserven, Salzstangen und vieles mehr stapelten. Sie entdeckte das Kind vom Hafen. Es drückte sich bei den Süßigkeiten herum und stopfte hastig bunte Schlangen in seinen Mund. Blaugraue Soße rann ihm aus den Mundwinkeln. Der Mann hinter dem Tresen bemerkte es nicht, er war damit beschäftigt, Tee in einem Samowar aufzusetzen. Er war groß und kräftig gebaut. Auf seinem Schädel trug er eine Fischermütze. Das Gesicht bedeckte ein beeindruckender weißer Bart.

Endlich entdeckte er das Kind, das ihm den Rücken zuwandte. »He! Erst zahlen, dann essen!«

Das Kind verschluckte sich und flitzte prustend hinaus.

»Kann ich einen Tee aus dem Samowar haben?«, fragte Thea.

Der Mann reagierte nicht, er starrte dem Kind nach, als müsse er sich das Gesicht des kleinen Diebes einprägen. Dann rannte er ein Stück hinterher. »He! Komm zurück!«

Thea fand die Reaktion ein wenig übertrieben. Wegen ein paar Gummischlangen machte der Kerl so ein Gewese. Er kam zurück und schien sich immer noch zu ärgern. Jedenfalls ignorierte er Thea vollständig.

»Hallo?«

Endlich wandte er sich Thea zu. »Einen Tee. Klar.« Der Mann griff nach einem Glasbecher und füllte ihn.

»Wann macht die Anmeldung wieder auf?«, fragte sie.

»Wenn die Fahne vor dem Rettungshaus hochgezogen ist. Hast du reserviert?«

»Nein.«

»Wird sich schon noch eine Ecke finden. Wetter ist ja nicht so gut dieses Jahr. Stell dich einfach irgendwo dazwischen.«

Thea zahlte, nahm den Tee und schlängelte sich zwischen den Campern zu den Tischen und Bänken hindurch. Sie hatte Glück. Ein Pärchen stand gerade aus einem Strandkorb auf. Sie ließ sich hineinfallen und streckte ihre müden Glieder aus. Für einen Moment kam die Sonne hinter den Wolkenbergen hervor. Sie schloss die Augen und spürte, wie sich ihre flirrenden Nerven langsam beruhigten. Alles würde gut werden. Sie musste nur ein bisschen aufräumen in ihrem Leben und die Dinge in Ordnung bringen, die so gewaltig durcheinandergeraten waren vor einigen Jahren.

Hier kannte sie niemand, zumindest hoffte sie das. Dennoch drückte sich Thea in den Schatten des Strandkorbs und sah sich um. In einem klapprigen Liegestuhl ihr gegenüber streckte ein Mann seine langen Beine aus. Er war nicht mehr jung, aber ohne Frage attraktiv. Sein schlanker Körper war sonnengebräunt. Die weißen Haare hatte er zu einem Pferdeschwanz zusammengebunden. Er zwinkerte ihr zu und lächelte. Thea senkte ertappt den Blick. Sie nippte an ihrem Tee und sah zum Festland hinüber, wo sich neue Gewitterwolken auftürmten, aber immer wieder verfingen sich ihre Blicke. Seine Augen waren von einem hell leuchtenden Grau, ähnlich dem des verwaschenen Fischerhemds, das er trug. Er hatte schöne Hände mit langen, schlanken Fingern. Maurer war er sicher nicht. Eher Künstler oder so was in der Art. Jetzt winkte er auch noch! Thea wurde rot. Wenn sie eines nicht ausstehen konnte, waren es flirtende alte Männer. Obwohl dieser immerhin recht ansehnlich war, wie sie fand. Er machte sie nervös.

»Hallo«, nuschelte sie und griff so hastig nach dem Teebecher, dass er in den Sand kippte. Er musterte sie immer noch. Oder hatte der Typ sie etwa erkannt? Nach all den Jahren? Warum sonst sollte er sie so unverschämt anglotzen? An ihr gab es nichts Auffälliges zu entdecken. Thea Thading war, was Attraktivität anging, ein Sparmodell. Sie war zu klein, zu blass, zu unscheinbar. Trotzdem starrte er sie neugierig an, als stünde auf ihrer Stirn geschrieben: »Ich bin Thea Thading, die suspendierte Kommissarin.«

Ihr wurde augenblicklich schwindlig. Sie schloss die Augen und massierte ihre Schläfen, versuchte, sich auf das Tier in ihrem Kopf zu konzentrieren. Nein, dachte sie, nicht hier! Aber es half nicht. Ihr Herz begann zu rasen, sie schnappte nach Luft. Jetzt nur nicht ohnmächtig werden! Eins, zwei, drei, Hühnerei! Sie atmete tief durch, aber das Tier schlug mit den Pranken gegen die Gitterstäbe. Vier, fünf, sechs, Klecks! Der Typ glotzte immer noch. Er erhob sich, kam auf sie zu. Schnell bückte sie sich, griff nach dem Becher und stolperte in den Laden, der jetzt brechend voll war mit Campern. Sie drängelte sich zum Tresen durch und knallte ihren Becher auf die Holzplatte zwischen Nudelpackungen und Pastasoßen, die ein Camper gerade bezahlen wollte.

»He, da gehört das nicht hin!«, fuhr der Ladeninhaber sie an.

»'tschuldigung«, murmelte sie im Hinausgehen und fiel fast über die Türschwelle.

»Hoppla!« Der Mann mit dem Fischerhemd fing sie auf. Er hielt ihr den Rucksack hin, den sie im Strandkorb vergessen hatte. »Leere Becher stellen wir da ab«, sagte er und zeigte auf ein Regalbrett, an dem ein großes Schild hing: »Benutztes Geschirr«. Er grinste schelmisch. »Hier hat alles seine Ordnung.«

Thea riss ihm den Rucksack aus den Händen und rannte zum Waschhaus, und das Tier verbiss sich in ihren Nacken. Da war nichts zu machen. Nicht mal, wenn man auf eine Insel floh.

***

Sie schloss sich in einer der Klokabinen ein, denn sie zitterte am ganzen Leib. In der Nachbarkabine kackte ein Kind lautstark und sang dieses bescheuerte Lied von der Weihnachtsbäckerei. Mitten im Sommer! Thea hätte gern darüber gelacht, aber die Bilder schwappten in Wellen über sie. Ihr wurde übel. Sie kotzte den Tee in die Kloschüssel.

»Ich werde morgen entlassen«, hatte Fridjof am Telefon gesagt. Es war so selbstverständlich, dass sie ihren Bruder zu sich holte. Den Zwillingsbruder, der fünf Minuten jünger und immer der Schwächere von ihnen beiden war. Er hatte ständig in ihrem Schatten gestanden. Sie war gut in der Schule, er hatte versagt. Sie hatte die Polizeilaufbahn eingeschlagen, er eine Lehre nach der anderen abgebrochen. Sie war schnell zur Hauptkommissarin aufgestiegen, während Fridjof in schlechte Gesellschaft geriet und zu saufen begann. Wie stolz ihr Vater auf sie gewesen war! Der Sohn, den konnte man vergessen, der war ein Versager.

Ihr Bruder war abgerutscht ins rechtsradikale Milieu, hatte auf der Straße gelebt und am Ende im Drogenrausch einen Libanesen in seinem Imbiss erschlagen. Nach Jahren kam er wegen guter Sozialprognose frei, und weil Thea versprach, ihn unter ihre Fittiche zu nehmen. Was hätte sie denn tun sollen? Sie konnte ihn doch nicht wieder auf der Straße schlafen lassen.

Wie diese Schmierfinken von der Journaille es rausgekriegt hatten, war ihr ein Rätsel. »Kommissarin bietet Nazimörder Asyl« titelte ein paar Tage später die Boulevardpresse. Journalisten der übelsten Sorte belagerten von nun an ihr Haus, boten Unsummen an Geld für ein Interview, verfolgten sie und Fridjof auf Schritt und Tritt. Drei Wochen hielt er die Belagerung aus. Dann klaute er ihre Dienstwaffe und lief vor laufender Kamera in ihrem Garten Amok. Sie hatte sich ihm in den Weg gestellt, aber es hatte nichts genützt. Das Ergebnis: ein toter Journalist, zwei schwer verletzte Kameraleute, von denen einer später im Krankenhaus verstarb. Fridjof hatte sich vor ihren Augen die Waffe in den Mund gesteckt und abgedrückt.

Thea würde das Bild seines explodierenden Kopfes nie vergessen.

Als Thea aus der Toilettenkabine kam, fühlte sie sich krank.

»Kann ich dir helfen?«, fragte eine ältere Frau, die gerade das

Waschhaus betrat. Auf dem Kopf trug sie so etwas wie einen Turban, der aus einem bunten Batiktuch bestand, das sie sich kunstvoll um die Haare geschlungen hatte. »Hallo?«

»Was? Nein. Alles okay.« Thea schulterte ihren Rucksack und trat entschlossen ins Freie. Eine Böe zerzauste ihre Haare. Sie atmete tief durch und hielt ihr Gesicht eine Weile in den Wind, der stark aufgefrischt hatte. Der Horizont wetterleuchtete. Es wurde höchste Zeit, das Zelt aufzubauen.

Ihre Tüten lagen wild verstreut in dem Unterstand, wo der Inselspediteur das Gepäck abgeladen hatte. Aus einigen quoll der Inhalt heraus. Thea schnappte sich einen der Handkarren, die für solche Zwecke bereitstanden, und lud ihre Sachen darauf. Viel hatte sie nicht dabei. Eine Fasanenhenne rannte aufgeregt gackernd mit drei fiependen Küken über den Weg auf der Suche nach etwas Essbarem. Entschlossen schlug Thea die gleiche Richtung ein und fand eine Lücke zwischen zwei großen Baumwollzelten, die an einem Zaun direkt an den Salzwiesen standen. Thea blieb stehen und betrachtete den Platz skeptisch. Hinter dem Zaun führte ein Wanderweg vorbei, und zum Waschhaus war es weit. Andererseits hatte sie freie Sicht bis zum Festland. Sie könnte die ein- und ausfahrenden Schiffe beobachten. Also schob sie die Karre dorthin, kippte ihr Sammelsurium ab und sah sich um. Das Zelt zu ihrer Rechten sah alt aus. Die Baumwollhaut war fleckig und grau. Rundherum steckten Stöcke im Boden, an denen sich Windräder aus Federn, Muscheln und allerlei Strandgut drehten. Es sah ein wenig schäbig aus und zugleich heimelig. Das Zelt auf der anderen Seite war das genaue Gegenteil, obwohl vom gleichen Typ. Nagelneu und mit einem mächtigen Windfang umgeben, wirkte es wie eine Festung.

Thea bückte sich und kramte ihr eigenes Zelt hervor, das sie im Sonderangebot bei Aldi gekauft hatte. Sie schritt den Platz am Zaun ab auf der Suche nach einer ebenen Stelle. Eine einsame Kühlbox stand im Weg. Sie räumte sie beiseite und begann, ihr Zelt auszubreiten.

»Was machen Sie denn da?«

Thea hielt in der Bewegung inne. Sie hatte es gerade geschafft, die labbrigen, endlos langen Zeltstangen ineinanderzustecken, und begonnen, sie der Gebrauchsanleitung folgend durch die dazugehörigen Laschen zu ziehen. Leicht verzweifelt ließ sie die Anleitung sinken und richtete sich auf. Da stand ein Mann in geblümten Bermudashorts direkt vor ihr. Seine Haare lagen wie angeklebt auf dem runden Kopf trotz heftiger Windböen. Der Mann bleckte seine schneeweißen Zahnimplantate und stemmte die Fäuste in die Hüften. Es musste wohl der Zeltplatzwart sein, aber warum war er bei diesem ungemütlichen Wetter so spärlich bekleidet?

»Entschuldigung. Ich wäre gleich zu Ihnen gekommen, um mich anzumelden.«

»Was?«

»Sie sind doch verantwortlich für den Platz?«

»Ja. Sie sind schon die Zweite heute, die diesen Platz in Beschlag nehmen will. Das da ist mein De Waard!«

»Ihr was?«

»Herrgott noch mal, das Zelt da! Das ist meines!«

Thea folgte mit dem Blick seinem ausgestreckten Zeigefinger, der auf den Zeltbunker nebenan gerichtet war. Etwas ratlos kratzte sie sich am Kopf. »Sehr schön. So groß. Und sauber. War sicher sehr teuer.«

Der Mann nickte stolz.

»Dann sind Sie also mein Zeltnachbar?«

»Nie und nimmer!«

»Der Mann vom Inselladen meinte, ich darf mich irgendwo dazwischenquetschen.«

»Der hat hier gar nichts zu sagen. Haben Sie die Kühlbox nicht gesehen?«, blaffte der Mann sie an.

»Kühlbox? Doch. Die steht da am Zaun. Entschuldigung. Ich habe sie nur beiseitegeräumt. Sie stand mir im Weg.«

Thea holte eilfertig die Kühlbox und stellte sie dem Mann vor die Füße.

»Im Weg?« Der Kerl schien sich vor ihren Augen aufzupumpen. »Dieser Platz ist reserviert.«

»Ach so. Hier reserviert man mit Kühlboxen. Das wusste ich nicht.«

»Was soll das überhaupt? So ein schäbiges Iglu hat hier am Zaun nichts zu suchen.«

Diese seltsame Unterhaltung wurde Thea langsam zu bunt. »Also: Erstens ist das Zelt nicht schäbig. Ich habe es vor drei Tagen neu gekauft. Und zweitens: Ich habe keinen Hinweis gesehen, dass die Plätze hier am Zaun nur für große Baumwollzelte vorgesehen sind.«

»Anfänger, was? Ich stehe schon seit Jahren am Zaun. Immer! Jeden Sommer! Und zwar hier an dieser Stelle! Und da kommt so ein – Dings daher und meint, es könnte sich einfach so dazwischenquetschen. Die Kuppelzelte sind da hinten. Am Waschhaus. Oder im Texastal. Aber nicht am Zaun. Wie sieht das denn aus!«

Der Mann spuckte leicht beim Sprechen. Er atmete flach. Die Stimme zitterte. Typ Wadenbeißer. Da half nur ein geordneter Rückzug in Demut.

Thea tat so, als betrachte sie ihr Zelt. »Stimmt, das sieht wirklich nicht gut aus. So ein popeliges Minidings mittendrin. Jetzt, wo ich es mir so ansehe: Sie haben vollkommen recht. Ich hätte Sie vorher fragen sollen. War mein Fehler.« Der Mann, der gerade zu einer neuen Schimpftirade angesetzt hatte, verschluckte seine Worte. Thea hielt ihm die Hand hin. »Ich heiße Thea Thading. Ich komme aus Oldenburg.«

»Karlo … äh … Schmidt. Delmenhorst. Sind Sie etwa allein hier?«

»Ja. Ganz allein.« Thea lächelte. Sie wusste, sie hatte gewonnen.

Der Wadenbeißer räusperte sich und fragte in versöhnlicherem Ton: »Wie lange bleiben Sie denn?«

»Nur ein paar Tage.«

Er seufzte. »Also schön. Lassen Sie das Zelt da stehen. Wo es schon mal da ist.« Er setzte eine wichtige Miene auf und zog seine Bermudashorts bis knapp über den Bauchnabel. »Meine Tochter kommt sowieso erst nächste Woche. Hat gerade angerufen. Ist beruflich sehr eingespannt, wissen Sie? Bei so einem Job.«

Thea tat ihm den Gefallen und fragte nach dem Job seiner Tochter.

Er holte tief Luft. »Sie ist nämlich Fernsehschauspielerin.«

»Nein!« Thea klatschte beeindruckt in die Hände und machte den Wadenbeißer glücklich.

»Sie … dreht gerade einen Krimi. Das Drehbuch ist von mir.« Er gluckste. »Teamwork, sozusagen.«

»Sie sind doch nicht etwa –«

»Doch.« Er nickte und sah auf seine Füße.

»Meine Güte! Der berühmte –«

»… Autor.« Er bot ihr seine Hand, und Thea schlug ein.

»Schmidt. Ein bekannter Name. Donnerwetter!«

Der Wadenbeißer scharrte etwas verlegen mit seinen Flipflops im Dünengras. »Na ja. Man tut, was man kann.«

»Ach was! Nur nicht so bescheiden, Herr Schmidt.«

»Haben Sie ›Totenglocken läuten leise‹ gelesen? Oder ›Makrelenmord‹?«

»Das liest doch jeder!« Thea kannte weder die »Totenglocken« noch den »Makrelenmord«, aber sie verschwieg das, denn sie hatte keine Lust, ihr Zelt woanders aufschlagen zu müssen. »Natürlich!«, rief sie deshalb voller Inbrunst. »Würden Sie mir ein Autogramm geben?«

»Selbstverständlich.« Karlo Wadenbeißer griff sich an die Pobacke und zog einen Kugelschreiber aus der hinteren Tasche seiner Shorts hervor. Dann überlegte er kurz. »Warten Sie.« Er drehte sich um, schlüpfte in sein Zelt und kam mit einem Buch in der Hand wieder heraus. »Ich habe immer einige Exemplare dabei.« Er schlug das Buch auf und unterschrieb.

Bingo. Dieser Mann hätte ihr vom Fleck weg einen ganzen Container Fußdeo abgenommen.

Karlo hatte darauf bestanden, Thea beim Zeltaufbau zu helfen. Er war wie ausgewechselt, nachdem er ihr den »Makrelenmord« geschenkt hatte. Am Ende lud er sie sogar zum Abendessen ein. »Es gibt selbst gemachte Gnocchi in Käse-Sahne-Soße und zum Nachtisch Tiramisu.« Thea lehnte dankend ab mit der Begründung, sie sei zu müde. Ihr Magen verlangte zwar nach einer Füllung, aber sie hatte keine Lust, mit dem Wadenbeißer eine tiefere Freundschaft einzugehen. Immerhin beeindruckte sie der Speiseplan. Und das alles wollte er auf einem einfachen Campingkocher zustande bringen!

Nachdem ihr Zeltnachbar sie endlich allein gelassen hatte, warf sie ihre Tüten ins Zelt, breitete Isomatte und Schlafsack aus und legte sich erschöpft darauf nieder. Aufräumen konnte sie später. Sie fand in ihrer Hosentasche den zerbröselten Rest eines Energiebällchens, das plötzlich ganz wunderbar schmeckte. Dann kroch sie in den Schlafsack und schlief fast augenblicklich ein. Sie träumte von Kühlboxen.

***

Bremen, 1984, früher Morgen

Es war noch dunkel, als das Kind aufgeregt ins Bett hüpfte. Er ließ es unter seine Bettdecke krabbeln. Seine Frau schlief wie gewohnt weiter. Sie war wieder einmal spät heimgekommen von irgendeinem wichtigen Meeting. Sie hasste es, früh geweckt zu werden. Das Kind kuschelte sich an seinen Bauch. Er schnupperte an seiner duftenden Haut.

»Herzlichen Glückwunsch zum Geburtstag, Krümelchen«, flüsterte er in das kleine Ohr. Das Kind quietschte vor Glück. »Pscht! Mami schläft noch.«

Das Kind wälzte sich herum und schlang die Ärmchen um seinen Hals. Das dunkle Lockenhaar, das er so sehr liebte, kitzelte ihn in der Nase.

»Wenn ich groß bin, will ich dich heiraten. Und Mama auch. Weil ich immer bei euch bleiben will«, sagte das Kind.

Er strich eine Locke aus dem vor Aufregung geröteten Gesichtchen. Er wollte jetzt noch nicht daran denken, wie es sein würde, wenn das Kind eines Tages groß war und nichts mehr mit ihm zu tun haben wollte. Wurden nicht alle Eltern irgendwann peinlich, wenn nicht sogar lästig? Wie seine eigenen vor vielen Jahren? Er wusste nicht einmal, ob sie noch lebten, denn er hatte den Kontakt abgebrochen.

Er fasste einen Entschluss. »Komm, mein Krümelchen. Wir gehen Geschenke auspacken.«

Das Kind warf die Decke zurück und sprang aus dem Bett. »Oh ja! Was kriege ich denn?«

Die Frau drehte sich knurrend zu ihnen herum und blinzelte. »Müsst ihr so einen Lärm machen mitten in der Nacht?«

»Ich hab doch Geburtstag, Mama!«

»Das hast du später auch noch.«

Er drückte seiner Frau einen Kuss auf die Stirn. »Schlaf weiter. Wir stehen schon mal auf.«

»Ich bin vier! Ich bin schon so alt!« Das Kind reckte die Finger der linken Hand hoch, wobei es den Daumen hinter dem Handrücken verschwinden ließ. »Vier Jahre! Ich bin groß!«

»Komm«, sagte der Mann. »Lassen wir Mama noch ein bisschen weiterschnarchen.«

Die Frau warf mit geschlossenen Augen ein Kissen nach ihm. Er lachte leise und trug das Kind aus dem Zimmer. Im Wohnzimmer setzte er es ab.

»Bleib hier stehen und mach die Augen zu. Ich komme gleich zurück.«

»Ich will aber sofort mein Geschenk!«

»Sei nicht so ungeduldig, Krümelchen.«

Nach wenigen Sekunden kam er mit einem großen Paket zurück. Das Kind stand artig und mit geschlossenen Augen da, aber seine Wangen leuchteten vor Aufregung.

»Hier ist es. Pack es aus.«

Das Kind öffnete die Augen und starrte einen Moment lang auf das Geschenk. Vom Papier lachten Clowns in schrillen Farben herunter. Obenauf klebte eine dunkelrote Schleife. Das Kind umrundete das unförmige Paket, das fast so groß war wie es selbst. Dann riss es entschlossen das Papier herunter. Er hockte daneben und sammelte die achtlos weggeworfenen Fetzen auf. Übermütig pustete er sie in die Luft. Das Kind klatschte in die Hände, als es sah, was sich in dem Paket verbarg:

»Ein Fahrrad!«

Es schlang stürmisch die Arme um seinen Hals. In der Hand hielt er die blutrote Schleife.

***

Der Schrei einer Möwe direkt neben ihrem Ohr weckte sie. Thea öffnete die Augen. Sie konnte sich im ersten Moment das pinkfarbene Gewölbe über ihrem Kopf nicht erklären. Draußen schrie noch einmal die Möwe und flatterte auf. Dann fiel es ihr ein: Sie lag in einem Zelt. Sie war auf Spiekeroog. Fern von allem, was sie in der letzten Zeit gequält hatte. Sie zog den Reißverschluss des Schlafsacks auf und kroch zum Eingang, über Unterwäsche, Pullover und Schuhe hinweg, die wild verstreut um sie herumlagen. Sie krabbelte ins Freie. Ihre Gelenke knackten, als sie aufstand. Sie hielten offenbar nicht mehr viel vom Campen. Thea reckte sich und schaute sich um. Das Kind vom Hafen rannte an ihr vorbei in Richtung Spielplatz. Thea entschied, dass es ein Mädchen war, denn es trug jetzt einen Rock über der Leggins.

Die Insel glühte rot. Auf den Dünen standen Leute. Sie sahen der Sonne beim Sinken zu, als täte sie das zum ersten Mal. Zugegebenermaßen war es ein beeindruckender Anblick. Thea beschloss, sich das ebenfalls nicht entgehen zu lassen, und stieg auf den Dünensaum.

Oben saß, etwas abseits von den Campern, der Mann im Fischerhemd. Er hatte ein Fell unter sich ausgebreitet. Völlig in sich versunken, spielte er auf einem Instrument, das aussah wie eine schön verzierte Kiste mit Gitarrenhals und Saiten. Der Mann entlockte dem Ding Klänge, die tief unter die Haut gingen. Jedenfalls spürte Thea die Vibrationen bis ins Zwerchfell.

Sie blieb in gebührender Entfernung stehen und lauschte den Klängen. Die Musik berührte sie. Da hob der Mann den Kopf und sah in ihre Richtung. Sein Blick blieb an ihr hängen. Augenblicklich krampfte ihr Magen, doch er lächelte. Dann glitt sein Blick über das Kind, das versunken neben ihm lauschte. Thea entspannte sich. Nein, er hatte nicht die suspendierte Kommissarin in ihr erkannt. Er wusste nicht, dass sie verantwortlich war für ein Blutbad. Er war einfach nur nett. Thea schloss die Augen, atmete auf und ärgerte sich gleichzeitig über ihr Misstrauen. Irgendwann musste es doch gut sein. Es lagen so viele Jahre dazwischen.

»Ich lass es einfach aufhören«, flüsterte sie. »Ich fange hier und jetzt damit an.«

Es hört niemals auf, raunte das Angsttier ihr zu.

»Doch!«, widersprach Thea. »Darum bin ich hergekommen!« Sie öffnete die Augen und sah, dass der Mann im Fischerhemd sie beobachtete. Er lächelte immer noch, aber seine Augen blieben ernst. Nein, eher traurig, dachte Thea. Als er zu Ende gespielt hatte, hob sie die Hand zum Gruß. Er nickte und begann eine andere Melodie. Sie klang melancholisch und heiter zugleich. Thea spürte, wie eine wohlige Gänsehaut ihren Rücken hinunterrieselte. Er spielte verdammt gut.

Sie legte sich ins Gras, verschränkte die Arme unter ihrem Kopf und sah den ziehenden Wolken eine Weile nach. Es machte nichts aus, dass das Gras klamm war vom Regen. Unter ihr pulsierte die Insel. Sie hörte sie atmen. Sollte die Sonne doch ohne sie untergehen. Wind summte leise über sie hinweg. Der Mann nahm den Ton auf und ließ das Instrument mitsingen. Er saß einfach nur da und spielte mit dem Wind im Duett. Wind und Mann, Mann und Wind. Windmann.

Sie lag noch da, als die Sonne längst verschwunden war. Ihr Magen knurrte laut.

»Ich könnte uns etwas kochen«, sagte jemand in ihrer Nähe. Es dauerte eine Weile, bis Thea begriff, dass der Windmann mit ihr sprach. Er hatte aufgehört zu spielen. Sie öffnete die Augen. Er stand über sie gebeugt, auf das seltsame Instrument gestützt wie auf einen Wanderstock, und lächelte. In seinem Gesicht bildeten sich dabei unzählige entzückende Fältchen. Aus welchem Grund auch immer mochte sie diesen Mann. Er reichte Thea die freie Hand. Sie griff zu und ließ sich auf die Füße ziehen.

»Entschuldigung, ich habe wohl ein bisschen gedöst«, murmelte sie und klopfte sich Gras von der Hose. »Was ist das für ein Instrument?«, fragte Thea und zeigte auf die Kiste in seinen Händen.

»Eine Friesische Hummel.«

»Hummel? Nie gehört. Warum heißt das so?«

»Wegen der tiefen Basssaite.« Der Windmann schlug sie an, und der Klang erinnerte tatsächlich ein wenig an ein brummendes Insekt. »Früher nannte man es auch Lumpeninstrument.«

Thea lachte. »Also lumpenhaft klang das nicht.«

»Nein. Aber es war das Instrument der einfachen Leute.«

»Ich mag deine Musik.«

»Du warst eine der wenigen, die wirklich zugehört hat.«

Diese Stimme. Thea rann ein wohliger Schauer über den Rücken. Sie war samtig und dunkel wie Zartbitterschokolade, und sie füllte den Raum zwischen ihnen beiden. Sie war auch ein bisschen wehmütig. Nein, eher traurig wie seine Augen, dachte Thea.

»Hörst du mir zu?«, fragte er und riss Thea aus ihren Gedanken.

»Entschuldige. Du hast gefragt, was ich an deiner Musik gut finde«, sagte sie heiser, denn ihr Mund war plötzlich sehr trocken. »Du findest den Ton der Insel. Du nimmst ihn auf, oder?«

Der Windmann nickte zufrieden. »Was ist jetzt mit den Nudeln?«, fragte er.

»Sehr gerne.«

»Dann komm. Ich lade dich ein.«

Sie stiegen die Düne hinunter. Thea wunderte sich nicht, als der Windmann das schäbige Zelt mit den Windrädern ansteuerte. Es passte zu ihm.

»Machst du die alle selbst?«

»Ja.«

»Dann bist du so was wie ein Künstler?«

»Vielleicht.« Er öffnete den Reißverschluss seines Zelteingangs, schlüpfte hinein und kam mit einer Kiste wieder heraus. Er stellte sie vor Thea. »Setz dich. Möchtest du ein Glas Wein, während ich koche?«

Thea nickte, und der Windmann kramte aus einer Alukiste

zwei angekratzte Gläser und eine halb volle Flasche Wein hervor. Er goss ein, und die beiden prosteten sich wortlos zu. Überhaupt schien er nicht sehr gesprächig zu sein. Thea war froh darüber. Sie hatte keine Lust, Fragen über sich selbst beantworten zu müssen, und so sah sie ihm schweigend dabei zu, wie er an dem kleinen Gaskocher zu werkeln begann. Zwischen ihnen herrschte entspanntes Schweigen. Mit dem Glas in der Hand erhob sie sich und schlenderte zu den Windspielen, um sie in Augenschein zu nehmen.

»Die sind gut. Fast so gut wie deine Musik. Lebst du davon?«

»Wovon?«

»Von deiner Windkunst?«

Der Windmann riss eine Nudeltüte auf und schüttete den Inhalt in das kochende Wasser. »Schön wär's«, antwortete er lachend und begann, eine Zwiebel zu häuten. Er schnitt sie konzentriert in winzige Würfel und warf sie in die Pfanne, wo sie sofort im heißen Fett aufzischten. »Das erste Mal auf Spiekeroog?«, fragte er und drehte das Gas herunter.

»Ja. Das heißt: Nein. Ich war mal mit meinem Vater und meinem Bruder hier. Aber das ist lange her.«

Der Windmann erhob sich, streckte den Rücken und begann dann, das Instrument in eine Ledertasche zu packen, wobei er den Gaskocher im Blick behielt. »Spiekeroog. Diese verdammte Insel lässt niemanden wieder los. Ob man sie nun hasst oder liebt, man kommt immer wieder.«

Wie er das sagte! Es klang fast wie ein Orakelspruch. Thea wollte etwas erwidern, aber er kam ihr zuvor.

»Ist das dein Zelt nebenan?«

»Ja.«

»Freut mich. Dann sind wir ja Nachbarn. Ich wundere mich nur, dass der Zeltplatzcop gegenüber nichts dagegen hatte, dass du dich hierherstellst.«

»Ich hatte gute Argumente.«

Der Windmann lachte auf. »Die musst du mir verraten.«

»Ich habe ihm nur klargemacht, dass ein schäbiges Kuppelzelt ein besserer Platzhalter ist als eine mickrige Kühlbox.«

»Und das hat er geschluckt?«

»Er hat mir sogar beim Aufbau geholfen.«

Der Windmann pfiff anerkennend durch die Zähne und rührte die Nudeln um. »Er nimmt immer mehrere Kühlboxen mit, um damit sein Revier abzustecken. Auf dem Platz nennen ihn alle Bofrosti.«

»Nicht dein Ernst! Mir hat er gesagt, er heißt Karlo Schmidt.«

»Hat er dir auch gesagt, dass er ein berühmter –«

»Er hat mir sogar ein Buch geschenkt«, fiel Thea ihm ins Wort. »Irgendwas mit Makrelen. Und seine Tochter ist tatsächlich Schauspielerin? Er hat mir erlaubt, so lange hier stehen zu bleiben, bis sie kommt.«

Der Windmann füllte Spaghetti und Soße auf einen Teller und reichte ihn Thea. »Mach dir keine Sorgen. Die kommt nicht«, sagte er und tat sich ebenfalls auf. »Lass uns essen.«

Sie saßen auf Hockern, die der Windmann aus Strandgut zusammengezimmert hatte, und aßen. Ein Schiff mit schwarzem Segel lief in der Dämmerung im Hafen ein. Auf dem Festland sah man die ersten Lichter. Ein Austernfischer watschelte frech heran und schnappte sich eine Nudel, die beim Abgießen danebengefallen war. Thea schluckte den letzten Bissen herunter. Die Nudeln hatten vorzüglich geschmeckt.

»Ich heiße übrigens Thea«, brach sie nach einer langen Weile das Schweigen. Etwas Intelligenteres war ihr nicht eingefallen. Der Windmann nickte und leckte ungeniert den Rest Tomatensoße von seinem Teller. »Bist du allein hier?«

Der Windmann sah sie etwas seltsam an. »Ist das so wichtig?«

»Nein. Natürlich nicht.« Thea kam sich dumm vor. Da war etwas in seiner Stimme, das sie auf der Düne nicht wahrgenommen hatte. Sie konnte es nicht genau einordnen. Eine Art Klangknoten ganz weit hinten in der Kehle. Es machte seine Stimme eine Spur heiser, wie bei einem Raucher. »Verrätst du mir wenigstens deinen Namen? Oder soll ich dich Windmann nennen?«

»Windmann?« Er blickte überrascht auf.

»Na ja. Vorhin auf der Düne, da hast du mit dem Wind gespielt. Und dann die ganzen Windräder an deinem Zelt hier –«

»Windmann«, unterbrach er sie. Sein Blick irrte in die Weite. Dann sprang er auf. »Es ist spät geworden. Ich will schlafen.« Er riss Thea den Teller aus der Hand und räumte hastig das Geschirr in eine Schüssel. Das war ein glasklarer Rauswurf.

»Ich wollte dich mit diesem Windmann-Kram nicht beleidigen. Entschuldige.«

»Hast du nicht. Das passt doch.«

»Aber –«

Ohne ein weiteres Wort nahm er ihr das halb volle Weinglas aus der Hand und schüttete den Inhalt ins Gras. Dann schlüpfte er ins Zelt und zog den Reißverschluss zu.

Thea saß da und konnte sich keinen Reim auf diesen merkwürdigen Abgang machen. Ratlos erhob sie sich und schlenderte zu ihrem Zelt hinüber. Schade. Eine Weile hatte sie geglaubt, er sei sympathisch. Aber er schien kompliziert zu sein. Ein solcher Mann hatte in ihrem chaotischen Leben keinen Platz.

Unschlüssig stand sie vor ihrem Zelt und schlang die Arme um ihren Körper. Der Wind blies böig aus Nordost. Sie fror und war hundemüde. Am besten verkroch sie sich jetzt in ihren Schlafsack. Morgen war ein neuer Tag. Morgen würde sie beginnen, ihr Leben in den Griff zu bekommen.

In diesem Moment gingen zwei Frauen laut redend an ihrem Zelt vorbei. Sie kamen offenbar vom Waschhaus, denn sie hielten Waschbeutel und Handtücher in den Händen.

»… Windstärke neun bis zehn«, hörte sie eine der beiden stolz verkünden.

»Heute Nacht?« Die andere kicherte, als sei das ein guter Witz.

»Mit Gewitter. Soll bis zum Morgen anhalten.«

»Na, das wird ja lustig. Da werden uns die Kuppelzelte wieder um die Ohren fliegen.«

Wie die alle angaben mit ihren blöden Baumwollburgen! Warum sollte so ein kleines, flexibles Ding einem Sturm weniger standhalten als diese riesigen Campingpaläste? Gut, der Wind drückte bereits eine kräftige Beule in Theas Zelt. Es würde ein bisschen eng werden heute Nacht, aber was machte das? Hauptsache, sie blieb trocken.

***

Sie träumte, dass sie über die Insel flog. Etwas Kaltes klatschte ihr ins Gesicht, und ihr fiel schlagartig ein, dass sie keine Möwe war, sondern Thea. Erschrocken schoss sie hoch, kam aber nicht weit, denn sie steckte in einem nassen Sack. Wie war sie da hineingekommen?

Quälend langsam realisierte sie, dass sie geträumt hatte und dass sie in ihrem Zelt feststeckte, das offenbar über ihr zusammengebrochen war. Es blitzte, und fast unverzüglich knallte der Donner hinterher. Sie rang nach Luft. Ihr Herz raste. Sie musste hier raus, sonst würde sie ersticken. Wo, zum Teufel, war der gottverdammte Ausgang? Draußen hatte der Wind einen Tobsuchtsanfall nach dem anderen. Thea schrie hysterisch, suchte hektisch nach dem verfluchten Reißverschluss. Irgendwo musste der doch sein! Plötzlich kam sie frei. Das Zelt hob sich. Jemand riss von außen den Eingang auf.

»Komm da raus! Du kannst bei mir unterkriechen.« Es war der Windmann. Thea stürzte hinaus und klammerte sich an ihn. Der Wind schüttelte sie durch wie ein Laken. Blitze durchäderten den Himmel, Donner krachte. Das Unwetter tobte sich über der Insel aus.

Thea krallte ihre Finger panisch in den Arm ihres Retters. »Wahrscheinlich ist bei dir eine Fiberglasstange gebrochen. Die halten den Druck nicht aus«, brüllte er gegen den Sturm an. Regen klatschte auf sie nieder, und in wenigen Sekunden waren sie nass bis auf die Haut. Thea schlotterte am ganzen Leib. »Nun komm schon!« Er zog sie einfach mit sich und schob sie in sein Zelt hinein.

Thea stand da und rang nach Atem. Der Windmann wühlte in einer Kiste nach einem Handtuch und begann, sie abzurubbeln.

»Du musst aus den nassen Sachen raus, sonst holst du dir den

Tod.« Er sah sich suchend um und fand eine Decke, die er ihr um die Schultern legte. »Mach schon! Zieh dich aus!«

Er beachtete sie nicht weiter, sondern schlüpfte unbefangen aus seinen tropfenden Sachen. Thea drehte sich um, sodass er ihr nicht zusehen konnte, wie sie das Gleiche tat. Sie wickelte die Decke fest um ihren Körper und setzte sich auf eine Alukiste. Staunend sah sie sich um. Es war so heimelig hier. Die Zeltkuppel war so hoch, dass sie mühelos stehen konnte. Die dicke Baumwollhaut flatterte ein wenig im Sturm, aber nirgends drückte der Wind eine Beule hinein. Die Böen sangen in den Zeltleinen, als hätten sie einen Vertrag mit dem Windmann geschlossen, ihn zu verschonen. Die graue Bodenplane war mit Fellen bedeckt. Als Tisch diente eine umgedrehte Holzkiste, auf der Muscheln und Federn lagen. In mehreren leeren Marmeladengläsern flackerten Teelichter.

Der Windmann setzte sich neben sie und schlang seine Decke um ihre Schulter. Thea hatte nichts dagegen. Sie kuschelten sich aneinander, als seien sie alte Freunde. Gemeinsam lauschten sie der wuchtigen Musik des Windes.

»Es ist so wohnlich bei dir«, sagte Thea nach einer Weile, »als ob du immer hier wärst.«

»Jeden Sommer.«

»Und im Winter?«

»Da verkrieche ich mich in meinem Häuschen.« Er lachte. »Es ist eher eine Hütte. Gleich hinterm Deich in Neuharlingersiel. Bei Ebbe kann ich zu Fuß übers Watt nach Hause laufen.«

»Ich wohne auch in einer Hütte. Allerdings steht die auf einer stinknormalen Parzelle mitten in Oldenburg.«

Der Windmann musterte sie etwas spöttisch von der Seite. »Dann haben wir ja etwas gemeinsam.«

Mehrmals schien es, als ob der Sturm sich beruhigte, aber er holte nur tief Luft, um dann erneut loszubrüllen. Zumindest war das Gewitter vorerst weitergezogen. Thea fror immer noch. Er merkte das, legte seinen Arm um sie und drückte sie an sich. Sie spürte seinen sehnigen Körper. Thea stellte verwundert fest, dass sie es mochte. Sie schloss die Augen und seufzte tief.

»Was ist?«, fragte er.

Thea blickte auf. Es war nur fair, dass er über sie Bescheid wusste, auch wenn er sie danach aus dem Zelt werfen sollte. »Ich habe ein Tier in meinem Kopf«, sagte sie, »das manchmal ausbricht. Dann verliere ich die Kontrolle und habe furchtbare Angst. Irgendeine Schaltstelle ist da kaputtgegangen.«

»Dann bin ich ja beruhigt«, sagte er schlicht.

»Was?«

»Ich halte zum Beispiel Maschinenlärm und laute Musik nicht aus. Es macht mich verrückt. Deshalb gehe ich morgen früh aufs Festland rüber. Am Wochenende ist hier nämlich Dorffest, und da reisen mir zu viele Touristen an.« Thea schmiegte sich erleichtert an ihn. Es war nicht nötig, weiter darüber zu reden. »Wenn du willst, kannst du bei mir wohnen, solange du hier bist. Dein Zelt ist hinüber, fürchte ich.«

»Einfach so?«, fragte Thea überrascht. Er nickte. »Dann nehme ich dein Angebot gerne an.«

Er zog sie enger an sich. Sie spürte seinen Atem an ihrem Hals.

»Weißt du, dass du wunderschön klingst?«

»Wie meinst du das?«

Er fuhr ihr mit dem Finger sacht über den Arm, streichelte den Hals, die Wange, die Stirn. Thea schloss die Augen. Wann hatte sie ein Mann das letzte Mal so berührt? Das war viel zu lange her. Ein warmer Schauer perlte ihren Rücken hinunter. Dreh jetzt nicht durch, dachte sie. Wenn du eines nicht gebrauchen kannst in deinem verrückten Leben, dann ist es eine Affäre mit einem durchgeknallten Windmann.

»Es ist deine Haut. Sie klingt wie – japanisches Seidenpapier«, flüsterte er. Seine Hand huschte unter die Decke, streichelte zart ihren Rücken, erkundete den Bauch und dann, sehr vorsichtig und ehrfurchtsvoll, den Rest ihres Körpers. Thea seufzte und ließ es zu. Sie schmiegte sich an ihn, und seit einer Ewigkeit war alles gut.

Donnerstag

Der Windmann hatte die Zelttür nach oben gehängt. Morgensonne flutete herein und kitzelte Thea in der Nase. Sie räkelte sich und öffnete die Augen. Das Unwetter hatte sich gelegt. Es war so still und friedlich, als sei niemals ein Gewittersturm über die Insel hinweggefegt. Über dem Festland türmten sich allerdings neue Wolken übereinander.

Thea wälzte sich herum und stellte fest, dass der Platz neben ihr leer war. Der Windmann war schon gegangen. Enttäuscht schlug sie die Decke zurück. Ihre Haut roch noch nach ihm. Eine ganze Weile lag sie einfach nur da, badete ihren nackten Körper in der hereinflutenden Sonne und träumte von der vergangenen Nacht, während der Wind an ihrer Haut leckte.

Eine Wolke schob sich vor die Sonne. Thea rollte sich auf den Bauch und stützte den Kopf in die Hände. Von hier aus konnte sie weit sehen, bis hin zum Festland. Irgendwo da drüben wanderte er über das Watt. Hoffentlich schaffte er es vor dem nächsten Gewitter. Vielleicht war er schon angekommen? Wie lange brauchte man für den Weg über das Watt?

Eine Gruppe Wanderer stapfte durch den Schlick zum Hafen. Hinter ihnen füllten sich die Priele schon mit der nahenden Flut. Wie spät mochte es sein? Wen scherte das! Thea gähnte herzhaft und rief sich die vergangene Nacht ins Gedächtnis zurück. Sie hatten sich geliebt, mitten im Sturm. Jetzt summte die Insel wohlig vor sich hin. Sie konnte es hören. Sie war verliebt. Sie sehnte sich nach ihm.

Thea reckte sich noch einmal genussvoll, stand auf, wickelte sich in die Decke und trat vor das Zelt. Eine Böe griff ihr ins Haar, die Windräder rasten.

»Guten Morgen, Windmann«, murmelte Thea und stellte fest, dass sie seinen richtigen Namen immer noch nicht wusste. Doch das störte sie nicht. Sie warf einen Blick auf ihr eigenes Zelt. Die Überreste lagen wie ein hingeworfener Wäschehaufen auf dem

Gras. Bestimmt war alles darin aufgeweicht. Ihre Hosen, Pullover und Schuhe, die Lebensmittelvorräte. Es wurde Zeit, sich darum zu kümmern. Am besten sofort. Sie konnte nicht den ganzen Tag mit der Decke herumlaufen.

Seufzend hob sie das Zelt an und kroch hinein. Die Decke rutschte ihr vom Körper, und die nasse Zelthaut klebte sich kalt an ihren Rücken.

»Moin!«, rief jemand laut. Es galt ihr.

Thea drehte sich mühsam in dem Zeltsack um und steckte den Kopf wieder hinaus. Kniend erkannte sie, dass Bofrosti vor ihr stand. Der hatte ihr gerade noch gefehlt.

»Hallo«, antwortete sie etwas unwirsch und hielt den Zelteingang mit den Händen um ihren Hals zusammen. Er musste nicht sehen, dass sie nackt in ihrem Zelt hockte.

Karlo baute sich vor ihr auf, sodass Thea gegen seine faltigen Knie schaute. Er trug wieder die geblümten Bermudas. Ein Handtuch hing lässig über seine braun gebrannten Schultern, und in der Hand baumelte ein Waschbeutel mit dem Tatzenlogo. Offenbar kam er vom Duschen. Thea fiel auf, dass er den Bauch einzog, denn auf Höhe des Nabels bildete sich eine tiefe Hautfalte.

»Schwierigkeiten gehabt heute Nacht?«, fragte er und grinste von oben herab.

»Nein. Ich campe immer ohne Zeltstangen.«

Karlo überhörte die bissige Bemerkung. »Ich hab noch überlegt, ob ich mal nach Ihnen sehe. War ja ein ganz hübsches Lüftchen letzte Nacht.«

»Ich bin klargekommen.«

»Sie haben doch nicht etwa da drunter geschlafen?«

»Nein.«

»Ah, verstehe. Sie sind im Rettungshaus untergeschlüpft. Wie man hört, waren Sie nicht die Einzige. Für die Insel braucht man schon was anderes als diesen billigen Plunder.« Er blickte liebevoll hinüber zu seiner Zeltfestung. Thea hätte sich nicht gewundert, wenn er hingegangen wäre, um über die Baumwolle zu streicheln.

»Ich bin beim Windmann untergekommen«, sagte sie knapp.

Bofrosti drehte den Kopf so schnell, dass sein Halswirbel knackte. »Bei wem?«

»Nebenan.« Thea nickte zu den Windrädern hinüber.

»Bei Menno? Die ganze Nacht?« Er klang ziemlich empört.

»Ach. Menno heißt er also?«

»Ja. Menno Wittig.«

Thea nickte. Jetzt wusste sie zumindest seinen Namen. Sie rückte ein wenig herum, denn von der unbequemen Haltung schliefen ihre Füße ein und die Arme wurden lahm. Warum ging der Kerl nicht endlich? Stattdessen beugte er sich zu ihr herunter. Sein Minzatem stach ihr in die Nase.

»Soll das etwa heißen, Sie waren die ganze Nacht bei ihm?«

»Sind Sie mein Anstands-Wauwau?«

»Nein! Also. Na ja. Ich wollte nur … Ach, machen Sie doch, was Sie wollen!«, stammelte er und richtete sich wütend auf. Er tippte mit dem Fuß gegen ihr Zelt. »Sehen Sie zu, dass das hier wegkommt.«

Endlich verschwand er, und Thea sank in sich zusammen. »Blödmann!«, flüsterte sie ihm nach.

Im Waschhaus war es brechend voll. Die Schlange an den Duschen reichte bis vor die Tür. Auch die Waschbecken waren alle besetzt. Die Frauen schnatterten durcheinander, meistens ging es um die vergangene Sturmnacht. Die Frau vom Hafen stand mit hängenden Armen vor der Waschmaschine, auf der ihre Tochter einen Veitstanz vollführte. Sie hatte sich ein buntes Tuch um die nassen Haare gewickelt. Über der Jeans trug sie wie gestern schon einen geblümten Rock und dazu ein Schlabbershirt von irgendeinem teuren Ökolabel. Sie sah aus wie eine Mischung aus Rosamunde Pilcher und Kalif Storch.

»Ich finde es nicht gut, was du da machst, Meta-Marie«, quakte sie ihre Tochter an. »Du machst die Maschine kaputt, weißt du? Dann können alle Leute hier nicht mehr waschen und müssen den ganzen Urlaub mit schmutzigen Sachen herumlaufen. Willst du das?«

Meta-Marie wollte. Es machte ihr sichtlich Freude, ihre Mutter zur Weißglut zu bringen. Sie hüpfte wie ein Flummi auf und ab. Die Waschmaschine krachte.

»Meta-Marie, ich bin ganz, ganz traurig, wenn du nicht da runterkommst.«

Meta-Marie war auch das egal. Sie trampelte munter weiter. Mehrere Frauen sahen verstohlen hinüber und tuschelten. Keine wagte jedoch einzugreifen, und so tobte das Mädchen, bis eine ältere Frau das Waschhaus betrat. Thea erinnerte sich, dass sie ihr gestern schon in der Toilette begegnet war.

Die Frau sah zu dem Kind auf und erstarrte. »Woher kommt dieses Kind?«, fragte sie heiser.

»Sie gehört zu mir«, quakte die Mutter und baute sich kampfeslustig vor der Waschmaschine auf.

Die Frau schob sie einfach beiseite und hob das Mädchen herunter. Einen Moment lang sah sie ihr ins Gesicht und drückte sie dann an sich. Das Mädchen war augenblicklich ruhig. Die Frau stellte das Kind vor ihrer Mutter auf den Boden, und Meta-Marie verkroch sich zwischen ihren Beinen.

»Das finde ich jetzt aber total übergriffig«, echauffierte sich die junge Frau. »Meta-Marie ist ein Indigo!«

Die Ältere musterte interessiert das Mädchen, das sich den Daumen in den Mund geschoben hatte. »So was bist du?«, fragte sie das Kind und strich ihr über das Haar. Es war eine sehr zärtliche Geste. Das Mädchen sah sie an.

»Komm, Meta-Marie!«, schnaubte die Mutter und zog ihre Tochter mit sich.

»Schöner Name übrigens«, rief die Ältere ihnen nach.

Thea hatte die Szene fasziniert beobachtet. Die ältere Frau gefiel ihr. Sie war auf eine sehr eigenwillige Art schön: klein und kugelig, das graue Haar zu einem Knoten zurückgebunden, was die Konturen ihres ausdrucksvollen Gesichtes noch schärfer hervortreten ließ.

Die Frau wandte sich um und sah sie an. »Alles besetzt?« Thea nickte. »Dann dusche ich eben draußen«, sagte sie und verschwand aus dem dampfigen Waschhaus.

Thea blickte ihr neugierig nach. Anscheinend gab es da draußen noch weitere Duschen. Sie löste sich aus der Schlange und ging der Frau nach.

Unter dem vorstehenden Dach direkt um die Ecke befanden sich tatsächlich vier schlichte Duschkabinen, die Thea vorher nicht aufgefallen waren. Seltsamerweise stand hier niemand an. Die Frau war in einer der Damenkabinen verschwunden, die Nachbarkabine war leer. Thea schlüpfte hinein. Nebenan stöhnte und ächzte ein Mann so laut, dass Thea sich fragte, was er dort wohl trieb. Warum mussten die Kerle immer so ein Gewese machen? Sie zog sich aus und stand eine Weile einfach nur da, während der Wind sie umarmte.

»Seidenpapier«, flüsterte sie, und ihr Nacken kribbelte. Sie drehte den Wasserhahn auf und schrie. Verdammt! Konnte Wasser kalt sein.

Nach der Dusche fühlte sich Thea so wach und frisch wie lange nicht mehr. Sie nahm sich vor, ab jetzt jeden Morgen hier zu duschen. Gut gelaunt schlenderte sie zum Inselladen und gönnte sich einen Tee mit Croissant.

Beide Hände voll beladen, sah sie sich nach einer gemütlichen Sitzgelegenheit um und entdeckte an einem Tisch die Frau aus der kalten Dusche, die offensichtlich die gleiche Idee gehabt hatte. Vor ihr stand ein dampfender Becher Kaffee.

»Darf ich?«, fragte Thea und zeigte auf den freien Platz neben ihr.

Die Frau lächelte. »Gerne. Setz dich zu mir.« Sie reichte ihr die Hand. »Moin. Ich bin Adele.«

»Thea.«

»Du bist die mit dem Kuppelzelt am Zaun, nicht wahr? Es hat den Sturm heute Nacht nicht überlebt, was?«

Thea nickte. Die Buschtrommeln schienen hier gut zu funktionieren.

»Brauchst du Ersatz? Ich habe noch ein Packzelt übrig.«

Adele hatte eine tiefe, warme Stimme, die Thea an dunkelroten Samt erinnerte. Oder schwarze Seide.

»Nein, danke. Das ist nett, aber der Windmann – ich meine: Menno Wittig«, sie räusperte sich verlegen, »also mein Zeltnachbar hat mir angeboten, ein paar Tage bei ihm zu wohnen. Während er auf dem Festland ist.«

»Ach. Hat er das?«

Thea meinte, eine Spur Sarkasmus herauszuhören. »Kennst du ihn?«

»Wie man sich eben kennt auf dem Zeltplatz.«

Thea musterte ihre neue Bekannte, die scheinbar nicht viel vom Windmann hielt, jedenfalls hörte es sich so an.

»Das erste Mal hier?«, fragte Adele.

»Nein. Aber es ist lange her. Damals fuhr noch die Inselbahn.«

»Ja, das ist verdammt lange her. Und jetzt hat es dich wieder nach Spiekeroog zurückgezogen?«

»Kann man so sagen. Aber um noch mal auf Herrn Wittig zurückzukommen. Ich will ihm ja nicht zur Last fallen. Wovon lebt er eigentlich?«

Adele stellte die Kaffeetasse ab und faltete die Hände, als müsse sie weit ausholen. »Na ja, er macht seine Musik, seine Windkunst, stellt hin und wieder mal aus. Keiner weiß so genau, wovon er lebt. Warum interessiert dich das?«

»Ach. Nur so.« Thea nippte an ihrem Tee. »Der schmeckt gut«, murmelte sie verlegen.

»Niemand kocht einen besseren Tee als der Bär.«

Thea ließ den Becher sinken. »Welcher Bär?«

Adele deutete mit dem Kopf in Richtung Laden. »Jens Kröger. Der Betreiber vom Inselladen. Aber alle nennen ihn Bär.«

»Absolut passend. Bei der Größe und dem Bart! Aber wo wir gerade bei Spitznamen sind: Bofrosti gehört wohl auch zu den seltenen Exemplaren auf dem Platz?«

Adele kicherte. »Dann hast du die beiden größten Originale vom Zeltplatz also schon kennengelernt.« Sie hob drohend den Zeigefinger. »Lass dich nicht von Bofrostis Blümchenshorts beeindrucken!«

Thea grinste. »Fällt mir, ehrlich gesagt, schwer.«

»Und nimm dich vor Menno in Acht. Der ist der größte

Gigolo, den Spiekeroog jemals gesehen hat. Der vernascht jede, die nicht bei drei auf den Bäumen ist. Und da es hier so wenig Bäume gibt, hat er gute Chancen.«

Thea spürte, wie ihr die Hitze ins Gesicht stieg. Sie trank einen Schluck und sah zu Boden.

Adele beobachtete sie. »Du bist verliebt«, stellte sie amüsiert fest.

Thea drehte verlegen ihren Teebecher in den Händen. »Er hat mir heute Nacht geholfen, als mein Zelt über mir zusammengestürzt ist. Das ist doch nett.«

Adele ließ den Blick über das Watt schweifen. »Ja, das ist nett«, sagte sie und stand auf. »Ich muss dann mal weiter. Will heute zur Ostplate rauslaufen und Seehunde fotografieren. Ist so 'ne Art Hobby von mir.« Sie lächelte breit. »Zu Weihnachten kriegen alle meine Freunde einen Seehund-Fotokalender. Jedes Jahr. Die meisten verschenken ihn weiter, aber das ist mir egal.«

Sie zwinkerte Thea zu und ging.

Thea sank in den Strandkorb zurück. Die Frau hatte sie auf Anhieb durchschaut. Es hatte sie mächtig erwischt. Sie sehnte sich nach dem Windmann, nach seiner Stimme, seiner Hand auf ihrer Haut, nach seinem Geruch und seiner Musik. Es war so unvernünftig. Schließlich war sie hergekommen, um Ordnung in ihrem Leben zu schaffen. Jetzt hatte sie auch noch erfahren, dass er ein Schürzenjäger war. Wenn Adele denn die Wahrheit sprach! Vielleicht war sie nur eifersüchtig? Thea lächelte in sich hinein. Was war schon gegen einen kleinen Urlaubsflirt einzuwenden?

Sie krabbelte aus dem Strandkorb heraus, brachte den Becher in den Inselladen zurück und stellte ihn ordnungsgemäß auf das vorgesehene Regal. Der Bär nickte ihr beim Hinausgehen zu.

Thea kniete neben ihrem Zelt und riss die Heringe aus dem aufgequollenen Boden, soweit der Sturm diese Arbeit nicht selbst erledigt hatte. Dann rollte sie die zerrissene Zelthaut zusammen, warf sie auf den Karren und machte sich auf den Weg zu den Müllcontainern. Hinter dem Waschhaus spülten Väter und

Mütter mit ihren Kindern Geschirr ab. Meta-Marie war auch dabei. Sie panschte hingebungsvoll in einem Berg aus Schaum herum. Ihr Vater stand mit verschränkten Armen daneben und schaute ihr mürrisch dabei zu. Er schien kein großer Outdoor-Fan zu sein.

Thea wandte sich ab und entsorgte das, was von ihrem Zelt übrig geblieben war. Dann ging sie zurück, trug ihre Sachen in Mennos Zelt und räumte ein wenig auf.

»Geht doch«, sagte sie zufrieden, als sie fertig war, und rieb sich die Hände. Ihr Ausflug auf die Insel gestaltete sich angenehmer als gedacht. Zur Krönung kochte sie sich einen Tee aus Mennos Beständen. Er würde schon nichts dagegen haben. Mit dem Becher in der Hand setzte sie sich auf eine Kiste. Lange beobachtete sie die ein- und ausfahrenden Fähren und Boote. Er müsste längst dort drüben sein, dachte sie. Ein Spaziergang täte ihr jetzt auch gut. Sie erhob sich und brach sofort auf.

***

Die Ebbe hatte ihren Höhepunkt erreicht, bald würde die Flut wieder einsetzen. In den Prielen drehten verwegene Kitesurfer unermüdliche Runden und schlugen Salti. Thea sah ihnen eine Weile zu, bis es ihr langweilig wurde. Dann ging sie weiter, immer am Strand entlang. Sie trug Mennos viel zu große Flipflops an den Füßen, denn ihre eigenen Schuhe waren immer noch nass. Sie hatte ohnehin Lust, barfuß zu laufen, obwohl die Sonne sich schon wieder hinter aufgequollenen Wolken versteckte, und so streifte sie die Latschen von den Füßen. Der Sand fühlte sich kühl und angenehm weich an.

In der Ferne vernahm sie leises Grummeln. Die See war kabbelig da draußen, Gischt tanzte auf den hohen Wellen. Thea schloss die Augen und hielt ihr Gesicht in den Wind. Er roch nach Tang und Fisch.

Das Grummeln kam schnell näher. Sie sollte besser umkehren. Thea blieb stehen und ließ ihren Blick noch einmal über den einsamen Strand schweifen. Bis auf die Kiter war kaum jemand hier draußen, denn es hatte für heute neue Unwetterwarnungen gegeben. Wenn es so weiterging, würde das Dorffest ins Wasser fallen, und der Windmann war umsonst aufs Festland geflüchtet.

Ihr Blick blieb am Dünensaum oberhalb der gemauerten Sturmabbruchkante hängen. Da oben stand jemand, dicht an der Kante. Zu dicht. Thea schüttelte den Kopf. Wer war so leichtsinnig, sich dort hinzustellen? Unterhalb der Kante war der Strand mit schweren Steinquadern gepflastert, um die Westküste vor den zunehmend heftigen Sturmfluten zu schützen. Erst im letzten Jahr hatte das Meer große Teile vom Westend abgebissen.

Der Himmel verdunkelte sich schnell. Erste Regentropfen fielen. Die Person auf der Düne regte sich nicht. Vielleicht war es auch nur ein Pfahl. Oder eine Skulptur. Thea kniff die Augen zusammen. Etwas bewegte sich doch da oben. Es sah aus wie ein Schatten. Rasend schnell war es fast nachtdunkel geworden, Thea konnte nicht mehr viel erkennen. Ein Blitz zischte ins Meer, der Donner folgte augenblicklich. Höchste Zeit, umzukehren, dachte Thea, ging dann aber doch in entgegengesetzter Richtung weiter.

Eine harte Böe packte sie und riss sie fast um. Weitere folgten. Als ob jemand eine Dusche aufgedreht hätte, peitschte Regen herab. Ein weiterer Blitz krachte in die See und beleuchtete für einen Moment das Ufer. Thea blieb wie angewurzelt stehen. Es war kein Schatten, sondern ein Mann, der dort oben stand. Verdammt, was trieb der Typ da? Wieder zuckte ein Blitz.

»Windmann!«, schrie sie, und dann rannte sie los. Die Luft knisterte. Es roch nach Schwefel. Was tat er da oben? Wollte er den Wind brüllen hören?

»Menno! Geh zurück!« Er reagierte nicht.

Thea war jetzt unterhalb der Sturmabbruchkante angekommen und kletterte über die Steinbrocken. Sie rutschte mehrmals aus, denn die Felsbrocken waren mit Tang bewachsen und glitschig. Muschelsplitter bohrten sich in ihre nackten Füße. Sie blutete. Thea kümmerte das alles nicht.

Er war nackt. Er kippte einfach nach vorn und schlug wie wild mit den Armen, aber es wuchsen ihm keine Flügel. Dann krachte er auf die Steine, fast direkt vor Theas Füße.

Sie sank auf die Knie, kroch zu ihm hin. Er lag mit dem Gesicht nach unten, Arme und Beine verrenkt wie eine abgeschnittene Marionette. Sie drehte ihn auf den Rücken. Er stöhnte.

»Gott sei Dank, du lebst!«, flüsterte Thea und griff automatisch an ihre Hüfte, wo sich für gewöhnlich ihr Handy in der Hosentasche befand. Verflucht, es lag im Zelt, völlig durchnässt und nicht mehr zu gebrauchen. Voller Panik bettete sie seinen Kopf in ihren Schoß und wischte ihm das Blut vom Gesicht. Die Stirn sah anders aus. Wie eingefallen. Blut sickerte aus Nase und Ohren in ihre Hände. Immerhin öffnete er die Augen.

»Menno, was hast du da oben gemacht? Ich dachte, du bist in –« Thea unterbrach sich, denn er bewegte die Lippen und versuchte, etwas zu sagen, aber Meer und Sturm brüllten dagegen an. Sie beugte sich zu ihm hinunter. Ein Zittern ging durch seinen Körper. »Nein!«, keuchte Thea und nahm sein blutiges Gesicht zwischen ihre Hände. »Nicht sterben! Hörst du? Nicht sterben!«

Die Augen des Windmannes rollten nach innen, er wurde schlaff und verlor das Bewusstsein. Thea saß da und weinte hilflos.

»Warum kommt denn keiner?«, schrie sie. »Verdammt, ich brauche Hilfe!«

Aber der Strand blieb verlassen. Wer kam schon auf die Idee, während eines Gewittersturms spazieren zu gehen. Und so saß sie einfach nur da und wiegte den Windmann, während Donner, Blitz und Regen über sie hinwegtobten, bis nach einer Ewigkeit der Himmel aufriss und für einen Moment die Sonne freigab. Der Windmann regte sich. Er öffnete die Augen. Seine Lippen formten ein Wort, aber ihm fehlte die Kraft, es auszusprechen. Thea beugte sich tief zu ihm hinunter.

»Mord? Hast du *Mord* gesagt?« Sie starrte ihn an, doch Menno antwortete nicht mehr.

***

Sie saß da und bewachte den Windmann. Ihr war weder heiß noch kalt, sie spürte den Regen nicht und auch nicht das Meer. Nur den Wind und seinen salzigen Atem. Sie verstand, was er sagte. Er klagte über den Verlust seines Spielgefährten. Die Flut leckte schon an Theas Beinen, aber sie blieb sitzen, den Kopf des Windmannes in ihren Schoß gebettet. Sie würde einfach mit ihm untergehen. Ja, das wollte sie.

Irgendwann kamen Leute. Sie versuchten, ihr den Windmann wegzunehmen, aber Thea klammerte sich schweigend an ihm fest. Es half nichts. Sie waren in der Mehrzahl. Sie schleppten sie fort. Da waren auf einmal so viele Leute, die aufgeregt herumrannten und sich laut etwas zuriefen. Ein Krankenwagen stand am Strand mit blinkendem Blaulicht. Wo war der hergekommen? Warum erst jetzt?

Sie hoben sie hinein und setzten sie auf eine Trage. Jemand legte ihr eine Decke um die Schultern und leuchtete ihr in die Augen. Das Licht tat weh.

»Sie haben einen Schock. Ich gebe Ihnen eine Beruhigungsspritze.«

Thea antwortete nicht. Ihr war das egal.

»He! Moment! Sind Sie verrückt? So geht das nicht!«, bellte eine andere Stimme dazwischen. Wie durch einen Nebel registrierte Thea eine Person, die an der geöffneten Tür des Krankenwagens stand. Sie mochte sie nicht. Sie presste die Worte mit großer Gewalt heraus. Thea musste lachen und wusste selbst nicht, warum.

»Was ist denn hier so lustig?«

»Sie steht unter Schock, das sehen Sie doch«, sagte der Notarzt.

»Ist mir egal. Die da hat die Leiche gefunden.«

»*Die* hat vielleicht einen Namen?«

»Thading«, flüsterte Thea, die nur wollte, dass dieses Gebelle aufhörte. »Mein Name ist Thea Thading.«

»Na bitte.« Ein massiger Körper wälzte sich in den Krankenwagen, der unter dem Gewicht merklich in die Knie ging.

Erst jetzt erkannte Thea, dass es eine Frau war. Sie hatte kurz geschnittene helle Haare und einen trotzigen Gesichtsausdruck. Der Arzt wich zurück, als sie ihren Dienstausweis zückte. »Kriminaloberkommissarin Wilma Menkens. Wittmund. Ich ermittle in diesem Fall, klar?«

»Wittmund?«, fragte Thea, die langsam in das Hier und Jetzt zurückkehrte.

»POK Schulte von Spiekeroog ist krank. Liegt mit einer schweren Sommergrippe im Bett. Wie die anderen Kollegen übrigens auch. Deshalb muss ich mich mit diesem Bockmist abgeben, obwohl ich wirklich Besseres zu tun hätte.« Sie steckte den Ausweis weg. »Also: Sie haben die Leiche gefunden?«

Thea schüttelte den Kopf.

»Wer dann?«

»Er hat noch gelebt.«

»Was?«

Thea konnte nicht weitersprechen.

»Ihren Ausweis!« Die Kommissarin wedelte ungeduldig mit den Händen.

»Ausweis?«

»Ja. Das kleine Kärtchen, auf dem steht, wie Sie heißen, wo Sie wohnen und all das.«

»Der … liegt irgendwo … im Zelt.«

»Na toll!« Die Kommissarin zog ein digitales Aufnahmegerät aus ihrer Jackentasche und hantierte daran herum. »Ihre Daten. Hier rein, bitte! Fürs Erste.« Sie hielt Thea das Gerät unter die Nase, aber Thea begriff nicht, was die Frau von ihr wollte. »Herrgott, sind Sie auch auf den Kopf gefallen? Geburtsdatum, Geburtsort, Name, Beruf, derzeitiger Wohnort.«

»Was wollen Sie von der Frau? Glauben Sie, dass sie den Mann ertränkt hat?«, mischte sich der Arzt ein.

»Ich glaube gar nichts. Außerdem ist er nicht ertrunken, sondern von der Abbruchkante gestürzt, wie es aussieht. Tragisch, aber selbst verschuldet, wenn man bei dem Wetter da oben rumklettert. Und dann auch noch nackig!«

»Er war der Windmann«, sagte Thea leise.

Die Kommissarin sah den Arzt an. »Nehmen Sie mal Blut ab. Ich will wissen, was die genommen hat.«

»Ich bin nicht die Gerichtsmedizin.«

»Aber ich bin die Polizei, und das ist eine Anweisung.«

»Ich will aber nicht«, wimmerte Thea.

Die Kommissarin schloss kurz die Augen und holte tief Luft. »Na schön. Hören Sie mir beide genau zu. Ich habe gerade eine Einbruchsserie am Hals. So ein blöder Unfall, oder was immer das war, kommt ziemlich ungelegen. Lassen wir das also mit dem Blut. Aber beantworten Sie meine Fragen! Danach kann der Doktor hier Spritzen verteilen, zur Ader lassen oder sonst was machen. Kapiert?«

Thea wurde es schwarz vor Augen.

»Wissen Sie was?«, sagte der Arzt. »Raus aus meinem Krankenwagen oder –«

»Oder?« Die Kommissarin baute sich vor ihm auf. Sie war einen Kopf größer und um einiges breiter, allerdings hatte der Arzt eine Beruhigungsspritze im Anschlag. Es sah nach einem Patt aus.

»Bringen wir das Ganze hinter uns«, flüsterte Thea matt. »Mir ist kalt.«

»Was meinen Sie? Warum ist er da runter?«, fragte Thea leise, nachdem die Kommissarin ihre Aussage aufgenommen hatte.

Sie zuckte die Schultern. »Möglicherweise stand er unter Drogen oder Alkohol oder beides zusammen. Oder er hatte schlichtweg keine Lust mehr. Was weiß ich. Wir warten mal die Obduktion ab.«

»Wir waren die ganze Nacht zusammen, und ich hatte nicht den Eindruck, dass er lebensmüde war oder so.«

Wilma Menkens hob eine Augenbraue. »Sie und die Leiche waren zusammen?«

»Da war er noch höchst lebendig.«

»Sie wissen also nicht, warum er sich das Leben genommen haben könnte?«

»Mit der Todesursache sind Sie aber schnell bei der Hand.«

»Herrgott, er stand nackt an der Kante und hat sich runterfallen lassen. Sie haben das ausgesagt. Was gibt es da noch zu deuteln?«

»Ich habe auch gesagt, dass sein letztes Wort ›Mord‹ war.«

Die Kommissarin musterte sie argwöhnisch. »Sicher?«

Thea sah sie an, dann schüttelte sie den Kopf.

»Was haben Sie eigentlich gemacht in der Nacht, in der Sie zusammen waren?«

»Wir hatten den wildesten Sex aller Zeiten.«

Wilma Menkens verzog keine Miene. »Er war also Ihr Lebenspartner?«

»Nein. Wir kannten uns erst seit gestern Abend.«

»Aha, also eine Urlaubsbekanntschaft. Waren Sie alkoholisiert? Haben Sie Drogen genommen?«

»Nein. Abgesehen von einem Schluck Wein gab es Kräutertee.«

»Kräutertee? Sie meinen nicht zufällig Marihuana oder so 'n Zeugs?«

»Nein. Ich meine Kamille, Salbei und so 'n Zeugs.«

Wilma Menkens brummte etwas vor sich hin und fingerte eine Visitenkarte aus der Jackentasche. »Wenn Sie die Insel verlassen, geben Sie mir Bescheid.«

Thea nahm die Karte an sich. »Ich bin mir aber ziemlich sicher, dass er ›Mord‹ gesagt hat. Außerdem war da ein Schatten.«

»Die Insel ist voller Schatten. Manche sagen, es sind die Geister der havarierten Seeleute, die die Insulaner in früheren Zeiten mit falschen Leuchtsignalen in die Irre geleitet haben. Anschließend haben sie die Schiffe ausgeraubt. Wenn man fest genug an so was glaubt, sieht man sie vielleicht tatsächlich.«

»Möglich«, flüsterte Thea und konnte die Tränen nicht länger zurückhalten.

»Melden Sie sich, falls Ihnen etwas einfällt.« Überraschend schnell sprang die Kommissarin aus dem Krankenwagen und verschwand.

»Welch elfenhaft freundliches Wesen«, murmelte der Arzt und griff nach Theas Arm, um ihr endlich die Spritze zu geben.

»Ich glaube, die brauche ich nicht mehr.«

»Sind Sie sicher?«

»Absolut.«

Der Arzt musterte sie. »Sie sehen blass aus. Sie sollten unbedingt zu Ihrem Hausarzt gehen. Lassen Sie sich etwas verschreiben. Und reden Sie mit jemandem. Das hilft.«

»Ich kenne hier keinen.«

»Soll ich Ihnen die Nummer vom psychologischen Notdienst geben?«

Thea zuckte zusammen. »Nein, danke. Alles, nur das nicht.«

***

Bremen, 1984, Vormittag

Er hatte noch vor dem Frühstück mit dem Kind eine Runde um den Block gedreht, um das neue Fahrrad zu testen. Es klappte schon recht gut. Das Kind schaffte es bereits, eine kurze Strecke das Gleichgewicht zu halten. Blöderweise wohnten sie in diesem Block, umgeben von großen Straßen. Seine Frau liebte Bauhausarchitektur. Aber er war ständig in Sorge um das Kind.

Sie war endlich auch aufgestanden. Er deckte den Tisch, während sie duschte, stellte vier Kerzen auf und schmückte den Stuhl des Kindes mit Luftballons und Girlanden, wie er es an Geburtstagen immer tat. Sie fand das übertrieben.

Das Kind spielte im Wohnzimmer, schob das Fahrrad mehrmals hin und her.

»Was haltet ihr davon, wenn wir einen Ausflug nach Spiekeroog machen? Wir könnten heute Abend wieder zu Hause sein«, schlug er vor. »Die Sonne scheint, und wir haben schon lange nichts mehr zusammen unternommen.« Er warf ihr einen leicht vorwurfsvollen Blick zu, den sie ignorierte.

»Ich will aber Fahrrad fahren«, quengelte das Kind.

Er kniete sich vor ihm nieder. »Wir nehmen das Fahrrad einfach mit.«

Das Kind jubelte. »Au ja! Mama, bitte!« Es stürzte zu seiner Mutter und schlang die Arme um sie. »Bitte, bitte, Mama, ich hab doch Geburtstag!«

Sie löste die Arme von ihrem Hals und schob das Kind von sich. »Ich muss arbeiten. Der Vortrag für den Kongress muss fertig werden. Es ist sehr wichtig für mich. Ich fahre heute ins Büro. Ihr könnt euch ja einen schönen Tag im Bürgerpark machen.«

Er verdrehte die Augen. »Immer ist alles andere wichtig für dich! Denk doch einmal an das Kind!«

»Also gut. Wir könnten mit dem Rad zu Luigi fahren und ein Eis essen«, schlug sie vor. »Und danach fahre ich ins Büro.«

Das Kind reagierte begeistert. »Ja! Ein Eis! Bitte, Papa!«

Er ließ das Messer sinken, mit dem er Marmelade auf sein Brötchen gestrichen hatte. »Na schön. Wenn du wieder keine Zeit hast, dann machen wir es eben so, wie du willst.« Er trank einen Schluck Kaffee und sah durch das Fenster in die Stadt hinaus, in diese graue Steinwüste. Sein Gesicht hellte sich auf. Er hatte eine Idee.

***

Der Wind schwieg. Alles war taub geworden. Sie irrte über den Zeltplatz, ohne darauf zu achten, wohin sie ging. Dann stand sie vor Mennos Zelt, und ihr fiel ein, dass sie nicht weiter hier wohnen konnte. Sie war obdachlos auf Spiekeroog. Ein guter Witz, wenn nicht alles so traurig gewesen wäre.

Die Windräder drehten sich. Warum taten sie das noch? In Theas Kopf poppte ein Bild auf wie eine ungebetene Internetwerbung: Mennos Körper, schneeweiß wie ein Engel im Kühlfach der Pathologie. In ihrem Kopf begann sich alles zu drehen.

Als sie zu sich kam, lag sie auf dem nassen Gras. Jemand klatschte ihr heftig ins Gesicht. Sie schlug die Augen auf und sah Blumen.

»Bofrosti?«

Er stand über sie gebeugt. Jetzt richtete er sich auf und stemmte die Arme in die Hüften. »Na? Wieder wach?«

Sie strich sich wütend über die brennende Wange. »Was fällt Ihnen ein, mich zu schlagen!«

»Schlagen? Ich wollte nur helfen. Ich kam eben aus meinem Zelt und hab Sie da liegen sehen. Mensch, Mädchen! Was laufen Sie auch bei diesem Wetter am Strand herum! Dieser verrückte Wittig! Verdammt!«

Karlo wirkte erschüttert. Sie rappelte sich auf und atmete tief durch, bis der Schwindel sich gelegt hatte.

»Kommen Sie«, sagte er und zog sie einfach mit sich in seine Zeltburg. »Setzen Sie sich, ich mache uns Kaffee. Afrikanisch und voll biologisch. Das Wasser filtere ich, damit keine Schwebstoffe hineingeraten. Den Wasserfilter hab ich extra aus Delmenhorst mitgebracht, ich wohne nämlich da. Wissen Sie, im Alltag brauche ich die Stadt, da kann ich die –«

»Ach, halten Sie doch einfach die Klappe!«, unterbrach Thea seinen Redeschwall. Er klappte tatsächlich seinen Mund zu und begann, Kaffee zu kochen.

Thea ließ sich in einen der Campingsessel fallen, die sehr teuer aussahen. Auch die Küchenecke war vom Feinsten. Alles hier war außerordentlich praktisch, aber unpersönlich wie in einer Campingausstellung.

Karlo drückte Thea einen Thermobecher in die Hand, aus dem es dampfte. Sie schloss die Augen und schnupperte. Der Geruch weckte einen Teil ihrer Lebensgeister. Sie trank einen ordentlichen Schluck und lehnte sich zurück.

»Ich habe mich blöd benommen«, sagte sie.

»Schon gut. Es war für uns alle ein Schock.«

Thea schwieg. Sie hatte den Becher auf dem Tisch abgestellt.

»Soll ich mal den Deckel draufschrauben, damit der Kaffee nicht kalt wird?«, fragte Karlo.

Thea lächelte matt. »Sie sind ja ausgerüstet wie für eine Himalaja-Expedition.«

»Zelten auf Spiekeroog ist manchmal nicht weniger abenteuerlich.«

»Da haben Sie allerdings recht.« Thea hielt ihm brav ihren Becher hin, und er drückte einen Deckel darauf, der eine Trinktülle hatte, ähnlich einer Schnabeltasse für altersschwache Senioren. »Warum sind Sie eigentlich plötzlich so nett zu mir?«

»Ich war schon immer ein netter Mensch.«

»Wirklich? Ich hatte Sie, ehrlich gesagt, für einen richtigen Kotzbrocken gehalten.«

Überraschenderweise protestierte Karlo nicht. Er setzte sich zu Thea an den Campingtisch und goss sich ebenfalls Kaffee ein. »Da sind Sie nicht die Einzige hier«, sagte er und klang das erste Mal nicht wie ein Losbudenverkäufer.

Thea musterte ihn. Er wirkte blass, selbst unter der Sonnenbräune.

»Schreckliche Sache, das mit Menno«, seufzte er, »schließlich kannte man sich. Vom Zelten. Weiß man schon, wie es genau passiert ist?«

»Keine Ahnung.«

»Die Polizei meint, es war ein Unglück. Oder Selbstmord. Wie schrecklich!«

»War die nette Kommissarin aus Wittmund auch schon bei Ihnen?«, fragte Thea.

»Nein. Nicht bei mir, aber in Mennos Zelt haben sie herumgestöbert. Möchten Sie Kekse zum Kaffee?«

»Danke, nein. Ich habe keinen Hunger.«

»Kann mir vorstellen, dass das kein schöner Anblick war. Wenn einer so ungebremst auf die Steine der Uferbefestigung knallt.«

Thea schwieg. Was wollte Karlo von ihr? Sensationsnachrichten, die er in seinen Krimischmonzetten verbraten konnte? »Der Tod kam im Gewittersturm« – oder so? Jetzt rückte er auch noch näher an sie heran und legte ihr väterlich die Hand auf die Schulter.

»Reden tut gut. Erzählen Sie mir alles.«

Thea stand so schnell auf, dass ihr Stuhl nach hinten kippte. »Ich geh dann mal.«

»Schon? Warum denn?«

»Weil ich nicht reden will.«

Karlo hob konsterniert die Hände. »Entschuldigung. Ich wollte ja nur helfen.«

»Wem?«

»Na, Ihnen natürlich.«

»Kann es sein, dass Sie Stoff für neue Krimis sammeln?«

Karlo starrte sie an. »Ich dachte nur … Ich wollte Ihnen helfen!«

»Der Satz wird auch beim dritten Mal nicht besser«, fuhr Thea ihn an und ging.

Freitag

»Du bist noch hier?«, fragte Adele überrascht, als Thea am frühen Morgen an ihr vorbei in die freie Kabine huschte. »Ich dachte, du bist längst abgereist nach allem, was passiert ist.«

»Das dachte ich auch«, brummte Thea und drehte das Wasser auf. Ihre Haut zog sich augenblicklich zusammen, und alle Luft wich aus ihrer Lunge, als der eiskalte Duschstrahl sie traf. Auf der Kopfhaut spürte sie tausend Nadelstiche. Sie lebte.

»Bin gestern erst spät zurückgekommen von der Ostplate, und da habe ich gehört, was passiert ist. Es tut mir so leid«, rief Adele zu ihr herüber.

Thea schwieg. Je länger sie unter der kalten Dusche stand, desto lebendiger fühlte sie sich. Auf gut meinende Kommentare konnte sie jetzt verzichten.

»Hab nach dir gesucht, aber die anderen sagten, du seist weg.«

»Hab im Rettungshaus übernachtet.«

Das Rauschen in der Nachbarkabine verstummte. Thea scherte sich nicht darum. Immer noch stand sie bewegungslos unter dem kalten Wasser. Ihre Haut war schon krebsrot.

»Hallo?« Thea öffnete die Augen. Adeles Kopf lugte um die Kabinenwand. Sie hatte sich ein Handtuch um die nassen Haare gewickelt und rubbelte sich den Kopf trocken. »Gehen wir frühstücken? Ich lade dich ein.«

Wenige Minuten später saßen sie in einem Strandkorb hinter dem Inselladen. Es war nicht viel los hier draußen, denn der Morgen war kühl und unangenehm feucht. Einige hatten sich in den Nebenraum des Ladens gequetscht und wärmten sich gegenseitig. Thea hatte jedoch keine Lust auf weitere Gesellschaft.

»Erzähl mir, was passiert ist. Auf dem Platz kursieren die wildesten Gerüchte«, forderte Adele sie auf.

Thea schloss die Augen. Wollte sie reden? Sie schüttelte den Kopf. »Tut mir leid, ich kann das nicht. Nicht jetzt.«

»Lass dir doch helfen!« Adele legte ihr mütterlich die Hand auf den Arm.

Thea lachte bitter. »Das kommt mir irgendwie bekannt vor.«

Adele ließ augenblicklich los. »Entschuldige. Es war blöd von mir.«

Thea sah sie an. Adele klang so warmherzig, und Thea überlegte einen Moment lang, ob sie sich dieser Frau nicht doch anvertrauen sollte. Sie gab sich einen Ruck. »Menno ist von der Dünenabbruchkante gestürzt, direkt vor meine Füße.«

»Mein Gott! Das muss ganz fürchterlich für dich sein.«

Thea dachte darüber nach. »Fürchterlich« war nicht das richtige Wort. Irgendwie war alles in ihr abgestorben, wie der Kiefer beim Zahnarzt nach der Betäubungsspritze. Thea spürte Adeles erwartungsvollen Blick auf sich ruhen. Nein. Sie wollte nicht reden. Sie wollte allein sein. Oder nicht? Im Grunde wusste sie nicht, was sie wollte.

Sie hatte die ganze Nacht darüber nachgegrübelt, warum sich Menno von der Abbruchkante gestürzt hatte. Warum war er nackt gewesen? Was war am Vormittag geschehen? Warum war er nicht wie angekündigt nach Neuharlingersiel gegangen? Hatte er sie angelogen? Wollte er in Wirklichkeit auf diese spektakuläre Art sterben?

»Nein«, flüsterte Thea, »das hätte ich doch gemerkt!« Sie hatte in der kurzen gemeinsamen Zeit keinerlei Anzeichen dafür gefunden, dass er lebensmüde war oder verwirrt. Ihr Bruder, ja, der hatte mehr als einen Grund gehabt, sich ins Jenseits zu katapultieren. Ihm hatte sie es auch nicht angehört. Darüber machte sie sich heute noch Gedanken. Im Grunde hatte sie nie gewusst, was in Fridjof vor sich ging. Er war ihr immer fremd geblieben. Aber bei Menno war das anders. Obwohl sie sich erst kurz kannten, waren sie sich sehr nahegekommen. Nein, er hatte nicht vorgehabt, sich das Leben zu nehmen. Oder doch?

Sie wandte sich Adele zu. »Warum erzählst du mir nicht ein bisschen von Menno? Du kanntest ihn doch viel länger als ich. Ihr seid euch auf dem Zeltplatz oft über den Weg gelaufen.«

Adele wandte sich ab. Sie betrachtete nachdenklich eine Silbermöwe, die auf einem Zaunpfahl in der Nähe rastete. »Tja«, sagte sie, »kannte ich ihn?«

Thea registrierte das leichte Zittern in ihrer Stimme. Mennos Tod schien sie mehr zu erschüttern, als sie nach außen hin zeigen wollte.

»Er war ein Eigenbrötler und wollte meist für sich sein.« Adele hielt ihre Hände so fest, dass die Knöchel weiß hervortraten. »Wenn du mich als Psychologin fragst, war er ein wenig dissozial. Aber er –«

»Moment«, unterbrach Thea sie barsch und rückte unwillkürlich ein Stück ab, »du bist Psychologin?«

»Ja. Und Therapeutin. Was ist daran so schlimm?«

Ich hätte es wissen müssen, dachte Thea. Der verständnisvolle Tonfall, der einladende Blick. Thea kannte das zur Genüge. Nach der Sache mit Fridjof war sie oft in Behandlung gewesen. Sie hatte einen längeren Klinikaufenthalt hinter sich, nachdem die Panikattacken eingesetzt hatten. Mit Schaudern erinnerte sie sich an die Psychodoktoren, die sie allesamt behandelt hatten wie eine Spezies von einem anderen Stern, die es zu erforschen galt. Thea wandte sich ab. Sie brauchte eine Weile, um das zu verdauen, denn irgendwie mochte sie Adele auch.

»Was meinst du mit dissozial?«, fragte sie schließlich.

»Er war schlichtweg ein Eigenbrötler.«

»Dann kanntest du ihn also doch näher?«

»Menno? Den kannte niemand. Der war so verschlossen wie ein Schweizer Banksafe. Warum willst du das alles wissen?«

»Er fiel mir immerhin sterbend in die Arme.«

»Sieht ihm ähnlich, seinen Tod so zu inszenieren.« Adele trank ihren Tee in einem Zug leer. »Er schnorrte sich mit seiner Musik und seinen blöden Windspielen durch den Sommer.«

»Du mochtest ihn nicht?«

»Sagen wir mal, ich bin ihm schon länger aus dem Weg gegangen.«

»Warum? Was war zwischen euch?«

»Thea! Ist das ein Verhör?«

»Nein, entschuldige. Ich will das alles einfach nur verstehen.«

»Verstehen? Guck dich doch um! Alle hier wollen eine Zeit lang so richtig schön ökologisch wertvoll leben. Von der Musik bis zur Zeltdeko. Alles muss passen. Das hat Menno gut bedient.«

Thea verstand nicht, was Adele damit sagen wollte, aber es war bemerkenswert, wie sich ihre Kiefer verkrampften vor unterdrückter Wut. »Für eine Psychotante bist du ganz schön zynisch.«

»Meinetwegen.«

»Bist du eigentlich jedes Jahr hier?«, fragte sie Adele.

Die nickte. »Entweder hasst man die Insel oder man liebt sie.«

»Das habe ich auch schon mal gehört. Was ist es bei dir? Liebe oder Hass?«

Adele zuckte die Schultern. »Was ist schon gegen zwei, drei Wochen verschärftes Ökozelten einzuwenden? Zumindest freut man sich danach auf zu Hause.«

Thea musste lachen. Die Atmosphäre zwischen ihnen entspannte sich.

»Was hast du nun vor?«, fragte Adele nach einer kurzen Weile des Schweigens.

»Nichts. Ich bleibe hier. Ich muss warten, bis mein Chef mir meinen restlichen Lohn überweist. Ich habe nämlich nur ein One-Way-Ticket.«

»Schöner Schlamassel. Warum bist du überhaupt hierhergekommen? Spiekeroog ist unverschämt teuer.«

Thea seufzte tief. »Ich wollte ein paar Dinge klären, die in meinem Leben schiefgelaufen sind.«

»Geht es auch genauer?«

Thea überlegte. »Ich glaube«, sagte sie schließlich, »ich muss erst mal klären, warum sich ein Windmann nackt vor mir in die Tiefe stürzt.«

***

Thea hatte nach dem Frühstück einen schweren Gang vor sich. Sie musste ihre Sachen aus Mennos Zelt holen. Sie war sich unschlüssig, ob sie Adeles Angebot annehmen und ihr Packzelt ausleihen sollte. Wie es aussah, würde ihr nichts anderes übrig bleiben. In diese Gedanken versunken stand sie schließlich vor Mennos Zelt. Es dauerte eine Weile, bis sie bemerkte, dass etwas nicht stimmte. Jemand hatte sich daran zu schaffen gemacht. Das Polizeisiegel war aufgebrochen. Wahrscheinlich hatte ihr Zeltnachbar seine Neugierde nicht zähmen können. Thea riss den Eingang beiseite.

»Bofrosti! Raus da!«

Eine massige Gestalt trat ihr entgegen. Sie baute sich vor ihr auf und verschränkte die Arme vor der Brust. Das war eindeutig nicht der Mann mit den Kühlboxen.

»Wie haben Sie mich gerade genannt?«, herrschte sie Wilma Menkens an. »Raus mit der Sprache!«

Thea räusperte sich. »Ich … sagte ›Bofrosti‹.«

»Wollen Sie mich verarschen, Thading?«

»Nein! Es war eine Verwechslung.«

»Eine Verwechslung. Aha. Und wen hatten Sie vermutet, hier anzutreffen?«

»Herrn Schmidt von nebenan.«

»Ach, schau an! Herrn Schmidt von nebenan. Bei so viel Herrenbesuch sollte ich mir langsam Gedanken über Sie machen. Das wirft die eine oder andere Frage auf, finden Sie nicht?«

Thea schluckte. »Gut. Dann fragen Sie doch einfach.«

»Sie waren die Letzte, die Herrn Wittig lebend gesehen hat. Ist Ihnen etwas an ihm aufgefallen?«

»In welcher Beziehung?«

»Ich frage, Sie antworten. So geht das Spiel. Also: War er irgendwie anders?«

»Wie anders?«

»Anders eben! Im Sinne von … unnormal.«

»Na ja. Er war nackt und am Ende ziemlich tot.«

»Warum?«

Thea verdrehte die Augen. »Möglicherweise war sein Sturz die Ursache?«

»Haben Sie ihn dazu angestiftet?«

»Wie bitte?«

»Enttäuschte Liebe oder so was? Vielleicht war der Sex ja doch nicht so phänomenal?«

Thea starrte die Kommissarin an. Die schob sich einen Kaugummi in den Mund und begann, heftig darauf herumzukauen, wobei sie Thea aufmerksam musterte.

»Ich habe Ihnen doch schon gesagt, ich kam erst dazu, als er herunterfiel. Ich dachte die ganze Zeit, er sei auf dem Weg nach Neuharlingersiel. Ich hatte keine Gelegenheit, ihn zu irgendetwas anzustiften.«

»Hat Herr Wittig noch etwas gesagt?«

»Ja. Ein Wort. Für mich klang es wie ›Mord‹.«

»Er könnte aber auch ›Selbstmord‹ gesagt haben?«

»Nein. Ich glaube nicht.«

»Worüber haben Sie gesprochen, als Sie … Sex hatten?«

»Sind Sie katholisch, oder warum hacken Sie ständig darauf herum?«

»Meine Konfession geht Sie nichts an. Beantworten Sie meine Frage!«

»Gut. Wir hatten eine eher archaische Unterhaltung. So mit Stöhnen und Seufzen. Allerdings, wenn ich es mir richtig überlege: Er sagte, dass ich gut klinge.«

»Dass Sie gut klingen?«

»Wie japanisches Seidenpapier.«

Wilma Menkens schüttelte den Kopf. »So ein Blödsinn!«

»Wonach suchen Sie eigentlich? Ihre Kollegen haben doch schon alles durchwühlt.«

»Wollte nur noch mal nachschauen, ob die Kollegen etwas übersehen haben. Einen Abschiedsbrief oder so was in der Art.«

»Er hat sich nicht das Leben genommen.«

»Ach. Woher nehmen Sie diese Gewissheit?«

»Er klang nicht danach.«

Wilma Menkens lachte schallend. »So was kann man hören? Das müssen Sie mir beibringen. Meine Güte, ich hab schon immer gesagt, wer auf Spiekeroog zeltet, muss verrückt sein.«

»Möglich. Aber mal abgesehen davon: Haben Sie einen Abschiedsbrief im Zelt gefunden?«

»Nein. Aber in seiner Jacke war etwas anderes.« Wilma Menkens hielt triumphierend einen leeren Tablettenstreifen in die Höhe.

»In seiner Jacke? Er war nackt!«

»Aber seine Sachen lagen oben auf der Düne verstreut. Das hier ist ein leerer Streifen aus einer Medikamentenschachtel. Fluctin.«

»Antidepressiva?«, fragte Thea erstaunt.

»Korrekt. In Überdosierung kann das Zeug Verwirrtheit und Halluzinationen hervorrufen. Wahrscheinlich hat er sich deshalb die Sachen vom Leib gerissen.«

Thea nickte und üble Erinnerungen an vergangene Klinikaufenthalte krochen aus dem hintersten Winkel ihres Hirns hervor. »Hatte er denn eine Überdosis davon im Blut?«

Die Kommissarin wiegte den Kopf. »Nein. Nicht direkt. Er hat sich das Zeugs gespritzt. War wohl süchtig.« Sie warf Thea einen spöttischen Blick zu. »Scheint, Sie haben sich bei Herrn Wittig gründlich verschätzt, was?«

Thea ließ den Kopf sinken. Dass er depressiv war und medikamentenabhängig, davon hatte sie tatsächlich nichts bemerkt. Allerdings passte sein sprunghaftes Verhalten dazu.

Die Kommissarin ließ ihre Pranke auf Theas Schulter krachen und riss sie aus ihren Gedanken. »Kopf hoch, Mädchen. So was passiert häufiger, als man denkt.« Sie zog ihre Hand zurück und schaute sich um. »Früher hab ich auch ab und an auf der Insel gezeltet«, sagte sie und geriet ganz unvermittelt in einen schwärmerischen Tonfall. »Da war ich noch jünger und –«

»Es gibt also keine Anzeichen von Fremdverschulden?«, unterbrach Thea.

Wilma Menkens räusperte sich und wurde sofort wieder geschäftsmäßig. »Nein. Absolut keine. Solche Künstler balancieren doch immer auf Messers Schneide. Manche säbeln sich ein Ohr ab, andere fallen von der Düne. So ist das mit denen. Nächsten Dienstag wird er übrigens in Wittmund beerdigt.«

»Dann ist der Fall für Sie gelöst?«

Die Kommissarin starrte sie an. »He!« Sie pikte Thea mit dem Zeigefinger in die Schulter. »Jetzt fällt's mir ein, woher ich Sie kenne.« Thea blieb augenblicklich die Luft weg. »Sie sind *die* Thading. Der Name kam mir doch gleich bekannt vor. Stand ja damals in allen Zeitungen.«

Wilma Menkens brüllte ihre Erkenntnis über den Platz. Zwei Männer, die gerade vorbeischlenderten, drehten neugierig die Köpfe in ihre Richtung. Theas Magen krampfte sich zusammen.

»Das war doch dieser Fall! Wie lange ist das her? Der Amoklauf. Drei Tote.«

Die Männer blieben stehen. Thea spürte ein Kribbeln in den Händen und unter der Kopfhaut.

»War das nicht Ihr Bruder? Mit Ihrer Dienstwaffe?«

»Spielt das hier eine Rolle?«, flüsterte Thea, deren Hals sich plötzlich wie zugeschnürt anfühlte. Die Männer standen immer noch da. Eine Frau gesellte sich zu ihnen. Sie tuschelten.

Wilma Menkens scherte das nicht. »Die Häufung von Todesfällen in Ihrer unmittelbaren Umgebung ist jedenfalls auffällig, finden Sie nicht?«, fragte sie ungnädig.

Im hintersten Winkel ihres Hirns regte sich das hässliche Tier. Theas Herzschlag beschleunigte. Das Blut raste in ihren Ohren. Sie schloss die Augen und atmete durch. »Eins, zwei, drei, Haferbrei.«

»Wie bitte?«

»Vier, fünf, sechs, alte Hex.«

»Vorsicht! Das könnte ich als Beamtenbeleidigung auslegen.«

»Das Tier«, japste Thea.

»Was?«

»Ich habe … Panikattacken.« Sie rang nach Luft. Ihr Gesichtsfeld verengte sich. Das Tier brüllte und schlug mit den Pranken gegen die Gitterstäbe. Jeden Augenblick würde es freikommen und außer Kontrolle geraten.

»Muss ich mir Sorgen machen?«, fragte Wilma Menkens.

Thea brachte kein Wort heraus. Kalter Schweiß trat ihr aus den Poren, sie fröstelte heftig und begann zu zittern. Alarmstufe Rot.

»Ich rufe den Arzt«, sagte die Kommissarin.

»Nein. Warten Sie«, keuchte Thea, »es ist gleich vorbei.« Sie hockte sich ins feuchte Gras, schlang die Arme um ihre Knie, schloss die Augen und konzentrierte sich darauf, in Gedanken einen Käfig um das wütende Tier zu bauen.

»He! Sind Sie sicher, dass Sie keinen Arzt brauchen?«

Thea sah gequält auf. Wilma Menkens bearbeitete immer noch ihren Kaugummi. Wie ein wiederkäuendes Rindvieh, dachte Thea und sah angewidert weg. Wunderbarerweise beruhigte sich das Tier beim Anblick der mahlenden Kiefer. Thea atmete auf. »Kann ich auch so einen Kaugummi haben«, fragte sie matt.

Wilma Menkens reichte ihr die ganze Packung. Thea nahm sich mit zitternden Fingern einen Streifen heraus, riss das Papier ab und schob ihn sich in den Mund. Sie schmatzte herzhaft. Das Tier verschwand winselnd in seinem Käfig, und Thea schlug die Tür zu.

»Besser?«, fragte die Kommissarin und hockte sich neben sie ins Gras. Thea nickte. »Tut mir übrigens sehr leid, diese Sache damals mit Ihrem Bruder. War ja 'ne wirklich üble Geschichte.«

Thea sah auf. Hatte sie sich verhört, oder war da eine zarte Anwandlung von Mitgefühl in den unteren Stimmfrequenzen?

Die Menkens erhob sich ächzend. »Wird schon wieder, Frau Kollegin«, sagte sie. »Das Zelt ist übrigens jetzt freigegeben. Sie können Ihre Sachen da rausholen.«

***

Thea hatte ihren Kram zusammengesucht und unter das Vorzelt gestellt. Es war wider Erwarten nicht schlimm gewesen, in das Zelt zu gehen. Es hatte sogar etwas Tröstliches, zwischen seinen Sachen zu sitzen. Gern wäre sie noch länger geblieben. Sie beschloss, hier auf Adele zu warten, um sich von ihr das Ersatzzelt zu holen. Sie hatte viel Zeit, denn Adele würde erst gegen Abend zurück sein. Sie war noch einmal zur Ostplate aufgebrochen, um Fotos zu machen.

Theas Magen knurrte. Sie konnte sich nicht erinnern, jemals so viel Kohldampf geschoben zu haben wie hier auf Spiekeroog. Also schlenderte sie zum Inselladen. Es würde schon gehen, wenn sie sich eine Mahlzeit auf Mennos Kocher zubereitete.

Kurze Zeit später stand sie da und rechnete in Gedanken zusammen, was die Sachen kosteten, die sie auf den Verkaufstresen gelegt hatte: eine Packung Nudeln, Eier, Mehl und Milch.

Der Bär musterte sie mit verschränkten Armen. »Ebbe im Portemonnaie?«

Thea seufzte. »Sieht so aus. Ich muss wohl erst zum Bankautomaten. Mir fehlen vierzig Cent.«

»Ich mach dir 'n Deckel. Du kannst am Ende der Woche bezahlen.«

Thea überlegte nicht lange und stimmte zu. Sie hatte sich sowieso vorgenommen, noch heute ihren Chef anzurufen und ihm Dampf zu machen. Er musste das Geld überweisen, das ihr noch zustand. Wenn sie Glück hatte, war der Lohn morgen auf dem Konto und sie könnte ihre Schulden begleichen. Wenn er nicht auf stur schaltete und sie schmoren ließ. Thea schob die Gedanken beiseite. Für heute war ihr Überleben auf der Insel gesichert. Sie stellte noch eine Flasche Rotwein dazu.

Der Bär nickte und kramte unter seinem Tresen ein Notizbuch hervor. Das also war der »Deckel«, von dem er geredet hatte. Thea packte ihre Sachen in einen Baumwollbeutel, während er alles notierte.

»Ich habe gehört, du vermietest Zelte?«, fragte sie beiläufig.

Er drehte sich um und zapfte schweigend einen Becher Tee, als müsse er über die Antwort erst nachdenken. »Auch einen?«

Thea schüttelte den Kopf. »Kein Geld.«

»Geht aufs Haus.«

»Dann gerne.«

Der Bär bereitete auch Thea einen Tee und stellte den Becher vor sie hin. »Ich vermiete hier nur ein Zelt, und da wohnt jeden Sommer Menno Wittig drin. Im September wären noch zwei Wochen frei. Soll ich für dich reservieren?«

»Na, der braucht das Zelt jetzt nicht mehr, oder?«

Der Bär pustete in seinen Becher und musterte Thea. »Hat die Polizei das denn schon freigegeben?«

»Ja. Die Kommissarin war gerade da.«

»Aber was ist mit seinen Sachen? Holt die niemand?«

»Hatte er denn Verwandte?«

Der Bär drehte den Becher in den Händen. »Hab gehört, er war mal verheiratet.«

Thea hatte das deutliche Gefühl, dass es ihm unangenehm war, darüber zu reden. Vielleicht ging ihm Mennos Tod ja auch nahe. »Kennst du seine Exfrau?«, fragte sie dennoch.

»Nee. Das war lange, bevor er nach Spiekeroog kam.« Seine Stimme klappte förmlich zu.

Thea stellte ihren Becher ab. Sie wagte einen letzten Vorstoß. »Vielleicht wäre es ja möglich, dass ich wenigstens ein paar Tage in Mennos Zelt bleibe? Er hatte es mir angeboten. Mein Zelt ist doch kaputt. Und wir waren am Ende so was wie … Freunde. Irgendwie.« Thea spürte, wie sie puterrot wurde.

»Na gut. Aber nur ein paar Tage.« Er begann, die Milch aufzufüllen und machte Thea unmissverständlich deutlich, dass das Gespräch für ihn beendet war.

»Und was kostet das?«

»Nichts. Ich hab doch gesagt, das Zelt ist bis Ende August bezahlt.«

Thea fiel ein Stein vom Herzen. Sie hätte ihn am liebsten umarmt. »Danke.« Sie schluckte den Rest Tee schnell hinunter und ging zur Tür, drehte sich dann aber noch einmal um. »Weißt du etwas davon, dass Menno depressiv war oder psychische Probleme hatte?«

»Wer sagt das?«

»Die Kommissarin tippt auf Selbstmord.«

Er hob die Schultern. »Keine Ahnung.«

»Hatte er eigentlich Feinde?«

Der Bär sah sie jetzt direkt an. Alle Freundlichkeit war aus seinem Gesicht gewichen. »Was soll diese Fragerei? Wir müssen seinen Tod alle akzeptieren. Seinen und den von allen anderen auch.«

»Von welchen anderen?«, fragte Thea überrascht.

Er lächelte, aber seine Augen blieben starr. »Wir müssen doch alle irgendwann abtreten, oder? Ich muss jetzt arbeiten. Tschüss.«

Das war ein glasklarer Rausschmiss.

Diese Insulaner waren schwierig. Thea dachte darüber nach, während sie mit ihren Lebensmitteln zum Zelt zurückging. Auf dem Weg kam ihr die Frau vom Hafen entgegen. Sie hatte ihre Tochter im Schlepptau. Thea grüßte knapp und ging schnell weiter.

»Warte mal«, hielt die Frau sie auf, »du bist doch die, die Menno gefunden hat, oder?«

Thea schloss genervt die Augen. Wenn sie wenigstens aufhörte zu quaken!

»Kann schon sein«, sagte sie mühsam beherrscht.

»Wir haben uns schon kennengelernt. Ich habe dir ein Energiebällchen geschenkt. Am Hafen.«

Der trockene Teigklumpen fiel Thea ein. Sie schluckte. »Ja. Natürlich. Danke noch mal.«

»Ich bin die Ragna. Ich wohne in dem grünen De Waard mit dem blauen Fisch, gleich hinter dem Waschhaus. Ich wollte dich gerade zu unserem Treffen einladen.«

»Was denn für ein Treffen? Bist du vom Verein der Zeltplatzfreunde oder so was?«

Ragna kniff etwas pikiert die Lippen zusammen. »Nein. Das meine ich nicht. Wir treffen uns heute Abend am Strand. Wir wollen uns von Menno verabschieden. Also, alle, die sich mit ihm verbunden fühlen.«

»Aha.«

Ragna fuhr sich mit der Hand über das Haar. »Ich bin nämlich Schamanin.«

»Das ist wirklich nett«, stammelte Thea verlegen, »aber ich glaube, das ist nichts für mich.«

»Schade. Vielleicht überlegst du es dir noch mal?«

»Die Frau ist blöd«, quengelte Meta-Marie. »Ich will ein Eis!« Sie trat ihrer Mutter gegen das Schienbein. Die reagierte nicht.

»Warum darf sie dich treten?«, fragte Thea verblüfft.

Ragna setzte eine wichtige Miene auf. »Sie ist schwächer, also sind ihre Mittel, sich bemerkbar zu machen, massiver. Das gleicht das Kräfteverhältnis zwischen uns aus. Wir kommunizieren nämlich auf Augenhöhe. Sie ist ein Indigo.«

»Ich will ein Eis! Ich will!«, schrie Meta-Marie und trat noch einmal zu, diesmal heftiger.

»Aua«, sagte Ragna und rieb sich den Unterschenkel. »Ich möchte nicht, dass du so viel Eis isst, weil das ganz, ganz ungesund für dich ist, weißt du?«

»Ich will aber Eis!«

»Wir treffen uns bei Sonnenuntergang am Strand, falls du es dir anders überlegst«, quakte Ragna und lächelte gequält, wobei sie Meta-Marie so fest am Arm packte, dass diese überrascht schwieg. »Es ist nur sein Körper, der tot ist. Was natürlich auch schon sehr schade ist.« Ragna hob zum Abschied die Hand und ging, wobei sie ihre Tochter hinter sich herzog.

Thea stand da und starrte ihr nach. Sie wusste nicht, was sie von dieser Begegnung halten sollte. Aus dem Texastal wehten Klänge eines Kirchenliedes zu ihr herüber. Eine Pastorenfamilie campierte dort. Sie sangen »Ein Schiff, das sich Gemeinde nennt« und jemand klampfte eifrig auf der Gitarre dazu. Thea schloss die Augen und massierte ihre Schläfen. Vielleicht war es doch keine gute Idee gewesen, auf Spiekeroog ihr Leben in Ordnung bringen zu wollen. Das nächste Mal versuche ich es in Bad Zwischenahn, dachte sie und ging weiter zu Mennos Zelt. Unter dem Vordach lagen immer noch ihre Sachen. Sie begann, sie wieder ins Zelt zu packen. Diese Insel konnte einen wirklich verrückt machen.

Ohne Menno wirkte das Zelt leer und ungemütlich. Sie ließ sich auf Mennos Schlafplatz fallen und vergrub das Gesicht in dem Haufen aus Decken und Fellen. Alles roch noch nach ihm. Thea schloss die Augen und sog seinen Duft ein. Der Schmerz traf sie urplötzlich. Sie rollte sich zusammen.

»Du tust immer das Gegenteil von dem, was gut für dich wäre! Du hast zu viel von deiner Mutter!«, hörte sie ihren Vater schimpfen, aber er hatte das immer nur zu ihrem Bruder gesagt, nie zu Thea. Die hatte alles im Griff, war diszipliniert und organisiert. Gut, dass er nicht mehr erlebte, wie Thea jetzt ebenso hilflos durch ihr Leben schlitterte wie damals Fridjof. Er hatte sie mit sich ins Chaos gerissen.

Thea verstand bis heute nicht, warum das alles passiert war. Wenn die Mutter nicht so früh gestorben wäre, wenn der Vater darüber hinweggekommen wäre, wenn Thea sich mehr gekümmert hätte ... Hätte, hätte, Fahrradkette! In Gedanken gab sie sich die Ohrfeige, die der Vater ihr in dieser Situation verpasst hätte. Benimm dich ordentlich! Sitz gerade! Reiß dich zusammen! Sie wischte sich entschlossen über das Gesicht. »Rutsch mir den Buckel runter!«, flüsterte sie und setzte sich ruckartig auf. Sie konnte nicht einfach hier herumliegen. Sie musste etwas tun. Also begann sie, jedes einzelne Ding, das dem Windmann gehört hatte, in die Hand zu nehmen. Vielleicht fand sie ja doch noch etwas, das das Rätsel um Mennos Tod löste.

Während sie es tat, spürte sie, wie sie sich entspannte. Sie fühlte sich ihm nahe, indem sie seine Sachen begutachtete. Sie legte seine wenigen Kleidungsstücke sorgfältig in die Alukiste und sortierte die Werkzeuge und mehr oder weniger fertigen Windräder. Sie strich über die Friesische Hummel und entlockte dem Instrument ein paar Töne. Viel hatte er nicht besessen, der Windmann. Keine Fotos oder Aufzeichnungen, die auf eine Familie oder Freunde hinwiesen. Es war, als hätte sie sich in ein Phantom verliebt. Sie wusste so gut wie nichts über ihn. Thea blickte über die Salzwiesen, die sich rot gefärbt hatten. Die Sonne ging gerade unter.

***

»Schön, dass du doch noch kommst«, begrüßte Ragna sie überschwänglich. Ein illustres Grüppchen war um ein Lagerfeuer versammelt. Thea stellte fest, dass es ausschließlich Frauen waren. Sie war überrascht, Adele in dem Kreis zu finden. Sie war also schon zurück von ihrer Wanderung zu den Seehundbänken. Thea wollte sich gerade zu ihr gesellen, da stand Ragna neben ihr und legte ihr den Arm um die Schulter, als seien sie seit Jahren befreundet.

»Ich möchte euch eine ganz, ganz liebe Freundin vorstellen«, quakte sie laut, »das hier ist Thea Thading. Ihr wisst schon: Sie ist diejenige, die Menno gefunden hat.«

Ein Raunen ging durch den Kreis. Thea hatte sich selten

unbehaglicher gefühlt. Sie machte sich los, floh zu Adele und ließ sich neben sie in den Sand fallen.

»Hallo«, flüsterte Adele. »Willkommen im Irrenhaus.«

»Bist du auch eine Exfrau von Menno?«, fragte Thea sie leise.

»Ja, klar.«

Thea kicherte.

Die Gespräche verstummten nach und nach. Ragna schloss die Augen und hob an zu einem recht eintönigen Singsang. Sie hatte eine schöne Stimme. Allerdings wurde sie von den anderen bald übertönt. Alle stimmten nacheinander ein, bis sich daraus ein kakophones Gesumme ergab, das in einem unregelmäßigen Rhythmus anschwoll und wieder abebbte. Thea sang nicht mit. Sie beobachtete die anderen. Einige begannen jetzt, sich hin- und herzuwiegen. Selbst Adele hatte andächtig die Augen geschlossen. Thea senkte peinlich berührt den Kopf. Das Lied brach abrupt ab bis auf das inbrünstige Gesumme von Adeles Nachbarin. Sie knuffte ihr unsanft in die Rippen. Mit einem Kiekser verstummte auch sie.

Thea hielt es nicht länger aus. Sie sprang auf und sagte mit lauter Stimme: »Wo der Menno-Wittig-Fanclub hier nun schon versammelt ist, würde ich gerne etwas fragen. Ich glaube nämlich, dass Menno Wittig nicht ganz freiwillig aus dem Leben geschieden ist. Ich will wissen, ob da jemand nachgeholfen hat. Ihr kanntet ihn doch. Ist einer von euch etwas aufgefallen?«

Die Frauen starrten sie an. Zwei begannen zu schluchzen. Die Stimmung war so gereizt, als habe sie sich gerade selbst als Mörderin geoutet.

Adele rappelte sich auf. Sie stellte sich neben Thea und hob beschwichtigend die Arme. »Ich glaube, wir sind alle sehr aufgewühlt von den ganzen Ereignissen. Aber lasst uns nicht hysterisch werden! Unsere Freundin hier«, sie legte Thea einen Arm um die Schultern, »ist ein bisschen voreilig mit ihren Behauptungen. Die Kommissarin aus Wittmund sprach eindeutig von Suizid.«

»Das glaube ich nicht!«, rief eine Frau.

»Ich auch nicht«, stimmte Thea ihr zu und befreite sich aus Adeles Umarmung. Das darauf folgende Schweigen wog schwer.

Thea blickte in die Runde und stieß auf feindselige Blicke. »Ich will doch nur die Wahrheit herausfinden«, verteidigte sie sich. »Glaubt hier irgendjemand, dass Menno sich das Leben genommen hat?«

»Ja«, flüsterte Ragna. Sie hatte Tränen in den Augen.

***

Bremen, 1984, Mittag

Am Mittag kam die Sonne durch, und es versprach, ein richtig schöner Tag zu werden. Wie geschaffen für einen Ausflug an die Nordsee. Sie war längst im Büro. Verbrachte mehr Zeit auf der Arbeit als zu Hause. Sie würde erst am späten Abend zurück sein und dann auch nur, um für den Kongress die Koffer zu packen. Inzwischen genoss er die Tage ohne sie, denn sie hatte sich verändert. Am Anfang hatte sie gesagt, sie fühle sich inspiriert von seiner lockeren Art. Jetzt warf sie ihm immer häufiger vor, dass er mit seiner Kunst zu wenig Geld verdiente. Aber wie sollte er bitte schön arbeiten? Er hielt ihr ja den Rücken frei. Wenn er sich nicht damals entschlossen hätte, den Hausmann zu machen, stünde sie nicht so weit oben auf der Karriereleiter. Er hatte es sogar gern getan, denn er liebte das Kind über alles. Er liebte auch sie. Immer noch. Dabei behandelte sie ihn immer offensichtlicher wie ein lästiges Haustier. Sollte sie sich jemals von ihm trennen, würde er das Kind mit sich nehmen und mit ihm bis ans andere Ende der Welt fliehen.

»Wann fahren wir los, Papa?«, drängelte das Kind. Er hatte versprochen, dass der Ausflug doch noch stattfinden würde. Ohne sie.

»Gleich. Ich schmier uns nur noch ein paar Brote.«

»Ich will aber eine Bratwurst. Und Pommes.«

Er sah das Kind an, wie es erwartungsvoll und mit glänzenden Augen vor ihm stand. Er seufzte. »Also gut. Machen wir es uns heute mal bequem. Bratwurst und Pommes.«

Samstag

Thea stand unter der Dusche. Die Nachbarkabinen waren allesamt frei. Auch das Waschhaus war noch leer um diese Zeit. Es war sehr früh am Morgen und recht kühl. Sie hatte trotzdem die Außendusche gewählt, um den Wind auf der Haut zu spüren.

Die Luft war glasklar heute, als ob es niemals geregnet hätte. Der Himmel glänzte wie polierter Edelstahl, wie bestellt zum Dorffest, das heute stattfinden sollte. Thea spülte sich die Seife vom Körper. Dann trocknete sie sich ab und zog sich an. Sie klaubte ihre Sachen zusammen und trat ins Freie. Hinter dem Inselladen werkelte schon der Bär herum. Er war damit beschäftigt, Gemüsekisten aufzustapeln. Thea machte sich auf den Weg zu ihm. Vielleicht gab es schon Tee und ein frisches Brötchen? Als sie eintrat, hörte sie den Samowar leise brodeln, und die frischen Croissants dufteten herrlich aus dem Korb. Ihr lief das Wasser im Mund zusammen.

»Komme gleich!«, rief der Bär ihr zu.

Thea schlenderte zwischen den Regalen hindurch. Sie nahm sich zwei Croissants aus dem Brotkorb, die noch warm waren. Die Kruste glänzte vom Butterfett. Thea stopfte sie in eine Papiertüte und legte sie auf den Tresen. In diesem Moment trat der Bär in den Laden und wischte sich die Hände an der Jeans ab. Heute Morgen lächelte er sogar. Anscheinend hatte er ihre kleine Meinungsverschiedenheit vom Vortag vergessen.

»Moin. Tee dazu?«, fragte er und warf einen Blick in die Brötchentüte. Dann kramte er das Notizbuch hervor und begann zusammenzurechnen, was sie ihm schuldete. Schließlich war heute Zahltag. Thea sank das Herz in die Hose. Sie hatte es vergessen.

»Ähm, kann ich noch mal anschreiben lassen?«, fragte sie zaghaft. »Hab gar nicht daran gedacht … also … ich war noch nicht am Automaten.« Die Hitze stieg ihr ins Gesicht.

Der Bär ließ den Stift sinken. »Eigentlich kassiere ich heute ab.«

»Ja, ich weiß. Ich hab einfach nicht daran gedacht.«

Der Bär musterte Thea skeptisch und strich sich dabei über den weißen Bart. »Na schön«, sagte er schließlich, »dann will ich mal nicht so sein. Tee und zwei Croissants schreib ich noch an. Aber beim nächsten Mal wird gezahlt. Ich krieg die Sachen auch nicht geschenkt.«

»Schon klar.«

Er notierte Theas Frühstück und legte das Buch wieder unter den Tresen. Dann bereitete er den Tee und schob ihr den vollen Becher hin. Thea nahm ihn dankbar an und pustete hinein. Sie wartete darauf, dass er noch etwas sagte, aber der Bär war heute nicht sehr gesprächig.

»Diese Ragna«, begann sie von selbst, »macht die das öfter, diese spirituellen Treffen am Strand?«

Er blickte auf. »Du warst gestern da?«

»Ja.«

»Und? Hast du Mennos Geist gesehen?«

»Ich war einfach nur neugierig auf die Leute.«

»Du meinst, auf seine vielen Verflossenen.«

»War er denn wirklich so ein Schürzenjäger?«

Der Bär lachte, wobei sein Bauchansatz unter dem Troyer wackelte. »Eifersüchtig?«

Thea musste sich eingestehen, dass es ihr nicht gleichgültig war, aber sie sparte sich die Antwort. Stattdessen fragte sie: »Hatte Ragna auch ein Verhältnis mit Menno?«

Der Bär zuckte die Schultern. »Ich hab mich nicht darum gekümmert. Ich weiß nur, dass sie vor einigen Jahren hin und wieder mit Menno am Strand Musik gemacht hat. Sie hat gesungen, und er hat sie begleitet. Ihr Mann, dieser Tristan, war nicht begeistert. Aber der regt sich über alles auf.« Der Bär zapfte sich ebenfalls einen Tee, bevor er weitersprach. »In den letzten Jahren waren sie allerdings nicht da. Dieses Jahr sehe ich sie das erste Mal wieder hier.«

»Wie ist eigentlich das Verhältnis zwischen Ragna und ihrem Mann?«

Der Bär stützte sich auf seiner Ladentheke ab und sah durchs

Fenster. Thea nahm ein Croissant aus ihrer Tüte, biss hinein und wartete darauf, dass er antwortete.

»Ich weiß nicht. Irgendwie passen die gar nicht zusammen. Dieser Tristan hat was Unheimliches an sich, wenn du mich fragst.«

Ein Kunde betrat den Laden, und der Bär sah auf. Der Mann begrüßte ihn laut und überschwänglich: »Moin, Jens! Alles im grünen Bereich?«

»Klar.« Der Bär grinste und beachtete Thea nicht weiter. Er schien froh zu sein über die Unterbrechung.

Der Neuankömmling öffnete den Getränkekühlschrank und holte sich ein Bier heraus. Er stellte die Flasche auf den Tresen.

»So früh am Morgen schon, Dieter?«

»Man soll mit dem anfangen, womit man aufgehört hat, oder?« Dieter schlenderte lässig durch den Laden und begann, in der altersschwachen Kühltruhe herumzuwühlen, die dort in der hintersten Ecke stand. Schimpfend kam er schließlich zurück. »Verdammt! Da hat schon wieder jemand meine Kühlakkus geklaut.«

Der Bär verdrehte nur genervt die Augen. »Du bist nur zu faul zum Suchen, Dieter.«

»Was denn für Kühlakkus?«, fragte Thea.

»Für die Kühlboxen in den Zelten. Damit das Bier kalt bleibt«, antwortete der Bär.

Thea ging ein Licht auf. Sie hatte sich schon mehrmals gefragt, was in den Beuteln war, die die Camper hier so eifrig austauschten.

»Einfrieren ist gut!«, brummte Dieter. »Dein klappriges Teil hier kommt kaum an den Gefrierpunkt ran. Das kühlt gerade so weit, dass das Bier nicht anfängt zu kochen.«

Thea hatte den Typen schon mehrmals auf dem Platz gesehen. Er campierte direkt am Weg zum Waschhaus. Als sie am Morgen zum Duschen gegangen war, hatte er vor seinem Zelt gestanden. Sein Oberkörper war übersät mit Tattoos. Über einer Zeltleine hing schlapp eine aufblasbare Gummifrau. Wie es schien, hatte sie eine anstrengende Nacht gehabt.

Er öffnete seine Bierflasche mit dem Feuerzeug, obwohl ein Flaschenöffner gut sichtbar auf der Theke lag, und trank einen langen Schluck. »Das mit dem Wittig ist ein Ding, oder? Der hat sich doch nie und nimmer freiwillig verabschiedet!« Er lehnte sich lässig an den Tresen und drängte Thea beiseite, als würde sie nicht existieren.

»Ich war noch nicht fertig hier«, bemerkte sie kühl. »Krieg ich noch eine Packung Kaugummi?« Sie legte demonstrativ ihre letzten Centstücke auf den Tresen. Der Bär zählte nach und schob ihr eine Packung hin. Sie steckte sie ein, raffte ihre Sachen zusammen und verließ den Laden.

»War das die letzte Flamme von dem Wittig?«, hörte sie Dieter noch fragen. Sie verspürte den unwiderstehlichen Drang, umzudrehen und Gummipuppen-Dieter eine saftige Ohrfeige zu verpassen. Oder etwas richtig Schmerzhaftes. Sie beherrschte sich jedoch und tat so, als habe sie nichts gehört. Am Nachmittag würde sie zum Dorffest gehen und sich ein wenig aufmuntern lassen.

***

Jemand verfolgte sie schnaufend. Sie drehte sich im Gehen um. Karlo kam hinter ihr hergejoggt. Seine Bermudashorts flatterten um seine Beine. Um die Stirn trug er ein weißes Frotteeschweißband. Immerhin hatte er außerhalb des Zeltplatzes ein T-Shirt übergezogen. Alles in allem machte er gar keine schlechte Figur, wenn er die Tennissocken nicht bis zu den Waden hochgezogen hätte.

Thea ging schneller. Sie hatte wenig Lust, mit ihm zu reden, denn sie quälten andere Sorgen. Sie war auf dem Weg zum nächsten Geldautomaten in der schwachen Hoffnung, der Chef habe ihren Lohn endlich und ganz von allein überwiesen. Wahrscheinlicher war jedoch, dass er sie schmoren ließ, denn er war ein rachsüchtiger Typ. Sie seufzte. Samstags war der Chef bis mittags im Callcenter, das wusste sie. Die Gelegenheit war also günstig, ihn zu erreichen, allerdings war sie völlig blank, sodass es nicht einmal für ein Telefonat reichte. Warum hatte sie sich nur den Kaugummi gekauft?

Beim Old Laramie holte Karlo sie schließlich ein und trabte neben ihr her. Thea stöhnte innerlich. Konnte der Typ sie nicht einfach in Ruhe lassen! Er setzte gerade zu reden an, da entdeckte er die Pferdebahn, die ihnen aus dem Dorf entgegenkam, vollgequetscht bis auf den letzten Platz. Er winkte mit beiden Armen, als käme seine ganze Verwandtschaft zu Besuch. Viele winkten zurück, einige Männer machten zotige Bemerkungen. Als die Pferdebahn an ihnen vorbeigezockelt war, wandte sich Karlo wieder Thea zu.

»Wissen Sie eigentlich, dass sich der halbe Zeltplatz große Sorgen um Sie macht?«

»Warum?«

»Sie haben da eine filmreife Szene hingelegt gestern am Strand, wie man hört. Das mit dem Mordverdacht ist starker Tobak, oder?«

»Habe ich von Mordverdacht gesprochen? Ich kann mich gar nicht daran erinnern. Wer sagt das denn?«

Karlo geriet ins Stolpern, fing sich aber schnell. »Sie sollten sich jetzt nicht abschotten«, keuchte er. »Da kommt man nur ins Grübeln.«

»Ich grüble nicht.«

»So wie Sie sich gestern verhalten haben, könnte man auf die Idee kommen, dass Sie ein bisschen depressiv sind. Was ja auch kein Wunder wäre bei dem, was Sie durchgemacht haben. So ein Trauma steckt man nicht so einfach weg.« Thea starrte Karlo an, der neben ihr hertrabte wie ein Pony. »Sie müssen gut für sich sorgen«, fuhr er atemlos fort.

»Hmmh. Ja.«

»Jeder Tag ist ein neuer Anfang.«

»Ja, ja. Und die Dunkelheit kann das Licht einer einzelnen Kerze nicht auslöschen. Verschonen Sie mich mit solchen Sprüchen.«

Karlo blieb stehen, er atmete schwer. Doch Thea ging grimmig weiter. Nach einer Weile holte er sie wieder ein.

»Entschuldigen Sie. Ich wollte doch nur –«

»Wann kommt eigentlich Ihre Tochter?«, unterbrach ihn Thea ungnädig.

»Wer?«

»Na, die ausm Fernsehen. ›Stramme Triebe‹, oder wie hieß die Serie noch mal, in der sie mitspielt?«

»›Sturm und Liebe‹.«

»Ja, genau. Die meine ich.«

Karlo räusperte sich. »Beate hat ein überraschendes Angebot bekommen. ›Traumschiff‹. Sie dreht gerade in der Karibik.«

»Ach, wirklich? Menno hat mir erzählt, dass Ihre Tochter sich schon lange nicht mehr auf der Insel hat blicken lassen.«

»Hat er das?«, schnappte Karlo und hörte endlich mit dem blödsinnigen Getrabe auf. Thea beachtete ihn nicht und ging einfach weiter. »Wie komme ich eigentlich dazu, Ihnen unter die Arme greifen zu wollen?«, schrie er ihr nach. »Weil Sie so einen hilflosen Eindruck auf mich gemacht haben? Dabei sind Sie ebenso hinterhältig und arrogant wie dieses Arschloch Menno Wittig. Liebling aller Fünfzig-Plus-Galeristinnen! Die sind doch reihenweise mit ihm ins Bett gestiegen!«

Thea drehte sich zu ihm um. »Entschuldigung, aber ich bin weder so alt noch Galeristin.«

»Jemand wie ich ist da nur Fußvolk«, geiferte Karlo weiter. »Karlo, der Bekloppte mit seiner Phantomtochter! Bofrosti mit seinen Kühlboxen!«

Thea sah ihn verblüfft an. Was machte ihn aus heiterem Himmel so zornig? Er pumpte die Luft aus den Bronchien in die Stimmlippen, als wollte er jemanden totreden. Das war kein Zorn. Das war aufgestaute Wut.

Thea trat einen Schritt auf ihn zu. »Karlo, bitte. Ich habe es nicht so gemeint«, versuchte sie ihn zu beschwichtigen. Aber so einfach war das nicht. Sie hatte allem Anschein nach etwas angerührt, das ihn aus der Fassung brachte. Karlo packte sie an der Schulter und schüttelte sie unsanft. Speicheltropfen regneten ihr ins Gesicht, als er sie anzischte wie eine angestachelte Kobra.

»Nicht so gemeint? Wie haben Sie es denn gemeint? Wollten

Sie einen Scherz machen auf Kosten von Bofrosti? Den kann man so schön verarschen, diesen Deppen! Und was meine Tochter angeht: Nein, die kommt nicht. Sie kann gar nicht kommen, kapiert?«

Thea riss sich los. »Ist ja gut! Ich habe es verstanden. Ihre Tochter ist eine vielbeschäftigte Frau.«

Karlo riss sich das Schweißband von der Stirn und wischte sich damit den Nacken. Er atmete mehrmals schwer ein und aus, um sich zu beruhigen. »Nein«, keuchte er, »das ist sie nicht mehr. Sie lebt nämlich in einer betreuten Wohngemeinschaft. Ihr Hirn ist geschädigt.«

»Das«, Thea schluckte, »… tut mir leid. Ich wusste das nicht. Menno sagte nur, dass –«

»Menno! Menno sagt dies, Menno sagt das! Was findet ihr Weiber eigentlich an dem? Der hat euch doch alle nur benutzt.«

»Ist das so? Warum macht Sie das so wütend? Hat das was mit Ihrer Tochter zu tun?«

»Lassen Sie Beate aus dem Spiel!« Er griff sich an die Brust. Seine Gesichtsfarbe wechselte im Bruchteil einer Sekunde von Rot zu Weiß. Er schwankte.

Thea packte seinen Arm, um ihn zu stützen. »Panik?«, fragte sie, die ihre eigenen Symptome wiedererkannte.

»Nein. Kreislauf«, japste Karlo. »Geht gleich vorbei.«

Thea bugsierte ihn vorsichtig auf eine Bank, die am Wegrand zwischen den Heckenrosen stand. Als Karlo saß, fuhr er mit der Hand an seiner Badehose entlang. Thea beobachtete mit Befremden, wie er mit fahrigen Bewegungen an seinem Hintern herumfummelte. Als er die Hand wieder hervorzog, hielt er darin ein flaches Tablettendöschen. »Bitte«, flüsterte er und reichte sie Thea.

Die griff mit spitzen Fingern danach. Das Metall war körperwarm. Sie widerstand dem Impuls, sich bildlich vorzustellen, wo die Dose gerade noch gesteckt hatte, und öffnete sie. Es lagen kleine rote Pillen darin.

»Nehmen Sie mir bitte zwei heraus«, sagte Karlo mit zitternder Stimme.

Sie tat es und schob Karlo die Tabletten zwischen die schlaffen Lippen. Der schluckte und schloss die Augen. Er sah nicht, wie Thea sich verstohlen die Hände an ihrer Hose abwischte.

»Soll ich einen Arzt holen?«, fragte sie nach einer gefühlten Minute.

»Nein. Geht gleich wieder.«

Schweigend saßen sie eine Weile nebeneinander. Thea horchte auf Karlos Atem, der stoßweise ging. Als er sich ein wenig beruhigt hatte, konnte sie sich nicht mehr zurückhalten, Karlo das zu fragen, was ihr schon die ganze Zeit auf der Zunge lag. »Hat Menno Wittig etwas mit dem Zustand Ihrer Tochter zu tun? Sind Sie deshalb so wütend auf ihn?«

»Meine Güte, Sie sind ja wie ein Blutegel! Festbeißen und aussaugen.«

»Blutegel sollen sehr gesund sein.«

Karlo blickte in Richtung Hafen. »Lassen Sie mir die Illusion, sie sei unterwegs zu irgendeinem Dreh.« Er seufzte. »Ich weiß, es ist bescheuert, aber es hilft mir.«

Thea schwieg. Es fiel ihr schwer, aber sie wusste, dass er weiterreden würde, wenn sie nur lange genug wartete.

Es dauerte kaum eine Minute, dann seufzte Karlo. »Sie kam von einem Dreh auf die Insel. Hat mich hier besucht. Der Wittig hat sich an sie rangemacht, und dann hat er sie fallen lassen. Einfach so. Ohne irgendeine Vorwarnung. Beate war eine sensible Frau. Und labil. Wie ihre Mutter. Sie versuchte, sich das Leben zu nehmen.«

»Wegen Menno?«

Karlo nickte.

»Und dann kommen Sie jedes Jahr hierher, wo Sie ihm über den Weg laufen?«

»Ich liebe nun mal die Insel. Sie inspiriert mich als Schriftsteller.«

»Darf ich mal fragen: Wo waren Sie eigentlich gestern Vormittag?«

Karlo sah sie verblüfft an. »Sie glauben doch nicht etwa –«

»Ein Motiv hätten Sie jedenfalls.«

Karlo sprang auf. »Wofür halten Sie mich? Ich bin kein Mörder!«

»Nein?«

Ohne ein weiteres Wort setzte Karlo sich in Bewegung und trabte in Richtung Dorf davon. Thea blickte ihm nachdenklich hinterher, bis sie eine vertraute Stimme hörte.

»Peng! Peng!«

Sie sah in die Richtung, aus der das Geschrei kam. Meta-Marie hüpfte wie ein Flummi in einem Bollerwagen auf und ab, den Ragna hinter sich herzog. Mit einem Stock erschoss das Mädchen alle Fußgänger und Fahrradfahrer, die vorbeikamen.

Thea überlegte, ob sie Karlo folgen solle, entschloss sich dann aber, sitzen zu bleiben.

Als Ragna mit ihrer Tochter vor Theas Bank angekommen war, blieb sie stehen. »Hallo«, japste sie.

»Hallo.« Thea lächelte zurückhaltend.

»Gut, dass ich dich treffe. Ich muss mit dir reden.«

Thea ahnte, worauf Ragna hinauswollte, und schloss gequält die Augen. »Ist es wegen der Sache am Strand?«

»Ich will weiter!«, quengelte Meta-Marie und sprang aus dem Wagen.

Ragna wandte sich ihr zu. »Schau, Liebes, beim Pferdestall stehen Ponys. Lauf und sieh sie dir an. Du darfst sie bestimmt streicheln. Aber ganz, ganz vorsichtig.«

Meta-Marie überlegte kurz, dann rannte sie los, aber statt bei den Ponys haltzumachen, lief sie weiter in Richtung Dorf.

»Du lässt sie einfach so laufen?«, fragte Thea.

»Ich kann sie nicht anbinden. Das tut ihr nicht gut.«

»Was wolltest du mir denn sagen?«, fragte Thea und wappnete sich innerlich gegen Ragnas Vorwürfe, die auch prompt kamen.

»Dein Verhalten gestern am Strand fand ich total blöd. Die anderen waren riesig enttäuscht.«

»Warum hast du mich überhaupt eingeladen?«

»Ich dachte, es würde dir helfen, wenn du dich gemeinsam mit uns von Menno verabschiedest.«

Thea plusterte sich auf. »Er ist tot. Er kommt nie wieder. Was soll also der Hokuspokus?« Ihre eigenen Worte trafen sie wie ein Hammerschlag. So richtig hatte sie sich diese Tatsache bisher nicht klargemacht. Der Windmann geisterte immer noch in ihrem Leben herum, warum sonst hatte sie sich so darin verbissen, einen Tod aufzuklären, bei dem es möglicherweise nichts aufzuklären gab? »Es tut mir leid«, sagte sie in einem versöhnlichen Tonfall. »Ich wollte dich nicht kränken.«

Ragna setzte sich neben sie und wischte sich den Schweiß von der Stirn. »Ist schon gut. Es ist nur: Du siehst müde aus. Ich könnte ein bisschen Reiki bei dir machen. Das löst Blockaden und bringt deine Aura wieder in Ordnung.«

»Oh, bitte! Tu mir das nicht an, Ragna!«

»Sorry. Ich hatte vergessen, dass du mit solchem – wie hast du es genannt? – Hokuspokus nichts anfangen kannst. Ich lass dich ab jetzt damit in Ruhe, versprochen.«

Sie saßen eine Weile schweigend nebeneinander. Dann stellte Thea die Frage, die ihr schon die ganze Zeit unter den Nägeln brannte: »Hattest du ein Verhältnis mit Menno?«

Ragna biss sich auf die Lippe. »Ist das so wichtig?«

»Beantworte einfach meine Frage.«

»Nein.«

»Dann hattet ihr also kein Verhältnis?«

Ragnas Atem ging ein wenig schneller. Sie hat Angst, dachte Thea, aber wovor?

»Ich hab mal Musik mit ihm gemacht«, fuhr Ragna fort. »Das ist alles. Punkt.«

»Dein Mann fand das nicht so gut, habe ich gehört?«

»Das hat dir der Bär erzählt, oder?«

»Habt ihr irgendwelche Probleme?«

»Tristan und ich, wir –«

Bevor Ragna weitersprechen konnte, kam Meta-Marie zurückgerannt. »Du bist ganz, ganz tot!«, schrie sie schon von Weitem und erschoss Thea mit einem imaginären Gewehr.

Ragna sprang auf. Sie nahm den Bollerwagen und ging ohne ein weiteres Wort ihrer Tochter entgegen.

Irgendwie hauen heute alle vor mir ab, dachte Thea, wobei

Ragna zumindest einen guten Grund hatte. »Du also auch«, murmelte sie, und das Herz wurde ihr schwer.

***

Nordsee, 1984, früher Nachmittag

Es war nicht viel los in Neuharlingersiel an diesem Mittwochvormittag. Die Ferien waren noch nicht angebrochen. In der Nähe des Hafens fand er einen Parkplatz für seinen R4. Sie hatte selbstverständlich den Mercedes genommen. Er stieg aus und hob das Kinderfahrrad aus dem Kofferraum. Anschließend weckte er das Kind, das auf dem Rücksitz geschlafen hatte. Etwas müde stand es auf dem Bürgersteig, den Daumen im Mund, während er die Wagentüren abschloss.

»Was denn!«, sagte er in gespielter Strenge. »Wer auf einem richtigen Fahrrad fährt, nuckelt doch nicht mehr am Daumen!«

»Ich will ein Eis«, quengelte das Kind.

»Wenn wir am Hafen sind, bekommst du ein Eis.« Er sah sich um. Es war nur wenig Verkehr heute, ideal für eine Übungsfahrt mit dem Rad. »Nun steig schon auf und fahr los. Ich halte dich fest. Aber immer schön auf dem Bürgersteig bleiben.«

Das Kind war schlagartig wach. »Das weiß ich doch! Ich bin ja schon vier!«

Er lachte. »Meine Güte, so alt schon?«

Er hob das Kind auf das Rad und schob es an. Etwas wackelig fuhr es los. In gebückter Haltung hielt er das Rad am Gepäckträger fest und trabte hinterher. Nach fünfzig Metern tat ihm schon der Rücken weh. Der Hafen war nicht weit entfernt. Dort würden sie gemeinsam eine Bratwurst essen und anschließend ein Eis. Es würde doch noch ein schöner Geburtstag werden.

***

Thea starrte schon seit einiger Zeit fassungslos auf den Bildschirm des Geldautomaten. Hinter ihr hatte sich bereits eine lange Schlange gebildet. Die Insel war brechend voll, und vom Hafen her strömten immer mehr Besucher heran. Das ganze Dorf roch nach Bratwurst und Waffeln. Auf der Bühne vor dem Rathaus stimmte eine Musikkapelle ihre Instrumente. Thea nahm das alles wie durch einen Schleier wahr, denn sie plagte ein anderes Problem. Dreimal hintereinander hatte sie ihre EC-Karte in den Automaten geschoben, und jedes Mal bekam sie die Meldung, dass ihr kein Geld mehr zur Verfügung stehe.

»Wat is? Automat kaputt oder Urlaubskasse leer?«, fragte der Mann hinter ihr in breitestem Ruhrpottslang.

Thea zog ihre Karte aus dem Schlitz, steckte sie weg und verließ die Bank, ohne auf seine feixenden Bemerkungen einzugehen.

»Dieses Schwein!«, flüsterte sie, als sie wieder auf der Straße stand. Sie hatte dabei ihren Chef vor Augen und musste sich zusammenreißen, nicht vor Zorn laut zu schreien.

Ein Spatz hüpfte zutraulich vor ihre Füße und pickte an den Resten einer Eiswaffel. Sie hätte jetzt auch gern ein Eis gegessen, aber in ihrem Portemonnaie herrschte gähnende Leere. Schuld war dieser Schnösel von Chef! Sie wollte ihm ihre Wut durch den Hörer schreien, aber sie hatte keine Idee, wie sie ihn ohne Geld anrufen sollte. Vielleicht konnte sie jemanden vom Zeltplatz anpumpen? Suchend sah sie sich um. Das Dorf quoll über von Besuchern, aber Thea erblickte kein einziges bekanntes Gesicht. »Scheiße, scheiße, scheiße!«, zischte sie und stampfte mit dem Fuß auf wie ein trotziges Kind.

»Nun beherrschen Sie sich mal, junge Frau«, fuhr ein älterer Mann sie an. Die Frau, die an seinem Arm hing, warf ihr giftige Blicke zu.

»Entschuldigen Sie, haben Sie mal 'n Euro für mich? Oder zwei?« Thea hielt ihnen die offene Hand hin.

»Jetzt kommt das Pack schon bis nach Spiekeroog!«, schimpfte der Kerl und zog seine Frau mit sich fort.

Thea hatte Lust, den beiden gegen das Schienbein zu treten, aber sie war ja nicht Meta-Marie. Jemand tippte sie von hinten an.

»He. Määdsche.« Irgendwoher kam ihr diese breite Aussprache

bekannt vor. Sie drehte sich um. Da stand der unverschämte Kerl aus der Bank und drückte ihr einige Münzen in die Hand. »Nimm dat un amüsier dich.«

Verdutzt starrte Thea ihm nach, wie er in der Menge verschwand.

Sie zählte das Geld. Es würde für ein Telefongespräch reichen. Vielleicht sprang sogar noch ein Eis dabei heraus.

Etwas zuversichtlicher schlenderte Thea zum Dorfplatz zurück, wo sie neben dem Rathaus eine Telefonzelle entdeckt hatte. Sie hoffte inständig, dass es ein altmodischer Münzapparat war. Als sie näher kam, sah sie in dem Telefonhäuschen drei giggelnde Teenies, die zusammengequetscht mit ihren Smartphones herumhantierten.

Thea riss die Tür auf. »Ihr könnt draußen weitersimsen.«

Die Mädels verkrümelten sich kichernd. Thea trat ein und schloss die Tür hinter sich. Sie vermied es aufzuatmen, denn in der Kabine stand die Luft, und es roch nach pubertärem Schweiß. Nachdem sie ein Zwei-Euro-Stück eingeworfen hatte, wählte sie die Nummer. Ihre Hände zitterten vor Nervosität. Nach dem ersten Signal hob er ab.

»Huntecallgmbhbrinkmannamapparatwaskannichfürsietun?«

Du wärst beim ersten Probetelefonat durchgefallen, dachte Thea und räusperte sich. »Thading. Moin, Chef. Wie geht's? Wie laufen die Geschäfte?«, fragte sie leutselig.

»Ich hab keinen Job für dich. Leg deine Schleimspur anderswo aus.«

Thea ballte die Fäuste. Jetzt nur nicht ausflippen, dachte sie und beherrschte sich. »Chef, ich bin gerade auf Spiekeroog, mal ein paar Tage ausspannen, und –«

»Verdammt, mach's kurz! Ich hab nicht ewig Zeit. Ich muss arbeiten.«

Beruhige dich, rief Thea sich zur Ordnung, gib ihm zuerst das Zuckerbrot, auch wenn es schwerfällt.

»Ich, ähm, will mich entschuldigen«, sagte sie. Ihr wurde übel bei diesen Worten, die ihre Wirkung allerdings nicht verfehlten.

Er lachte hämisch. Thea sah ihn vor sich, wie er sich in seinem Lederchefsessel zurücklehnte, seine Schultern straffte und sich siegesgewiss durch die mühsam hochgegelte James-Dean-Frisur fuhr.

»Dann schieß mal los, Thading. Ich höre.«

»Na ja, ich hab mich blöd verhalten. Hätte ich mal auf Sie gehört und das Telefonskript benutzt, statt mir selbst was auszudenken. Angestellte sollten immer den Anweisungen des Chefs folgen.« Sie schluckte schwer. »Sie wissen schon, was gut ist.«

Verdammt, dachte Thea, das war viel zu dick aufgetragen. Aber der Chef schien es nicht zu bemerken. Im Gegenteil. Er freute sich.

»Tja. So ist das, Thading«, gluckste er. »Gut erkannt, aber leider zu spät. Aber sag's mir noch mal, weil es so schön klingt: Wer ist es, der in einer Firma eigenständig denken darf?«

»Der Chef«, hauchte Thea.

»Genau so ist es! Der Kandidat hat hundert Punkte und gewinnt eine Waschmaschine.«

Thea vernahm ein Klatschen. Wahrscheinlich hatte er sich vor Überschwang auf die Schenkel geschlagen.

»Leider ist dein Platz schon besetzt, sonst würde ich mir vielleicht sogar überlegen, dich wieder einzustellen. Du hast immerhin gut verkauft, auch wenn mir deine Art nicht passt. Aber deine kleine Nachfolgerin hat konkurrenzlose andere Qualitäten. Sie ist eine Granate!«, jubelte er.

»Dann haben Sie also umgestellt auf Telefonsex?«

Thea hörte, wie er scharf die Luft einsog.

»Pass auf, was du sagst, Thading! Du vergisst, wer ich bin und vor allem, was ich bin.«

»Lassen Sie mich mal überlegen«, antwortete Thea, die jetzt jegliche Beherrschung verlor. »Sie ziehen beim Sprechen den gesamten oberen Brustbereich zusammen und atmen in die Schultern. Sie räuspern sich nach jedem Satz und nuscheln, als wenn Sie sagen wollten: ›Leute, nehmt das nicht ernst, was ich sage, das ist alles nur ein Joke.‹ Sie leiden unter einem ausgeprägten Minderwertigkeitskomplex. Deshalb lassen Sie sich, seit Ihre Mama das nicht mehr tut, regelmäßig in Madame Mo's Massagesalon den Popo versohlen. Aber vielleicht tut das jetzt ja auch Ihre neue Callcenteragentin? Um es kurz zusammenzufassen: Ich habe nicht vergessen, mit wem ich rede. Sie sind ein verkümmertes, kleines Arschloch, Chef. Und wenn ich das Geld nicht morgen auf dem Konto habe, werde ich bei Ihnen aufkreuzen, und ich schwöre, dass ich Ihnen dann nicht nur den Hintern versohle, denn ich habe nichts mehr zu verlieren. Vergessen Sie nicht, dass ich mal Polizistin war!«

Thea knallte den Hörer in die Halterung. Wutentbrannt drehte sie sich um und starrte in die offenen Münder der Teenies vor der Telefonzelle. Sie riss die Tür auf und trat ins Freie.

»Voll krass«, sagte eines der Mädchen.

Thea blieb stehen. »Merkt euch das gut«, sagte sie, »man sollte immer einen angemessenen Ton anschlagen.«

Das war gründlich in die Hose gegangen. Sie konnte sich nicht vorstellen, dass sich der Chef von ihrer Drohung beeindrucken ließ. Er würde sie weiterschmoren lassen, und sie konnte nichts tun. Sie hatte nicht einmal Geld, um ihn noch mal anzurufen, denn der Apparat hatte alles geschluckt. Immerhin tat es gut, ihm die Meinung gesagt zu haben.

Die Musikkapelle auf der Bühne stimmte »An der Nordseeküste« an. Einige Zuschauer sangen lautstark mit. Thea wühlte sich durch bis zu den Stufen des Pavillons in der Mitte des Dorfplatzes und sank darauf nieder. Niemand beachtete sie.

Ratlos ließ sie den Kopf hängen. Es hatte wenig Sinn, den Bären um einen weiteren Aufschub anzubetteln. Vielleicht sollte sie einfach zur Polizei gehen? Sie spürte, wie ihre Brust sich verengte, wie ihr Mund austrocknete und die Hände taub wurden. Ihre Lage war aussichtslos. Du sitzt hier fest! Es ist aus! Das Tier flüsterte ihr das zu. Thea stopfte sich die Finger in die Ohren, aber das Tier brüllte siegesgewiss, und Theas Herz begann zu rasen. Ihre Hände wurden kalt und verkrampften sich. Es kam so schnell über sie, dass sie glaubte, jeden Moment ohnmächtig zu werden, bis jemand von ganz weit weg ihren Namen rief. Das

Tier verkroch sich augenblicklich. Mühsam hob sie den Kopf. Vor ihr stand wunderbarerweise Adele.

»Ist dir nicht gut? Du siehst ja schrecklich aus.«

»Du glaubst gar nicht, wie ich mich freue, dich zu sehen«, keuchte Thea.

»Was hast du denn?«

»Nur ein bisschen Schwindel. Hab wohl zu wenig getrunken.«

»Komm mit«, lud Adele sie ein. »Da hinten ist ein nettes Café.«

»Tut mir leid, ich hab kein Geld.«

»Das geht schon in Ordnung.« Adele zog Thea auf die Füße und schob sie vor sich her.

Bis zum Café war es nicht weit. Als sie ankamen, wurden wie bestellt zwei Plätze frei. Sie setzten sich schnell.

»Die haben hier leckeren Kuchen«, schwärmte Adele, während sie ihren Stuhl zurechtrückte.

»Wie gesagt, ich –«

»Ich hab doch gesagt, ich lad dich ein. Die Blaubeertorte musst du unbedingt probieren.«

Es dauerte eine Weile, bis die Bedienung kam, denn das Café war brechend voll. Adele bestellte Blaubeertorte, zwei Kännchen Kaffee und eine Flasche Mineralwasser. Die Bedienung notierte sich das und eilte hektisch weiter.

»Danke«, sagte Thea matt.

»Keine Ursache. Geht es dir besser?«

Thea lachte bitter. Was für eine Frage! Ihr war zum Heulen zumute.

»Klar. Alles super!« Die Worte schäumten aus ihr heraus wie überkochende Milch. »Ich hab keinen Job mehr, mein Chef hält meinen letzten Lohn zurück, die Bank hat mein Konto gesperrt, und ich verliebe mich in einen Mann, der sich am nächsten Tag aus unerfindlichen Gründen in den Tod stürzt. Alles super!«

»Du bist zynisch.«

»Ach! Ich hab ja wohl allen Grund dazu, oder?«

»Vielleicht. Aber es hilft dir nicht weiter. Willst du den Rat einer Freundin hören?«

Thea blickte auf. »Entschuldige, Adele, du kannst ja nichts dafür, dass bei mir immer alles schiefläuft.«

Adele legte ihr die Hand auf den Arm und lächelte warm. Es tat gut, dieses Lächeln. Es hüllte Thea ein wie eine warme Wolldecke. Am liebsten hätte sie sich an ihre Brust geworfen, um sich auszuweinen, aber irgendetwas hielt sie zurück.

»Lass die Sache mit Menno los, verbeiß dich nicht so darin«, sagte Adele sanft. »Du stocherst in seiner Geschichte herum, weil du wissen willst, warum dir das alles passiert. Aber du wirst keine Antworten finden. Du bist nur zufällig in sein verkorkstes Leben hineingeraten.«

»Ich gerate immer irgendwo hinein! In das Chaos meines Bruders, in einen bescheuerten Job und jetzt in einen Mord!«

Adele zog ihre Hand zurück. »Übertreibst du nicht ein bisschen?«

»Nein, ich glaube nicht«, antwortete Thea trotzig.

»Wie kommst du überhaupt darauf, dass es ein Mord war?«

»Er klang nicht danach, als ob er sich umbringen wollte.«

»Kann man so etwas hören?«

»Ich schon.«

Adele schob ihren Kuchenteller beiseite, als sei sie plötzlich satt. »Ich will dir etwas sagen, Thea. Ich kannte Menno ein bisschen näher. Er war ein Mensch, der andere verunsicherte. Man konnte fast meinen, er machte sich einen Spaß daraus. Wie es scheint, funktioniert das Spielchen immer noch, obwohl er tot ist.«

Thea dachte darüber nach. Hatte Menno sie verunsichert? Ein bisschen vielleicht. Vor allem aber war er ein guter Liebhaber gewesen. Du klingst so gut. Wie japanisches Seidenpapier, hörte sie ihn sagen. Sie schloss die Augen und horchte in die Worte hinein, die sich in ihr Hirn gebrannt hatten. Er hatte vollkommen authentisch geklungen, weder fordernd noch berechnend. Einfach nur … ja, was eigentlich? Verliebt? Erregt?

»Einsam«, sagte Thea.

Adele schaute überrascht auf. »Was? Wovon redest du?«

»Von Menno. Er war sehr einsam, warum auch immer.«

Die beiden Frauen aßen eine Weile schweigend den Kuchen. Ein Käsebrot wäre Thea zwar lieber gewesen, aber sie konnte nicht wählerisch sein, was ihre Mahlzeiten anging. Sie blickte auf. Adele schluckte gerade den letzten Bissen hinunter und wischte sich den Mund mit der Serviette ab. Sie wirkte angespannt.

»Fahr nach Hause, Thea«, sagte sie und zerknüllte die Serviette. »Du hast in dieser Geschichte nichts verloren.«

»Ich kann aber nicht zurückfahren«, antwortete Thea. »Ich müsste schwimmen.«

»Ich gebe dir das Geld für die Fähre. Wenn du willst, kannst du es mir irgendwann zurückzahlen oder auch nicht. Das hier ist nicht deine Baustelle, Thea.«

»Wessen Baustelle ist es dann?«

»Die der Polizei?«

Thea stach ihre Gabel in den letzten Tortenrest. Sie horchte Adeles Worten nach. Sie klangen vernünftig, aber in ihrem Hirn flackerten mehrere Alarmlämpchen auf.

»Was denkst du?«, wollte Adele nach einer Weile wissen.

»Ich denke, dass ich dein Angebot annehme und zurückfahre. Ich habe tatsächlich genug eigene Baustellen.«

Adele lehnte sich sichtlich erleichtert zurück.

»Aber nicht heute«, schloss Thea.

***

Thea hatte sich nach dem Cafébesuch mit der Menge durch das Dorf treiben lassen, vorbei an den adrett restaurierten Fischerhäuschen. Sie hatte die Auslagen der Geschäfte begutachtet und war schließlich im Buchladen versumpft. Sie entdeckte in dem Regal, das »leichte Unterhaltung« versprach, einen von Karlos Krimis. Mit schlechtem Gewissen fiel ihr ein, dass sie seinen »Makrelenmord« noch nicht einmal aufgeblättert hatte.

Sie verließ den Laden und drängelte sich an den Leuten vorbei, die vor der Eisdiele anstanden. Schließlich stand sie wieder vor dem Pavillon auf dem Dorfplatz. Sie ließ sich auf den Stufen nieder. Auf der Bühne jazzte eine Dixieland-Band.

Es war noch voller geworden auf der Insel. Man hatte zusätzliche Fähren eingesetzt, um den Besucheransturm auf das Dorffest bewältigen zu können. Trotz der Enge war die Stimmung fröhlich. Einige tanzten, andere wippten mit den Füßen oder klatschten. Selbst Thea ließ sich anstecken. Sie entspannte sich und wippte mit dem Fuß zum Takt der Musik. Da entdeckte sie in der Menge Ragnas Mann. Wie hieß er doch gleich? Es hatte irgendwas mit Opern zu tun. Ach ja, Tristan. Er schaute angestrengt um sich. In der Hand trug er ein Objektiv, um seinen Hals baumelte eine Profi-Fotokamera. Die Gelegenheit war günstig, ein paar Worte mit ihm zu wechseln. Thea erhob sich und schlenderte auf ihn zu.

»Hallo, Tristan«, begrüßte sie ihn munter. »Wir kennen uns vom Zeltplatz.«

»Ich weiß.«

»Auch ein bisschen am Feiern?« Er musterte sie misstrauisch von oben bis unten. Thea deutete auf seine Kamera. »Du fotografierst?«

»Wie du siehst, ja.«

»Schönes Hobby.«

»Ich bin Fotograf«, bemerkte er kühl und schoss ein Foto von der Jazzband, die gerade ihre Instrumente einpackte.

»Oh, entschuldige.«

»Schon gut. Ich bin kein toller Künstler wie dieser Wittig. Nur freier Mitarbeiter bei verschiedenen Zeitungen.«

Thea horchte auf. Er kniff den Hals beim Sprechen förmlich zusammen. War das Neid?

»Du mochtest ihn nicht?«, fragte Thea beiläufig.

Tristan lachte gehässig. »Warum sollte ich?«

»Keine Ahnung. Menno war immerhin ein bekannter Künstler. Hast du niemals über ihn berichtet?«

Tristan fotografierte eine Serie von zwei Spatzen, die sich um einen Brötchenrest zankten. »Das konnte ich mir gerade noch verkneifen. Bin froh, dass der nicht mehr weiter rumnervt.«

»Du freust dich, dass er tot ist?«

»Könnte sein. Ja.«

»Du warst nicht zufällig dabei, als Menno von der Abbruchkante gestürzt ist?«

Tristan sah sie herausfordernd an. »Nein. War ich nicht.« Sein Blick wanderte ab. »Da kommt die Schlagertante. Sorry, ich muss arbeiten.«

Er hastete auf einen Pulk von Menschen zu, der sich in Richtung Bühne bewegte. In der Mitte wallte eine rotblonde Haarmähne. Thea drängelte sich hinter Tristan ebenfalls durch die Menge, denn sie hätte ihn gern mehr gefragt. Sie erreichten die Schlagersängerin zusammen, als die gerade auf die Bühne steigen wollte. Sie trug einen eng sitzenden Anzug aus Lederimitat und sah aus wie eine Mischung aus Catwoman und Mary Roos. Thea schob sich neben sie, denn sie hatte eine Idee.

»Mach ein Foto von uns!«, rief sie Tristan zu.

Die Künstlerin drehte sich überrascht zu Thea um. Dann entdeckte sie Tristan mit der Kamera und warf sich in Pose. Tristan schoss mehrere Fotos. Dann drängelten andere Fans Thea beiseite.

»Kann ich mir das Foto später mal anschauen?«, fragte sie Tristan.

Der nickte. »Komm heute Abend ins Laramie. Gegen neun.«

Thea sah auf die Uhr. Es waren noch zwei Stunden, bis das Laramie öffnete. Sie hatte genug von dem Gedränge vor der Bühne und schloss sich einem Strom von Menschen an, die sich in Richtung Hafen bewegten. Die Fähren »Spiekeroog I« und II lagen am Kai, bereit, die Tagesausflügler auf das Festland zurückzubringen. Thea stand eine Weile nur da und sah zu, wie die Schiffe sich mit Menschen füllten, wie Gepäck eingeladen und Bollerwagen verstaut wurden. Dann entdeckte sie am Fuß des Deiches einen Strandkorb. Er war gerade leer geworden, sie setzte sich erschöpft hinein und streckte die Beine aus. Es war ein anstrengender Tag gewesen, und er war noch nicht zu Ende.

Als sie erwachte, spürte sie kaltes Fleisch an ihrer Wange. Sie griff danach und fuhr erschrocken hoch. Es war eine tote Hand.

Die Hand fiel herunter und baumelte nun neben ihrer Hüfte. Es war ihre eigene Hand, die vollkommen taub an ihrem linken Arm hing. Thea packte sie und schüttelte sie heftig. Die Hand fühlte sich an wie ein angenähtes Kotelett. Sie hatte unglücklich darauf gelegen, und der ganze Arm war eingeschlafen. Wie lange überlebte ein Körperglied ohne Blut? Thea stellte sich vor, wie ein besorgter Arzt ihr erklärte, dass die Hand amputiert werden müsse. Voller Panik knetete sie das kalte Fleisch, kniff in die Finger, schlenkerte den Arm durch die Luft wie einen Propeller, aber das Gefühl kehrte nicht zurück. Sie biss sich in den Handballen, sodass ein roter Abdruck zurückblieb. Da spürte sie zu ihrer großen Erleichterung ein leichtes Kribbeln, das sich rasch verstärkte, bis Tausende von Ameisen in ihren Adern um die Wette liefen und Thea gegen eine Amputation nur noch wenig einzuwenden gehabt hätte. Sie hüpfte auf und ab, wobei sie die kribbelnde Hand von sich schleuderte. Sie ließ die Arme kreisen, boxte in die Luft, klatschte einen wilden Takt und spreizte die Finger.

»Was machst du da?«, fragte jemand hinter ihr. Thea schoss herum. Da stand Ragna mit dem leeren Bollerwagen. »Ist das was Schamanistisches?«

»Was?«

»Sieht toll aus, was du da machst. Wild wie das Meer und chaotisch wie der Seewind.«

Thea stand ratlos da. Sie klappte den Mund auf und wieder zu, ohne ein Wort herauszubringen.

»Entschuldige. Ich habe dich gestört. Das war nicht meine Absicht«, quakte Ragna. »Ich suche Meta-Marie. Ich dachte, sie ist vielleicht hier am Hafen.«

Thea zog die Schultern hoch. »Tut mir leid, ich habe niemanden gesehen.«

»Du musst ihn mir unbedingt zeigen. Das ist total archaisch. So erdenmuttermäßig«, sagte Ragna, und ihre Augen leuchteten.

»Wovon redest du?«

»Von deinem Tanz.«

»Was denn für ein Tanz?«

»Also hör mal!«, sagte Ragna entrüstet. »Als ich gekommen bin, da hast du getanzt.«

Endlich begriff Thea. »Ich habe nur meine Hand geweckt. Sie war eingeschlafen.« Jetzt war es Ragna, die ratlos blickte. »Du hast nicht zufällig ein Energiebällchen dabei?«

Ragnas Gesicht hellte sich auf. »Du magst sie, nicht wahr? Ich backe sie selbst. In meinem Lehmbackofen zu Hause.« Sie wühlte in ihrer Batiktasche herum und kramte eine Handvoll Krümel heraus, die sie Thea reichte. »Sorry, die sind ein bisschen zerbrochen.«

»Macht nichts«, nuschelte Thea, die sich den Mund bereits damit vollgestopft hatte. »Superlecker! Das Rezept musst du mir unbedingt geben.«

»Klar. Es ist ganz einfach. Aber erst muss ich Meta-Marie wiederfinden.« Ragna klang ein wenig besorgt.

»Wo hast du sie denn verloren?«, fragte Thea, als sie die letzten trockenen Krümel endlich hinuntergeschluckt hatte.

»Auf dem Dorffest.«

»Ist sie das da? Am Wasser?«, unterbrach Thea, die gesehen hatte, wie sich hinter einem Poller etwas bewegte.

Ragna blickte in die Richtung, in die sie gezeigt hatte. Ihr Gesicht hellte sich auf. »Meta-Marie! Gott sei Dank!« Sie ließ den Bollerwagen stehen und rannte zu ihrem Kind, um es in die Arme zu schließen. Meta-Marie kuschelte sich an ihre Mutter und war ganz still. Aber der Moment dauerte nur kurz. Ragna schob sie von sich. »Ich hab mir ganz, ganz dolle, viele Sorgen gemacht, weißt du?«

»Ich geh dann mal.« Thea hob die Hand zum Gruß und drehte sich um.

»Ich komm mit«, murmelte Meta-Marie mit dem Daumen im Mund.

Thea schloss genervt die Augen. »Das geht nicht. Ich gehe nämlich ins Laramie, und da dürfen kleine Mädchen wie du nicht mit.«

»Warum?«

»Weil die um diese Zeit schon längst ins Bett gehören. Deine

Mama liest dir bestimmt noch eine schöne Geschichte vor.« Thea hörte, wie Ragna empört Luft holte.

»Ich schreibe ihr niemals vor, wann sie ins Bett zu gehen hat. Sie ist ein Indigo!«

»Hör zu, Ragna«, begann Thea betont freundlich, »es ist mir egal, was deine Tochter ist. Meinetwegen ist sie ein Eskimo oder ein Kimono. Ich will sie einfach nicht mitnehmen. Ich will jetzt allein gehen, verstanden?«

»Du bist eine blöde, doofe Frau!«, schrie Meta-Marie auf und trat Thea mit voller Wucht gegen das Schienbein.

Während Thea die Luft anhielt, um nicht loszuschreien, ging Ragna vor ihrer Tochter in die Hocke. »Ich bin ganz, ganz traurig, wenn du zu anderen Leuten so böse bist.«

»Und ich bin ganz, ganz wütend, wenn du mir gegen die Knochen trittst«, keuchte Thea.

»Ich hab eine ganz, ganz tolle Idee«, rief Ragna plötzlich und klatschte vergnügt in die Hände. »Ich komme auch mit.«

***

Nordsee, 1984, Nachmittag

Sie hatten drei Runden am Hafen gedreht, und das Kind schaffte es bereits, einige Meter allein zu fahren. Stolz sah er dem Kind zu, wie es unermüdlich übte. Seinen Rücken spürte er kaum noch. »Es ist genug«, keuchte er schließlich. »Da hinten ist eine Bratwurstbude. Hast du keinen Hunger?«

Das Kind drehte sich zu ihm um und kippte prompt vom Rad, aber es tat sich nicht weh. Sie gingen zu dem Imbiss, und er bestellte. Während sie aßen, ließ er seinen Blick über die parkenden Autos schweifen und entdeckte einen auffällig grünen Mercedes. Es könnte ihrer sein, aber das war nicht möglich. Er schluckte seinen Bissen hinunter. Sie war doch im Büro. Es gab schließlich mehrere Wagen dieser Art. Allerdings war dieses Grün selten anzutreffen. Es war eine Spezialanfertigung.

Als das Kind fertig gegessen hatte, zog er es mit sich auf den Park-

platz. Er erkannte das Nummernschild. Ihm wurde kalt. Was tat sie hier? War sie etwa auf der Insel? Machte sie einen Privatausflug am Geburtstag ihres Kindes? Er würde sie am Abend zur Rede stellen.

***

Thea kochte innerlich, während sie mit Ragna und Meta-Marie im Schlepptau zum Laramie wanderte. Sie waren nicht die Einzigen, die sich auf den Weg gemacht hatten, um hier das Dorffest ausklingen zu lassen. Thea blieb immer wieder stehen, um auf die beiden zu warten. Meta-Marie quengelte müde und überreizt, und Ragna diskutierte endlos.

»Weißt du, ich möchte ganz, ganz gerne noch etwas trinken gehen mit der Thea.«

Meta-Marie sprang aus dem Bollerwagen und stampfte mit dem Fuß auf. »Ich will zu Tristan!«

»Dann geh. Du kennst den Weg.«

Das Mädchen streckte ihr die Zunge heraus und rannte in Richtung Zeltplatz davon.

»Du lässt sie wieder allein?«, fragte Thea, der die Kleine plötzlich leidtat.

Ragna zuckte resigniert mit den Schultern. »Sie ist so furchtbar eigenwillig.«

Das klang zum ersten Mal echt. So ganz von unten aus dem Bauch heraus.

»Was ist das eigentlich, ein Indigo?«, fragte Thea.

»Indigos sind ganz, ganz alte Geister, die auf die Welt kommen, um uns zu retten. Sie haben eine indigoblaue Aura und sind sehr sensibel.« Ragna seufzte. »Menno war auch so ein Indigomensch. Das musst du doch gespürt haben.«

»Er hat mich weder wüst beschimpft noch getreten.«

Ragna verzog das Gesicht, und jetzt sah sie ihrer Tochter sehr ähnlich. »Ich meine seine Aura. Es knisterte ja geradezu in seiner Nähe.«

Da musste Thea ihr uneingeschränkt recht geben.

Sie befanden sich jetzt kurz vor der Endhaltestelle der alten

Pferdebahn. Aus dem Laramie wehte ihnen der wummernde Rhythmus eines Bob-Marley-Songs entgegen.

Thea war stehen geblieben. Eigentlich hatte sie vorgehabt, am Eingang auf Tristan zu warten. »Also, weißt du«, druckste sie, »ich würde wirklich gerne mit dir da reingehen, aber ich hab gerade gemerkt, dass ich mein Geld vergessen habe.«

Ragna schluckte die Lüge, ohne mit der Wimper zu zucken. Leider war sie ganz versessen darauf, mit Thea in die Kneipe zu gehen, und zog sie mit sich. »Wenn es weiter nichts ist: Ich lade dich ein.«

***

Das Laramie besaß den Charme einer postmodernen Flower-Power-Kneipe, und Thea fühlte sich an wilde Achtziger-Jahre-Beach-Partys erinnert. Damals war sie ein Teenie.

Es war brechend voll, sogar draußen war alles besetzt.

»Da stehen Leute auf«, rief Ragna und schob sich zu einem Tisch in einer Nische durch. Thea drängelte sich hinterher und sah gerade noch, wie Ragna sich auf einen Stuhl warf, auf dessen Lehne bereits die Hand eines anderen Gastes lag.

»He!«, rief der Mann empört. »Ich war zuerst da.«

Ragna lächelte zuckersüß. Der Mann schüttelte den Kopf, ging dann aber suchend weiter.

»Das war ganz schön dreist«, sagte Thea, die ganz neue Seiten an Ragna entdeckte. »Jetzt weiß ich, woher deine Tochter das hat.« Ragna setzte empört zu einer neuen Froscharie an, doch Thea hob die Hände. »Sorry. Ich hatte vergessen, dass Meta-Marie ein Indianer ist.«

»Ein Indigo!«

»Und könntest du bitte mit diesem Gequake aufhören!«

Die beiden Frauen sahen sich einen Moment lang wütend an, dann prustete zuerst Thea los und dann Ragna. Die seltsame Gespanntheit zwischen ihnen verflog.

Thea lehnte sich zurück. Die Luft war so lau, und es roch nach Meer. Bob Marley hatte zu Ende gesungen, es folgte Spliffs »Heut

Nacht«. Braun gebrannte Kitesurfer, Outdoorfreaks, Segler und ganz normale Dorffestbesucher, die das berüchtigte Old Laramie zumindest einmal gesehen haben mussten, tummelten sich hier. Thea schloss die Augen und sog die Geräusche und Gerüche auf.

»Was solls'n sein?«

Thea öffnete die Augen. Eine junge Bedienung stand lässig am Tisch.

»Zwei Laramie-Reiter«, bestellte Ragna, »und eine Karaffe mit Leitungswasser.« Die junge Frau notierte sich das und verschwand.

»Laramie-Reiter? Was ist das denn?«

»Medizin.«

»Klingt für mich nach ziemlich viel Alkohol. So was trinkst du?«

Ragna hob amüsiert die Augenbrauen. »Warum überrascht dich das?«

»Na ja, du bist doch eher eine –« Thea stockte, denn ihr fiel auf die Schnelle kein schonendes Wort für »Ökoschnepfe« ein.

»Du wunderst dich, dass jemand, der Energiebällchen backt, einen scharfen Drink bestellt?«

Thea fühlte sich ertappt. »Na ja. So was in der Art.«

»Ich war nicht immer so unentspannt, wenn du das meinst.«

»Was ist passiert?«

Ragna seufzte. »Meta-Marie ist passiert.«

»Das klingt so resigniert. Ich dachte immer, du bist Mutter aus Leidenschaft. Oder so.«

Ragna warf Thea einen fast flehenden Blick zu, als erwarte sie von ihr die Absolution. »Das bin ich auch. Ich wollte sie unbedingt. Du ahnst nicht, was ich alles für sie auf mich genommen habe. Aber seit sie da ist, ist alles so … schwierig.« Sie schaute zu Boden. »Vor allem mit Tristan. Er findet keinen Zugang zu ihr.«

»Gibt es dafür einen Grund?«

Ragna verschränkte die Arme. »Sie hat einfach zu viel von ihrem Vater.«

»Von ihrem Vater? Na, ich weiß nicht.« Thea runzelte zweifelnd die Stirn. »Zumindest tritt dein Mann nicht gegen die Schienbeine fremder Leute, oder?«

»Tristan?« Ragna schnaubte. »Wenn du wüsstest.«

In diesem Moment kam die Bedienung und stellte zwei Cocktails, eine Karaffe und zwei Wassergläser auf den Tisch. Dann schlenderte sie einige Tische weiter, wo ein Pärchen verzweifelt darauf wartete, endlich bezahlen zu dürfen.

Ragna zog ihr Glas zu sich heran und trank es halb leer, während Thea vorsichtig an ihrem Getränk nippte.

»Puh!« Sie hustete. »Der galoppiert tatsächlich durch die Adern.« Aber Ragna hatte nicht zugehört. Sie starrte in den Himmel, wo sich die ersten Sterne blass abzeichneten. Thea überlegte kurz, ob sie den Rest des Reiters heimlich unter den Tisch kippen sollte.

»Tristan ist nicht Meta-Maries biologischer Vater«, sagte Ragna.

Thea starrte sie an. »Warte mal. Du meinst, Tristan hat sie nicht –«

»Nein. Es war Menno.«

In diesem Moment war Thea froh, dass sie den Reiter nicht weggekippt hatte. Sie griff sich das Glas und schüttete den Inhalt in ihre Kehle. Im selben Augenblick wusste sie, dass es ein Fehler gewesen war. Der Laramie-Reiter galoppierte durch ihre Eingeweide und setzte Innereien in Brand, von denen sie bisher nicht einmal geahnt hatte, dass es sie gab.

»Ist gut, oder?«

»Ja. So gut wie ein inwendiger Flächenbrand«, keuchte Thea und lehnte sich in ihrem Stuhl zurück.

»Menno und ich, wir haben uns hier auf dem Zeltplatz kennengelernt.« Ragna schaute versonnen auf ihre Fingernägel. »Er sagte, ich habe schöne Hände.«

Thea spürte einen heftigen Stich. »Hat Tristan gewusst, dass du ihn betrügst?«, fragte sie.

»Ja. Aber wir haben nie darüber gesprochen. Vielleicht hat er geahnt, dass Menno der Vater war, als ich ihm sagte, dass ich schwanger bin. Ich weiß es nicht. Jedenfalls weiß er, dass er es nicht ist.«

»Und das macht ihm nichts aus?«

»Sie ist trotzdem seine Tochter. Er sieht sie aufwachsen, auch wenn er sie nicht gezeugt hat. Was macht den Unterschied?«

»Das klingt so abgeklärt und modern. Sieht er das auch so?«

»Er wird das irgendwann verstehen.«

»Dann ist er also nicht so begeistert?«

»Es ist alles gut, wie es ist«, sagte Ragna trotzig.

»Wie lange ging das mit Menno und dir?«

»Ich weiß nicht. Wir haben uns noch lange getroffen, aber wir hatten keinen Sex mehr. Wir waren Freunde und haben zusammen Musik gemacht. Und er hat mich in die Geheimnisse der Geist- und Erdheilung eingeführt. Er war ja ein sehr spiritueller Mensch.« Ragna schloss kurz die Augen. Sie rang um Fassung. »Tristan wollte, dass ich abtreibe.«

Immer mehr Gäste strömten ins Laramie. Jemand drehte die Musik lauter. Iggy Pop sang »I'm a Passenger«. Einige begannen zu tanzen.

»Warum hast du es nicht getan?«, fragte Thea.

Ragna blickte auf. »Tristan hat sich sterilisieren lassen. Er wollte nie Kinder. Ich dachte lange, ich wollte auch keine haben, es ist doch so unvernünftig. Ich war schon fast vierzig und hatte einen gut bezahlten Job. Aber es war meine letzte Chance.«

»Verstehe.«

Ragna warf ihr einen prüfenden Blick zu. »Wie alt bist du eigentlich?«

»Fünfundvierzig.«

»Wolltest du nie ein Kind?«

Thea dachte darüber nach. »Ich weiß es nicht. Ich hatte auch nie den richtigen Mann dazu.«

Ragna legte ihr die Hand auf den Arm. »Und Menno? Wenn er noch leben würde?«

»Ja«, flüsterte Thea, »ich glaube, er wäre es gewesen.«

Ragna bestellte bei der vorbeieilenden Bedienung zwei weitere Reiter und wandte sich dann wieder Thea zu. »Egal, was die anderen von ihm behaupten, er war etwas Besonderes.«

Thea nickte. »Er war nett. Und ein verdammt guter Liebhaber.«

»Der Beste, den ich jemals hatte.«
»Ich auch.«
Die beiden Frauen sahen sich an. Ragna ergriff Theas Hand.
»Ist das nicht bescheuert?«, fragte Thea.
»Was denn? Dass zwei Frauen denselben Mann lieben?«
»Ja. Ich frage mich nur, warum das bei mir so ist. Kaum passiert mal was Gutes in meinem Leben, folgt sofort die Katastrophe.«
Ragna drehte die Innenfläche von Theas Hand nach oben und fuhr mit dem Zeigefinger die Linien nach. »Ganz schön zerklüftet, deine Schicksalslinie«, stellte sie fest. »Und die Herzenslinie ist –«
Thea riss die Hand zurück. »Hör auf damit! Nicht jetzt. Bitte.« Die Bedienung brachte die bestellten Getränke. »Auf Menno!«, sagte Thea und hob ihr Glas.
Die Frauen tranken.
»Wie soll das denn nun weitergehen mit dir und Tristan?«, fragte Thea. »Mir kam es so vor, als ob er ziemlich wütend auf dich sei.«
Ragna lehnte sich zurück. Sie sah plötzlich besorgt aus. »Wir hätten nicht hierherkommen sollen«, sagte sie. »Tristan hatte Burn-out. Ich dachte, er würde sich hier erholen. Ich konnte doch nicht ahnen, dass Menno gleich wieder mit dieser Geschichte anfängt.«
»Was soll das heißen?«
»Er wollte mit Tristan reden.«
»Wegen Meta-Marie?«
»Er wollte ihm sicher kein Windspiel verkaufen!«
»Was wollte er dann?«
»Irgend so ein ›Von-Mann-zu-Mann-Ding‹.« Thea starrte Ragna erschrocken an. Die schüttelte den Kopf. »Ich weiß, was du denkst, aber Tristan war es nicht.«
Thea beugte sich zu ihr hinüber. »Ich war bei der Kripo. Mordkommission. Eifersucht ist eines der beliebtesten Mordmotive, selbst bei den friedlichsten Menschen.«
»Aber Tristan kommt als Mörder nicht in Frage!«, insistierte Ragna. Bevor Thea sie fragen konnte, warum sie auf dieser Meinung bestand, wurden sie unterbrochen.

»Hab ich's mir doch gedacht! Meine Frau steckt mit der Schnüfflerin unter einer Decke.«

Thea und Ragna blickten erschrocken hoch. Tristan stand an ihrem Tisch. Täuschte Thea sich, oder roch er nach Schnaps?

»Hallo, Tristan«, sagte sie munter. »Wir haben gerade von dir gesprochen und –«

»Sei still!«, zischte Ragna. Sie war langsam aufgestanden, die Hände zu einer abwehrenden Geste erhoben. »Tristan, ganz ehrlich, wir haben uns nur zufällig –«

Er packte seine Frau am Arm und zerrte sie auf den Stuhl zurück.

»Tristan! Bitte nicht hier!«, flehte Ragna ihn an.

Er ließ sie los. Ragna rieb den Oberarm an der Stelle, an der er zugepackt hatte, während ihr Mann sich einen freien Stuhl vom Nachbartisch heranzog. Er ließ sich rittlings darauf fallen.

»Sorry, meine Damen«, sagte er mit schwerer Stimme, »war nicht so gemeint. Lust auf ein Versöhnungsgetränk?« Er blickte herausfordernd von Ragna zu Thea. Beide Frauen schwiegen. »Na, dann werde ich uns einfach mal was holen. Ich will heute Abend Spaß haben.« Er wandte sich Thea zu. »Meine Frau hat nämlich auch gerne Spaß. Wenn du weißt, was ich meine.« Er zwinkerte vieldeutig. Als er sich vom Stuhl erhob, schwankte er und konnte kaum auf den Füßen stehen. Mit schwerem Schritt ging er in die Kneipe hinein.

»Komm, lass uns abhauen«, sagte Ragna. »Wenn er getrunken hat, ist er unausstehlich.«

»Tristan wollte mir aber noch Fotos vom Dorffest zeigen.«

Ragna erhob sich. »Wie du willst. Ich gehe. Es ist spät, und Meta-Marie ist allein auf dem Zeltplatz.« Sie stürzte davon.

»Und was ist mit deiner Einladung?«, rief Thea ihr nach. »Ich bin pleite!« Aber Ragna war schon in der Menge verschwunden. In diesem Moment kehrte Tristan zurück. In den Händen hielt er drei geöffnete Bierflaschen.

***

Nordsee, 1984, später Nachmittag

Das Kind saß auf einem Poller und lutschte Eis. Die letzte Fähre würde in zwanzig Minuten da sein. Sie war auf dem Schiff, da war er sich ganz sicher. Welches Spiel treibst du, dachte er, und sein Magen zog sich zusammen. Betrog sie ihn? Wollte er es überhaupt wissen?

»Wollen wir nach Hause fahren, Krümelchen?«, fragte er.

Das Kind schürzte die Lippen. »Noch eine Runde, Papa. Bitte!«

»Also schön. Noch eine. Aber dann geht's nach Hause. Ich bin müde.« Er half dem Kind auf das Fahrrad und schubste es leicht an. »Pass schön auf die Autos auf!«, rief er ihm zu. Aber hier fuhren gar keine Autos. Der Hafen war wie ausgestorben.

Das Kind hatte so unermüdlich geübt, dass es tatsächlich schon ohne seine Hilfe fahren konnte. Er war so stolz.

»Guck mal! Ich kann schon allein umdrehen«, rief es und riss den Lenker herum. Es schwankte, bekam das Rad aber wieder in seine Gewalt und fuhr zu ihm zurück.

»Das hast du gut gemacht. Nun komm.«

Von Weitem sah er die Fähre. In einer halben Stunde würde sie anlegen, dann wäre hier eine Weile der Teufel los. Es war höchste Zeit, zum Auto zu gehen.

Sonntag

Was schrie er? Sie konnte ihn nicht verstehen, denn in Theas Kopf kreiste ein Düsenjet. Jeder Knochen in ihrem Körper schmerzte, als sei sie in das Mahlwerk einer Walkmühle geraten. Sie erinnerte sich vage an Ragna und daran, dass sie gemeinsam im Laramie gesessen hatten, bis Tristan dazugekommen war. Irgendetwas war dann passiert. Aber was? Es hatte mit Reiten zu tun. Was für ein bescheuerter Gedanke! Thea hasste Pferde.

Magensäure schwappte ihr bis in die Kehle. Jetzt nur nicht bewegen. Irgendwann würde ihr schon einfallen, warum sie hier im kalten, feuchten Sand lag. Sie kniff angestrengt die Augen zusammen. Schemenhafte Bilder schwammen vorbei und flutschten weg wie nasse Seife, sobald sie in Gedanken danach griff. Ihr Mund war eine Wüste. Jede Faser ihres Körpers schrie nach einem Schluck Wasser. Pinkeln musste sie auch, aber bei jeder Bewegung wurde ihr speiübel. Wenn sie nur wüsste, was der Typ in den geblümten Shorts von ihr wollte, der sie an der Schulter rüttelte. Sein Gesicht verzog sich grotesk, wenn sie die Augen öffnete und ihn ansah. Sie musste lachen. Die Erschütterung, die das Zwerchfell dadurch verursachte, ließ den Düsenjet zwischen ihren Augen explodieren. Sie schoss hoch und erbrach sich auf zwei Turnschuhe.

»Oh nein!«, stöhnte der Mann. Thea wischte sich über den Mund. Sie kannte diese Stimme. »Teufel noch mal, die waren teuer!«

»Karlo? Was –«

»Ich bin vorbeigejoggt und hab Sie hier liegen sehen.« Er starrte verzweifelt auf seine besudelten Schuhe. »Schöne Scheiße!«

»Sorry«, flüsterte Thea, »das wollte ich nicht.«

Karlo ließ sich in den Sand plumpsen und streifte die Schuhe ab.

»Was, um Himmels willen, ist mit Ihnen passiert? Sie sehen aus, als hätte Sie jemand durch den Fleischwolf gedreht.«

»So fühle ich mich auch. Wie spät ist es? Welcher Tag ist heute?«

Karlo griff mit spitzen Fingern einen Schuh und wischte ihn im Sand notdürftig ab. »Es ist sieben Uhr morgens, und wir haben Sonntag. Gestern war Dorffest. Sie haben wohl sehr ausgiebig daran teilgenommen?«

Thea rappelte sich vorsichtig zum Sitzen hoch. »Dorffest?«

»Meine Güte! Wie viele Laramie-Reiter haben Sie getrunken?«

»Ich kann mich nicht erinnern.«

Karlo ließ den Schuh in den Sand fallen und zeigte auf eine Stelle in Theas Gesicht. »Wer hat Ihnen das da verpasst?«

Sie tastete vorsichtig nach ihrem linken Auge, über dem die Haut spannte. Es war geschwollen und schmerzte. »Keine Ahnung«, murmelte sie und schaute an sich hinunter. Ihr Shirt hatte einen langen Riss, an der Hose klaffte ein Loch und gab ein aufgeschürftes Knie frei. Sie versuchte, auf die Beine zu kommen. Karlo half ihr. Ein Kitesurfer schlenderte an den Strand. In einem Fahrradanhänger zog er sein Equipment hinter sich her. Er sah kurz zu ihnen herüber, ging dann weiter und begann, seinen Kram auszupacken.

»Sind Sie sicher, dass Sie keinen Arzt brauchen?«, fragte Karlo besorgt.

Thea schüttelte vorsichtig den Kopf. »Ich brauche eine Dusche. Und Kaffee. Schwarz. Mit viel Zucker und Aspirin.«

***

Thea nahm dankbar den Thermobecher entgegen und trank vorsichtig. Als sie ihn abstellte, drückte Karlo fürsorglich den Schnabeltassendeckel darauf, um ihn warm zu halten. Der Nebel in ihrem Kopf lichtete sich langsam, dennoch blieb eine nicht unerhebliche Erinnerungslücke zurück. Wer hatte sie so zugerichtet? Und warum? War sie am Ende im Vollrausch hingefallen und hatte sich die Verletzungen selbst zugezogen? Ich muss mit Tristan reden, dachte sie. Ihre letzte Erinnerung vor dem Filmriss hatte mit ihm zu tun. Er hatte ihr Fotos vom Dorffest gezeigt. Sie trank einen weiteren Schluck. Ihr Schädel fühlte sich immer noch an, als habe ihn jemand mit Kieselsteinen gefüllt. Karlos Kaffee weckte jedoch ihre Lebensgeister. Sie blickte ihn schuldbewusst über den Rand ihres Bechers hinweg an. Sie hatte über ihn gelästert und schlecht von ihm gedacht. Und jetzt kümmerte er sich um sie. Gerade hantierte er mit einem Verbandskasten herum, der einem Rettungssanitäter alle Ehre gemacht hätte. Er stellte ihn auf den Tisch und musterte Thea mit fachmännischem Blick.

»So. Wo fangen wir an? Am besten mit der Platzwunde über dem Auge.« Er setzte sich vor Thea hin, griff nach dem Wasserkessel auf dem Gasherd und goss das dampfende Wasser in eine Schüssel. Dann begann er, die Wunde vorsichtig zu reinigen. Als er damit fertig war, lehnte er sich zurück und betrachtete Thea mit zusammengekniffenen Augen. »Was hätten Sie gern? Kreuzstich oder Plattstich?«

»Was?«

»Ich denke, ich sollte das nähen. Sonst gibt es eine hässliche Narbe.«

»Können Sie überhaupt nähen?«, fragte Thea misstrauisch.

»Ich wollte mal Handarbeitslehrer werden, aber sie haben mich nicht genommen.«

»Wie beruhigend.«

»Darf ich? Heute ist Sonntag, und auf der Insel werden Sie keinen Arzt bekommen.«

Thea hob abwehrend die Hände. »Suchen Sie Stoff für einen neuen Krimi? Autor näht Frau das Auge zu – oder so was Ähnliches?«

»Ich war mal Sanitäter beim Bund.«

»Und wie lange ist das her?«

»Hören Sie: Medizin war schon immer meine Leidenschaft. Arzt wäre auch ein schöner Beruf gewesen. Ich habe sogar drei Semester an der Uni studiert. Seien Sie nicht so misstrauisch. Ich kann das.«

Thea schloss kurz die Augen und holte tief Luft. »Also schön. Machen Sie schon.«

Er rutschte nah an Thea heran und betastete den Riss über ihrem Auge. Seine Hände waren überraschend sanft. »Ich werde das vereisen, dann tut es nicht so weh. Ich denke, zwei Stiche genügen«, sagte er und suchte zusammen, was er brauchte. Dann machte er sich ans Werk.

»Es tut mir leid«, keuchte Thea mit zusammengebissenen Zähnen, nachdem er den ersten Stich gesetzt hatte.

»Dass es mit dem Handarbeitslehrer nicht geklappt hat?«

»Nein. Es tut mir leid, dass ich Sie für einen Blödmann gehalten habe.«

»Keine Ursache.« Karlo fischte nach einem weiteren Faden. »Finden Sie nicht, dass es an der Zeit wäre, dass wir uns duzen?«

»In Ordnung.«

»Ich heiße Karlo.«

»Ich bin … Aua!«

»Fertig!« Karlo legte die Nadel beiseite und reichte Thea die Hand. »Na dann, auf gute Nachbarschaft, Thea.«

Als sie sich die Hände geschüttelt hatten, erhob sich Karlo und räumte den Erste-Hilfe-Koffer weg.

Jemand schoss um die Ecke. Es war die Kommissarin aus Wittmund. »Da sind Sie ja!«, bellte sie.

Karlo sah sie nur kurz an und stellte einen weiteren Becher auf den Tisch. Er goss den Rest Kaffee hinein. »Setzen Sie sich doch zu uns, Frau Kommissarin.«

Wilma Menkens ignorierte die Einladung und stopfte ihre Daumen in den Hosenbund wie ein amerikanischer Cop. Sie baute sich breitbeinig vor ihnen auf, doch vor der Kulisse der Spiekerooger Salzwiesen verfehlte das die gewünschte Wirkung.

»Herrschaften, ich bin nicht gekommen, um Kaffee zu trinken.« Ihr Blick wanderte von Karlo zu Thea und blieb an deren ramponiertem Gesicht hängen. Sie riss die Augen auf. »Schöne Scheiße! War das der Wirt vom Laramie? Sagen Sie mir nicht, Sie seien die Treppe runtergefallen. Oder von der Abbruchkante!«

»Und wenn doch?«

Die Kommissarin verzog das Gesicht zu einem sarkastischen Grinsen. »Dann würde ich meinen, dass Fallsucht in diesem Sommer eine weit verbreitete Krankheit ist, die nur Camper befällt. Wollen Sie Anzeige erstatten?«

»Wegen dem hier?« Thea zeigte auf ihr Auge. »Nein.«

Jetzt trat Wilma Menkens doch an den Tisch, zog sich den letzten freien Klappstuhl heran und ließ sich darauf fallen. Die Alustangen ächzten unter ihrem Gewicht.

Karlo blickte besorgt, schwieg aber und schob ihr den Kaffeebecher hin. »Haben Sie Neuigkeiten im Fall Wittig?«

»Es gibt keinen Fall Wittig, Herr –«

»Schmidt. Karlo Schmidt.«

Sie lehnte sich zurück und musterte Thea triumphierend. »Aber es gibt jetzt einen Fall Thading.«

»Sehr witzig«, stöhnte Thea genervt. Diese Frau hatte ein unglaubliches Talent, sie innerhalb einer Minute auf die Palme zu bringen.

»Wie ist das passiert?« Wilma Menkens zeigte auf Theas Auge.

»Ich sagte doch schon, ich bin gefallen.«

»Waren Sie gestern Abend spät noch im Laramie?«

Thea runzelte die Stirn. »Worauf wollen Sie hinaus?«

»Ich stelle hier die Fragen, Frau Thading. Und ich möchte, dass Sie mir antworten, sonst muss ich Sie leider mitnehmen.«

»Ist ja gut. Ja, ich war im Laramie. Ist das strafbar?«

»Frau Menkens, möchten Sie vielleicht lieber einen Tee?«, fragte Karlo eilfertig, denn die Kommissarin hatte ihren Kaffee nicht angerührt.

»Lenken Sie nicht ab, Sie Witzbold!« Sie schlug die Beine übereinander. Die Scharniere des Campingstuhls stöhnten auf. »Sie haben gestern die Zeche geprellt, Frau Thading, und da ging es nicht nur um fünf Euro.«

Thea blieben die Worte im Hals stecken. Sie ließ den Kaffeebecher sinken und schloss die Augen. Einige Puzzleteile in ihrem Hirn rammten zusammen.

»Geben Sie es zu?«

»Ich … Das war …« Thea schluckte. Ihr Herz begann zu rasen.

»Um wie viel handelt es sich denn?«, fragte Karlo.

»Achtundsechzig Euro.«

Karlo schnaubte. »Na ja. Dafür geht man nicht gerade ins Gefängnis, oder?« Er zog eine winzige Geldbörse aus seiner unergründlichen Badehose hervor und faltete sie auseinander. Dann fischte er ein Röhrchen heraus und entrollte es. Zum Vorschein kam ein Hundert-Euro-Schein.

»Oh, ein Kavalier!«, spottete Wilma Menkens. »Aber ich kann den Schein nicht annehmen. Den müssen Sie schon selbst zum Laramie bringen. Allerdings muss ich Sie warnen. Der Wirt hat ganz schlechte Laune, denn Frau Thading hat sich gestern Nacht offenbar ziemlich danebenbenommen. Sie wollte partout ihre Zeche mit Abwaschen begleichen.«

»Abwaschen? Ich?«

»Ja. Wie es scheint, können Sie sich auch daran nicht erinnern?«

»Habe ich …?« Thea räusperte sich. »Ich meine, war da ein Reiter oder so was in der Art?«

Wilma Menkens lachte laut. »Einer? Da waren sogar viele. Insgesamt … Lassen Sie mal sehen …« Sie zog einen Notizblock aus der Tasche. »Zehn kleine, süße Laramie-Reiter, fünf Bier und –«

»Das reicht!« Thea kämpfte wieder mit der aufsteigenden Magensäure. Sie fasste sich an die Stirn. Wenn Sie sich nur erinnern könnte! So ein kompletter Filmriss war doch nicht normal! Ihre Erinnerung brach urplötzlich ab. Ein ungeheuerlicher Gedanke schoss ihr durch den Kopf. Sie schälte sich aus dem Campingstuhl, überwand den Schwindel und griff nach ihrem Thermobecher. Sie schüttete den Rest Kaffee in den Sand, spülte mit Wasser nach und verschwand im Zelt. Zwei Minuten später kam sie wieder heraus und drückte den Deckel auf den Becher. Dann überreichte sie ihn der Kommissarin. »Bringen Sie das in die Rechtsmedizin. Schnell!«

»Was ist da drin?«, fragte Wilma Menkens misstrauisch.

»Pipi.«

Karlos Mund klappte auf, aber er brachte kein Wort heraus.

»Lassen Sie das auf K.-o.-Tropfen untersuchen. Amphetamine oder so was. Ich bin mir sicher, dass Sie etwas finden, aber es muss schnell gehen«, sagte Thea.

Karlo starrte auf den Becher in Wilma Menkens Hand. »Der … war auch neu!«

***

Die Sonne brannte durch die Baumwollhaut des Zeltes. Kein Wunder, dass ihr heiß war. Sie wühlte sich aus den Decken heraus, in die sie sich verheddert hatte, und riss den Reißverschluss der Zelttür auf. Frische Luft strömte herein. Die Sonne stand schon tief, und ein leichter Geruch nach Pasta hing in der Luft.

Thea hatte, wie es schien, lange geschlafen, nachdem Karlo ihr noch einen Cocktail aus Vitamin- und Schmerztabletten gemixt hatte. Bis auf ein Pochen im Schädel waren die Kopfschmerzen verschwunden. Sogar das verletzte Auge ließ sich einen Spaltbreit öffnen. Auch ihr Hirn schien wieder einigermaßen zu funktionieren, ebenso wie ihr Appetit. Sie dachte an leckere Croissants aus dem Inselladen, an Tee und ein dickes Stück Butterkuchen. Sie seufzte. Ob der Bär sie noch einmal anschreiben ließ? Vielleicht aus Mitleid? Es wäre einen Versuch wert.

Der Weg zum Inselladen nahm kein Ende. Theas Knie fühlten sich immer noch an wie aus Pudding. Sie konzentrierte sich darauf, nicht zu schwanken. Sicher kursierten schon wilde Gerüchte über sie, deshalb hatte sie sich vorsorglich eine Schirmmütze tief ins Gesicht gezogen. Sie spürte die Blicke der anderen im Rücken. Es war, als ob das Waschhaus vor ihr zurückwich. Zwei Kinder, die hinter ihr hergelaufen kamen, kicherten und rasten in Richtung Spielplatz davon. Auf halbem Weg hatte Thea das Gefühl, Adrenalin zu schwitzen. Mit letzter Kraft erreichte sie das Waschhaus und verschwand in einer der Toilettenkabinen. Sie setzte sich auf den Deckel und konzentrierte sich auf das Tier, das heftig an den Gitterstäben rüttelte. Es dauerte eine Weile, bis es sich in seiner Ecke zusammenrollte. Auf der Kloschüssel sitzend, wartete sie, bis ihr Herz wieder normal schlug, dann öffnete sie langsam die Toilettentür, schlüpfte ins Freie und nahm das letzte Stück Weg zum Inselladen in Angriff.

Sie zog sich die Mütze noch etwas tiefer ins Gesicht. Schritt für Schritt ging sie, atmend, zählend. Bei dreißig, so hatte sie in Gedanken ausgerechnet, müsste sie angekommen sein. Bei fünfzehn stolperte sie jedoch über Meta-Marie, die mitten auf dem Weg hockte. Sie hatte auf einem bunten Halstuch Muscheln, Stöckchen, Federn und anderes Strandgut ausgebreitet.

»Du musst was kaufen!«, rief sie aufgeregt. Thea blieb stehen und betrachtete geistesabwesend Meta-Maries Angebot. »Du musst gucken!«

Thea seufzte und hockte sich vor das Mädchen. Sie nahm eine Muschel in die Hand und strich mit dem Finger über die gerillte Oberfläche. »Selbst gesammelt?«

»Hab ich am Strand gefunden. Kostet zwei Euro.«

Thea legte die Muschel langsam zurück. »Ganz schön teuer. Ich habe kein Geld.«

»Erwachsene haben immer Geld. Los! Kauf was!« Meta-Marie bekam diesen hässlichen Ausdruck, den Thea schon mehrmals an ihr beobachtet hatte. Automatisch brachte sie ihre Schienbeine in Sicherheit.

»Ich könnte etwas tauschen«, schlug sie schnell vor und wühlte in ihrer Hosentasche, fand aber nichts als ein benutztes Taschentuch und Sandkörner.

»Ich will Geld!«, trotzte das Mädchen.

»Aber du hast doch schon viel Geld.« Thea zeigte auf zwei Euro, die in einem orangefarbenen Plastikbecher lagen. Offenbar hatte die Kleine bereits erfolgreich verkauft. »Wozu brauchst du überhaupt so viel Geld?«

»Für Eis. Und blaue Schlangen.« Meta-Marie sprang auf und stampfte mit dem Fuß auf. »Indigos sind superblöd.«

»Warum?«

»Die haben alle Zuckerallergie und dürfen nicht fernsehen.« Wie aus heiterem Himmel begann Meta-Marie, auf ihren Auslagen herumzutrampeln. Die Muscheln knirschten unter ihren Clogs.

»Meine Güte«, sagte Thea, »die schönen Sachen!«

»Die sind auch blöd!«

Thea stand hilflos daneben. Sie schloss die Augen und horchte in Meta-Maries Geschrei hinein. Sie pumpte die Töne aus der Brust durch die zugeschnürte Kehle. Sie hatte etwas von einer Ertrinkenden. Thea öffnete die Augen wieder. Rotz lief dem Mädchen aus der Nase. Sie heulte verzweifelt. Thea griff ihre wild rudernden Hände und hielt sie fest. Die Finger waren eiskalt.

»Schscht, es ist ja gut«, sagte Thea sanft. Zu ihrer Überraschung beruhigte sich das Kind ein wenig. »Wenn du mir die zwei Euro in deinem Becher leihst, gehen wir in den Laden und kaufen uns ein Eis.« Thea kam sich schäbig dabei vor, aber ihr fiel auf Anhieb nichts Besseres ein. Meta-Marie hingegen fand den Vorschlag gut.

Kurze Zeit später saßen die beiden auf einer Bank hinter dem Inselladen. Der Bär hatte Thea wortlos bedient, was sie ihm hoch anrechnete. Meta-Marie schleckte an einem neonbunten Eis. Thea hoffte inständig, Ragna bekäme das nicht zu sehen. Sie selbst hatte sich für ein altbackenes Brötchen zum halben Preis entschieden. Jetzt bescheißt du schon Kinder, um satt zu werden, dachte sie, als sie hineinbiss.

»Wer hat dich so gehauen?«, fragte Meta-Marie und zeigte auf Theas Naht über dem zugeschwollenen Auge.

»Ach, das ist nichts. Ich bin blöd gefallen.«

Meta-Maries Miene verfinsterte sich. »Du lügst!«

»Ach ja?«

»Ragna lügt auch. Tristan war ganz, ganz böse mit ihr. Er hat sie auch gehauen.«

Thea starrte das Mädchen entgeistert an. »Du meinst, dein Papa haut deine Mama?«

Meta-Marie verschlang den Rest Eis und leckte sich über die bunt gefärbten Lippen. Ihr Blick schweifte ab. »Manchmal.«

»Warum?«

»Weiß nicht. Wegen mir. Er ist auch böse auf dich.«

»Warum? Was hab ich ihm denn getan?«

»Er sagt, du schnüffelst rum.« Meta-Marie betrachtete Thea neugierig. »Machst du das?«

Thea ging nicht darauf ein. »Weißt du, wann dein Papa gestern zum Zelt zurückgekommen ist?«

Das Mädchen zuckte die Schultern. Dann griff sie in den Halsausschnitt ihres T-Shirts und nestelte ein Band hervor, an dem etwas hing. »Kannst du haben.«

Sie drückte Thea die Kette in die Hand. Die betrachtete sie eingehend. Der Anhänger war ein auffällig gemusterter Messingknopf. Er kam Thea vage bekannt vor.

»Wo hast du den gefunden?«

»In Tristans Hosentasche. Kannste behalten.« Das Mädchen rutschte von der Bank, robbte unter dem Bretterzaun hindurch und war in Windeseile zwischen den Zelten verschwunden.

Thea blickte auf Meta-Maries Geschenk. Und dann fiel ihr ein, dass Menno eine Strickjacke mit solchen Knöpfen besessen hatte.

»Hast du Meta-Marie gesehen?«, sprach jemand sie von der Seite an. Thea blickte auf, und Ragna schlug die Hände vor ihren Mund. »Um Himmels willen! War das Tristan?«

»Welche Frage willst du zuerst beantwortet haben?« Ragna reagierte nicht. Sie sah blass aus und hatte dunkle Augenringe. »Na schön«, begann Thea, »deine Tochter war gerade noch hier. Hat sie was angestellt? Die Antwort auf die zweite Frage ist: Ich weiß es nicht.«

»Wir reisen ab. Wir nehmen morgen früh die erste Fähre. Ich wollte es ihr sagen.« Ragnas Augen waren gerötet, als hätte sie geweint.

»Ist etwas passiert?«

»Nein. Nur das Wetter … und Meta-Marie ist so unruhig hier.« Sie senkte den Blick. »Ich muss weiter. Hab noch viel zu tun. Wenn du meine Tochter siehst –«

Noch bevor sie sich umdrehen konnte, hatte Thea sie am Arm gepackt. »Warum setzt du dich nicht ein bisschen zu mir?«

Ragna machte sich los. »Ich hab doch gesagt, ich muss packen.«

»Erst, wenn du meine Fragen beantwortet hast.«

Ragna sah sie an. Dann ließ sie sich resigniert auf die Bank fallen. Sie faltete die Hände im Schoß und blickte zum Festland hinüber. »Na gut. Aber mach schnell. Was willst du wissen?«

»Was ist gestern im Laramie passiert, nachdem du gegangen bist? Hat Tristan dir etwas gesagt? Ich muss mich ja wahnsinnig danebenbenommen haben. Aber ich kann mich an nichts erinnern.«

Ragna rutschte unbehaglich auf der Bankkante hin und her. »Ich habe dich gewarnt. Tristan ist zu vielem fähig, wenn er mies drauf ist.«

»Traust du ihm zu, dass er mir etwas ins Bier geschüttet hat?«

Ragnas Mund klappte auf und wieder zu. »Nein«, sagte sie schließlich, »ich glaube nicht, dass er das tun würde.« Sie betrachtete schweigend eine einfahrende Fähre. Dann nahm sie das Gespräch wieder auf: »Du kannst dich wirklich an nichts mehr erinnern?«

»Nein. Es ist, als ob mir jemand Drogen verabreicht hätte.«

»Vielleicht bist du gestürzt und hast eine Gehirnerschütterung?«

»Das fühlt sich anders an, glaub mir.«

»Du glaubst also, Tristan hat dir das angetan? Warum?«

»Weil er sich von mir verfolgt fühlt, zum Beispiel? Weil er glaubt, ich könnte ihn überführen?«

»Wessen überführen?«, flüsterte Ragna.

»Wie wäre es mit Mord an Menno?« Thea hörte, wie Ragna scharf die Luft einsog. »Du verschweigst mir doch etwas, oder?«

Ragna stand auf. »Ich weiß nichts. Außerdem muss ich jetzt packen.«

»Hör zu! Ich stecke ganz schön tief in der Scheiße. Ich muss wissen, was passiert ist«, flehte Thea. »Hilf mir doch, bitte. Hat Tristan das getan? Hat er Angst, dass ich etwas herausfinde?«

Ragna wich zurück. »Ich weiß gar nichts. Lass mich in Ruhe! Frag ihn doch selbst!«

Thea wühlte den Knopf aus ihrer Hosentasche und hielt ihn Ragna vor die Nase. »Kommt der dir bekannt vor?«

Ragna starrte darauf. »Du hast ja keine Ahnung«, flüsterte sie und ging hoch erhobenen Hauptes davon.

Thea steckte den Knopf wieder ein. Sie sollte die Kommissarin benachrichtigen. Tristan war stark tatverdächtig, denn er hatte ein lupenreines Motiv. Ragna hatte ihn mit Menno betrogen. Ragna hatte den Knopf ebenfalls erkannt, da war sie sich sicher. Vielleicht steckten sie sogar unter einer Decke? Aber warum?

»Ist da noch frei, schöne Frau?«

Thea sah auf. Vor ihr stand Gummipuppen-Dieter, wie gewohnt mit einer Bierflasche in der Hand. Sie schloss genervt das heile Auge.

»Au, Scheiße, was ham'se denn mit dir gemacht?«

»Missglücktes SM-Spielchen.« Thea hatte keine Lust, mit ihm zu reden. Nicht jetzt. Sie stand auf und drängelte sich an ihm vorbei.

»Warte doch mal!«, rief er ihr nach. »Du warst gestern im Laramie, oder? Ich hab dich gesehen.« Sie blieb stehen. »Du hast mit diesem Typen rumgemacht. Ich wollte schon eingreifen, aber dann hab ich gedacht: Dieter, hab ich gedacht, lass das junge Glück mal allein.«

Thea kehrte an ihren Platz zurück. »Erzähl!«, forderte sie ihn auf.

Dieter nahm geräuschvoll einen langen Zug aus der Bierflasche und gluckste. »Hattest ganz schön einen im Kahn. Respekt!« Das Grinsen verschwand aus seinem Gesicht. »Hat der Kerl dir das da verpasst?«

»Von wem redest du eigentlich?«

»Na, von diesem Zeltplatzkapo, der sich immer so über meine Schantal aufregt.«

»Welche Schantal?«, fragte Thea genervt.

»Meine beste Freundin.«

Endlich fiel der Groschen. »Du meinst die Beate-Uhse-Schönheit, die immer über der Zeltleine hängt?«

»Jep! Spaß muss sein, oder? Wenn du willst, stell ich sie dir vor.«

»Nee, lass mal. Ich steh nicht so auf Gummi.«

Dieter legte die Stirn in Falten. »Du weißt nicht mehr, was passiert ist? Filmriss sozusagen?«

»Sozusagen.«

»Der Typ, der dich aus dem Laramie geschleift hat, hat so einen komplizierten Namen. Irgendwas von Goethe oder so.«

»Tristan?«

»Genau der! Hast du was mit dem?«

»Nicht im Leben!«, empörte sich Thea. »Der hat Frau und Kind und mein Typ ist er auch nicht!«

Dieter trank sein Bier leer und überlegte einen Moment lang. »Viel hab ich nicht gesehen. Der Laden war brechend voll. Aber da war irgend so ein Tumult, an dem du beteiligt warst. Der Wirt vom Laramie war stocksauer und hat was von Polizei geschrien, und dann hat dieser Tristan dich da rausgeschleppt. Über der Schulter.«

»Und ich hab mich nicht gewehrt?«

»Nee. Du warst total hinüber.«

»Bewusstlos?«

»Sah so aus.«

»Besoffen bewusstlos oder eher … anders bewusstlos?«

»Hä?«

Thea winkte ab und stellte die nächste Frage: »War er brutal? Hat er um sich geschlagen oder so?«

»Nee.«

»Wo hat er mich denn hingeschleppt?«

»Meine Güte, Mädchen! Darauf hab ich doch nicht mehr geachtet. Ich hab gedacht, er bringt dich ins Zelt. Wenn ich gewusst hätte, dass er zulangt! Da kenn ich ja nix! Du musst das dieser Menkens sagen.« Er hob die Bierflasche hoch und stellte sie sofort wieder ab, denn sie war leer. »Das ist vielleicht 'ne Granate! Tolles Weib, wenn du mich fragst.« Dieter lehnte sich zurück. »Hier ist doch irgend so ein Schweinkram im Gange, oder? Ich hab so was im Urin, kannste mir glauben. Wenn ich irgendwie helfen kann: Dieter steht immer zu Diensten.« Er grinste. »In jeder Beziehung. Auch wenn du mir ein bisschen zu mager bist.«

»Danke für das Angebot«, sagte Thea und erhob sich. »Ich komme bei Bedarf darauf zurück.«

Der Bär kramte in den Gemüsekisten herum und sammelte welkes Laub von den Salatköpfen, als Thea um die Ecke bog. Sie blieb bei ihm stehen.

»Ich weiß, es klingt unverschämt, aber könnte ich eventuell noch einmal anschreiben lassen?«, fragte sie tapfer. »Ich hab den ganzen Tag noch nichts gegessen.«

Der Bär hielt inne und sah sie an. Sein Blick verriet nichts Gutes. »Nach dem, was im Laramie passiert ist, klingt das wirklich ziemlich unverschämt. Ich kann nichts verschenken. Die Antwort lautet: Nein.«

»Bitte. Ich kann doch nichts dafür, dass mein Chef mich hängen lässt. Ich habe mit ihm telefoniert. Er überweist. Ganz sicher.«

Der Bär wischte sich mit der Hand über das Gesicht. »Fahr doch einfach nach Hause! Menno Wittig war ein Arsch. Vergiss ihn! Und Tristan ist ein noch viel größerer Arsch.« Er warf die welken Blätter wütend in einen Karton mit Abfällen.

»Was hatten die beiden eigentlich für ein Verhältnis zueinander?«, fragte Thea, während der Bär sich mit einer Kiste Gurken an ihr vorbeidrängelte.

»Keines«, antwortete er knapp und verschwand im Laden.

Thea schüttelte den Kopf. Es hatte keinen Sinn, ihn weiter anzubetteln. Ihr Blick fiel auf die Kartons mit den Gemüseabfällen. Nein, dachte sie, so tief bist du nicht gesunken. Sie wandte sich ab und ging mit knurrendem Magen zum Zelt zurück.

***

Adele saß auf einer Kiste unter dem Sonnensegel, eingehüllt in einen Norwegerpullover.

»Da bist du ja endlich!«, empfing sie Thea und hielt sich die Hand schützend vor die Augen. Die Sonne stand tief und blendete.

»Was willst du?«, fragte Thea nicht gerade freundlich. Sie war müde und hätte sich jetzt gern hingelegt.

»Na, das nenne ich mal eine nette Begrüßung. Ich dachte, ich schau mal vorbei. Hab gehört, was passiert ist.«

Thea trat zögernd unter das Sonnensegel, und Adele erschrak. »Großer Gott! Du siehst ja fürchterlich aus.«

»Danke für das Kompliment.«

»Warum hast du nicht auf mich gehört? Du hättest abreisen sollen.«

»Ja, Mama.« Thea zog einen Hocker heran und setzte sich. Sie war vollkommen erschöpft nach diesem Tag. Hinter ihrer Stirn begann es wieder zu pochen, aber das lag eher an ihrem leeren Magen.

»Da komme ich mit meinem Tee ja genau richtig«, bemerkte Adele.

»Hast du zufällig auch ein Stück Brot dabei? Ein Energiebällchen täte es auch.«

»Tut mir leid. Damit kann ich nicht dienen.«

Thea seufzte. »Na, dann eben Tee.«

Adele stellte die Thermoskanne ab und kramte zielsicher zwei Becher, Teelöffel und Kandis aus Mennos Küchenbeständen hervor. Scheinbar kannte sie sich in seinem Zelt bestens aus. Dann goss sie ein.

»Was ist da drin?«, fragte Thea misstrauisch, als Adele ihr den dampfenden Becher reichte.

»Tee. Hab ich doch gesagt.«

»Pur?«

»Kandis stehen da. Ich weiß nicht, wie süß du ihn trinkst.«

»Keine K.-o.-Tropfen oder so was in der Art?«

Adele schnappte empört nach Luft. »Was soll das denn heißen?«

»Es gibt ein paar Leute hier, die mich unbedingt loswerden wollen, weil ich zu viel herumschnüffle.«

»Und du glaubst, ich gehöre dazu?« Adele lachte auf. »Also langsam mache ich mir Sorgen, Thea. Das ist ja schon paranoid!«

»Und das hier?« Sie zeigte auf ihr Auge. »Ist das auch paranoid?«

»Wie ist das passiert?«

»Wenn ich das wüsste! Ich hab einen kompletten Filmriss und einen Haufen Ärger.«

»Jemand sagte, dass du im Laramie in eine Schlägerei verwickelt warst?«

»War ich das?« Thea trank einen Schluck. »Ich kann mich nur noch erinnern, dass ich mit Ragna irgend so ein Teufelszeug getrunken habe. Und dann kam Tristan dazu. Wir hatten uns verabredet, ich wollte mit ihm reden. Dass ich abwaschen wollte, um meine Zeche abzuarbeiten, daran kann ich mich zum Beispiel nicht mehr erinnern.«

»Worüber wolltest du mit Tristan reden?«

»Über Mennos Tod. Ich wollte ihn fragen, ob er etwas damit zu tun hat.« Thea zeigte auf ihr verletztes Auge. »Damit hat er sicher etwas zu tun.«

»Wie kommst du darauf?«

»Er wollte mir einen Denkzettel verpassen. Ganz einfach.«

»Bist du sicher?« Adele verzog skeptisch das Gesicht. »Ich mag ihn auch nicht besonders, aber ein Mörder ist er bestimmt nicht.« Thea zog den Knopf aus ihrer Hosentasche und ließ ihn am Band hin- und herbaumeln. Adele gab einen überraschten Ton von sich. »Der gehörte Menno!«

»Genau. Dieser Knopf war an Mennos Jacke. Ich frage mich nur, was er in Tristans Hosentasche zu suchen hatte.«

Adele pfiff leise durch die Zähne. »Gute Frage. Wie bist du an den Knopf gekommen?«

»Meta-Marie hat ihn mir geschenkt.«

»Das Mädchen? Und woher hatte sie den Knopf?«

»Aus Tristans Hosentasche. Das sagte ich schon.«

Adele schwieg. Sie hatte die Stirn in Falten gelegt, als denke sie angestrengt nach. »Ich kann mir keinen Reim darauf machen«, sagte sie nach einer Weile. »Sie ist ein Kind. Vielleicht hat sie das nur erfunden, und der Knopf lag irgendwo am Strand herum?«

»Möglich. Daran hatte ich auch schon gedacht. Aber warum versucht Tristan, mich außer Gefecht zu setzen, wenn er nichts mit Mennos Tod zu tun hat?«

»Du sagst doch, du kannst dich nicht erinnern.« Adele schnaubte. »Ich wüsste ehrlich gesagt keinen Grund, warum er Menno töten sollte.«

»Eifersucht. Ragna hatte vor fünf Jahren ein Verhältnis mit

Menno, und das Ergebnis hat er jeden Tag vor Augen: Meta-Marie.«

Adele starrte Thea an. »Woher weißt du das?«

»Von Ragna. Tu jetzt nicht so, als wüsstest du das nicht. Hier wissen doch alle sofort, was abgeht.«

»Na ja, es gab Gerüchte. Aber ich gebe nicht viel darauf. Außerdem frage ich mich, wie Tristan es fertiggebracht haben soll, Menno zu töten. Ich denke, er hatte eine Überdosis Antidepressiva intus?«

»Wusstest du, dass Tristan unter Burn-out leidet? Das hat Ragna mir erzählt. Da nimmt man doch auch so ein Zeugs, oder?«

»Ja, im Prinzip schon. Was willst du damit andeuten?«

»Ich will sagen, dass Tristan nicht nur ein Motiv hatte, Menno aus der Welt zu schaffen, sondern auch die Gelegenheit und die Mittel.«

Adele sah sie ernst an. »Ich mache mir Sorgen um dich, du verrennst dich da in etwas. Menno ist tot, das ist schwer für dich. Aber du warst nicht die Erste, die sich in ihn verliebt hat. Er war ein interessanter Mann, keine Frage, aber er war auch … seltsam. Ich bin mir sicher, er hat seinen Tod inszeniert, um uns noch ein bisschen zu provozieren.«

»Der Bär meinte gerade, Menno war ein Arsch.«

Adele nickte. »In seinen Augen vielleicht.«

Thea beobachtete eine Möwe, die bis auf Reichweite herangekommen war auf der Suche nach Essbarem. Sie rupfte einen Grashalm aus und warf ihn nach dem Vogel, der sie nur mit kalten Augen mitleidig ansah. »Tristan schlägt Ragna. Wusstest du das?«

Adele schwieg und beobachtete die Möwe, die gelangweilt davonwatschelte.

»Und da kommt dir nicht der Gedanke, dass Tristan vielleicht durchgedreht ist?«

Adele schüttelte verärgert den Kopf. »Woher soll ich das alles wissen? Ich bin nicht die Polizei.«

»Nein. Aber du bist Psychotherapeutin.«

»Thea! Du bist ja wie ein Bullterrier, der sich festgebissen hat. Das sind doch alles nur Bruchstücke der ganzen Wahrheit. Die

Leute hier wollen Urlaub machen! Sie haben nichts mit Mennos Tod zu tun. Es war ein tragischer Unfall, kapier das endlich und fahr nach Hause!«

Thea sprang so schnell auf, dass der Hocker, auf dem sie gesessen hatte, nach hinten flog und gegen eine Zeltstange krachte. »Warum wollt ihr mich eigentlich alle loswerden?«

»Weil du nervst, Herrgott noch mal! Du siehst überall nur Mord und Totschlag, wo keiner ist.«

Theas Herz raste, diesmal vor Wut. Sie bekam kaum Luft. Warum glaubte ihr niemand? Das Veilchen über ihrem Auge war doch der sichtbare Beweis dafür, dass hier etwas nicht stimmte! Steckten am Ende alle unter einer Decke? Oder wurde sie tatsächlich langsam paranoid?

Sie ging zum Zaun und klammerte sich an einen Pfahl. Vom Hafen her tönte das Signal einer Fähre. Sie atmete mehrmals tief ein und aus, um sich zu beruhigen. »Ich bin hierhergekommen, weil ich mein Leben ordnen wollte«, sagte sie mehr zu sich selbst als zu Adele. »Es ist mir nicht gelungen. Im Gegenteil.« Sie wandte sich wieder Adele zu. »Geh jetzt. Ich habe Kopfschmerzen und rede Blödsinn.«

Adele erhob sich. Sie legte Thea freundschaftlich die Hand auf die Schulter. »Quäl dich nicht so, Thea. Wenn du dein Leben ordnen willst, dann fang bei dir selbst an. Du musst dich nicht für alles verantwortlich fühlen. Menno war es nicht wert. Der halbe Zeltplatz ist es nicht wert.«

Thea spürte erneut die Wut hochkochen. Das stimmte einfach nicht. Sie hatte Mennos Worte noch im Ohr, den Klang eines jeden einzelnen Wortes. Sie hörte seine Stimme, wenn sie die Augen schloss. Er hatte so vollkommen klar geklungen. Und ein wenig traurig, sicher. Aber weder berechnend noch hinterhältig. Und jetzt wollten ihr alle weismachen, dass er ein Arschloch war?

»Vielleicht war Mennos Tod ja von langer Hand geplant und von mehreren gewollt, aus welchem Grund auch immer.«

Adele starrte sie einen Moment lang fassungslos an. »Ich denke mal, du hast irgendwas gegen Schmerzen genommen?«

»Und wenn schon!«, schrie Thea außer sich.

Adele drehte sich wortlos um und hob ihre Thermoskanne auf. »Es tut mir leid«, sagte sie mühsam beherrscht, »du bist völlig vernagelt. Ich wollte nur helfen. Ehrlich.«

Ohne ein weiteres Wort ging sie davon.

In Theas Kopf stürzten die Gedanken übereinander her. Was war nur in sie gefahren? Sie rannte in die Dünen, kickte dabei alles, was ihr vor die Füße kam, von sich. Schließlich stand sie am Wasser. Die Wellen rollten heran und zogen sich wieder zurück. Die Sonne spiegelte sich orangerot in der Nordsee.

Thea ließ sich in den Sand fallen, rollte auf den Rücken und streckte alle viere von sich. Sie wollte die Insel atmen hören. Ihr Summen auf dem Zwerchfell spüren. So wie an jenem Abend, als Menno auf der Friesischen Hummel gespielt hatte. Wie lange war das her? Mindestens hundert Jahre. Aber die Insel schwieg heute. Stattdessen rumorte ihr Magen laut. Eine Böe jagte über sie hinweg. Sie konnte hier nicht liegen bleiben. Außerdem war es höchste Zeit, etwas Essbares zu organisieren. Sie schleppte sich zum Zelt zurück und durchwühlte Mennos Küchenkiste. Die Ausbeute war erwartungsgemäß mager: ein zerlaufenes Eukalyptusbonbon und drei trockene Spiralnudeln, immerhin bio. Thea steckte sich eine davon in den Mund und lutschte darauf herum. Ratlos setzte sie sich auf die Kiste und starrte trübe über das Watt. Der Wind hatte merklich aufgefrischt. Zu allem Überfluss wehten Fetzen eines Liedes an ihr Ohr. »Der Mond ist aufgegangen«.

Theas Blick schweifte in die Dünen. Da saß die Pastorenfamilie im verlöschenden Abendlicht und sang. Sie beneidete sie um die vollkommene Harmonie, die sie ausstrahlten, und das erste Mal, seit sie aus dem Callcenter geflüchtet war, sehnte sie sich zurück auf ihre Parzelle in Oldenburg. Sie würde klaglos zur nächsten Grillparty des Kleingartenvereins »Kleines Glück« gehen und vorher ihre Hecke akkurat in Kastenform schneiden. Sie würde den handtuchgroßen Rasen mähen und den Löwenzahn ausstechen, damit die Samen nicht auf die Nachbargrundstücke wehten. Das war doch alles ein Kinderspiel gegen das, was hier ablief. Oder war es am Ende doch alles nur in ihrem Kopf? Was wusste sie schon von Menno Wittig, außer, dass er ein freundlicher Mensch gewesen war mit einem zu großen Herzen?

Je länger sie an der trockenen Nudel lutschte, desto lauter knurrte ihr Magen. Ihre Gedanken schweiften ab. Wen konnte sie noch um ein Abendbrot anbetteln? Adele sicher nicht. Den Bären schon gar nicht. Blieb nur Bofrosti. Sie ging sofort zu ihm hinüber, aber sie hatte Pech. Das Zelt war verschlossen, und die Campingstühle lagen ordentlich übereinandergestapelt neben dem Zelteingang.

»Karlo?«, rief sie leise. Von innen antwortete niemand. Thea sah sich um. In der Faltküche entdeckte sie zwei frische Packungen Spaghetti und ein Glas mit Pastasoße. »Karlo?«, rief sie vorsichtshalber noch einmal. Es blieb still. Entweder schlief er fest oder er war fortgegangen. Er würde wohl nichts dagegen haben, wenn sie eine Tüte mit sich nahm, schließlich war dies eine Notlage. Sie hatte die Hand schon ausgestreckt, als Wilma Menkens um die Ecke bog.

Thea stöhnte genervt. »Hat Ihnen schon mal jemand gesagt, dass Sie die Gabe haben, immer im falschen Moment aufzutauchen, Frau Kommissarin?«

Wilma Menkens stützte sich auf den Lenker ihres Klapprades. Sie trug schlammbesudelte Gummistiefel, als habe sie gerade eine Wattwanderung hinter sich. »Ich glaube, da haben wir etwas gemeinsam, Frau Kollegin.« Sie taxierte Thea, wobei sie ihren Kaugummi grimassenreich von links nach rechts wandern ließ. »Was machen Sie eigentlich hier?«

»Ich wollte meinen Nachbarn besuchen. Und was tun Sie schon wieder hier?«

»Ich sammle Leichen.«

»Ach! Das tut mir jetzt aber leid«, bemerkte Thea sarkastisch, »damit kann ich gerade nicht dienen. Vielleicht nächstes Mal?«

»Danke, ich bin schon versorgt. Karlo Schmidt wurde gerade im Watt gefunden.«

»Hat er sich beim Joggen verlaufen?«

»Möglich. Blöd nur, dass er bei auflaufendem Wasser losgegangen statt losgerannt ist. Er ist ertrunken.«

»Ertrunken? Heißt das, er ist tot?«

»Ja. Das sind Leichen ja meistens. Und wie es aussieht, ist er nicht freiwillig von uns gegangen.«

»Wie meinen Sie das?«

»Er hatte eine Einstichstelle am Oberschenkel. Von einer Spritze. Wie bei dem Wittig.«

»Und da kommen Sie zu mir, um mir das zu erzählen?«

»Zu Ihnen?« Die Kommissarin sah sich um. »Wenn ich richtig informiert bin, ist das hier Karlo Schmidts Zelt, oder?«

»Äh, ja. Natürlich«, stammelte Thea verlegen.

Wilma Menkens legte das Rad auf den Boden und streifte ihre Gummistiefel ab. Dann schob sie sich an Thea vorbei zum Zelteingang, wandte sich jedoch noch einmal um. »Wissen Sie zufällig, ob er Verwandte hatte?«

»Er sagte, er habe eine Tochter. Beate Schmidt. Sie wohnt in Bremen in einer betreuten Wohngruppe. Irgendwas ist mit ihrem Hirn nicht in Ordnung.«

»Scheiße!« Die Kommissarin wirkte betroffen, sie legte sogar ihren bellenden Ton ab. »Ein Unfall?«

»Karlo sagte, es war ein Suizidversuch. Wegen Menno.«

»Wegen Menno Wittig? Unerwiderte Liebe?«

»So was in der Art.«

Die Kommissarin fuhr sich durch die Haare. »Verdammt, das wächst mir hier alles über den Kopf!« Sie rieb sich nachdenklich die Stirn. »Aber das hieße ja, dass Karlo ein Motiv hatte, Menno umzubringen?«

»Das heißt es wohl. Ich wollte Sie sowieso sprechen. Da gibt es einiges, das Sie wissen sollten.«

»Für Sie habe ich auch Neuigkeiten. Ihre Urinprobe war positiv. Amphetamine. Der Klassiker unter den K.-o.-Tropfen.«

Thea klatschte in die Hände. »Bingo!«

»Scheint fast, als freuten Sie sich darüber?«

»Und wie! Es beweist, dass ich nicht verrückt bin.« Wilma Menkens spuckte ihren Kaugummi in hohem Bogen über den Zaun. »Na, na! Wenn Bofrosti das gesehen hätte!«, neckte Thea, um sofort entschuldigend hinzuzufügen: »Sorry. War eine unpassende Bemerkung.« Sie musste zugeben, dass sie gerade angefangen hatte, ihn zu mögen. Immerhin hatte er sie wieder zusammengeflickt.

»Ach, übrigens, falls es Sie interessiert: Die Leiche von Menno Wittig ist freigegeben. Er wird übermorgen in Wittmund beerdigt. Jedenfalls sagt das seine Exfrau.«

Thea starrte sie entgeistert an. »Seine Exfrau?«

»Wussten Sie das nicht? Sie ist auch auf dem Zeltplatz.«

»Nein. Wer ist es?«

»Adele tom Brok.«

***

Nordsee, 1984, früher Abend

»Bleib schön hier stehen«, ermahnte er das Kind. Es konnte einfach nicht genug kriegen vom Fahrradfahren, jetzt, wo es das konnte. Dennoch hatte er sich schließlich durchgesetzt. Nun standen sie auf dem Bürgersteig neben dem Wagen. Er öffnete die hintere Tür und räumte einige Sachen beiseite, damit sich das Kind auf dem Rücksitz hinlegen konnte. Es musste todmüde sein. Als er sich zu ihm umdrehte, war es jedoch verschwunden. Er blickte die Straße hinauf. Da fuhr es den Bürgersteig entlang, ein wenig schlitternd noch, aber schon recht sicher. Er lachte und rannte dem Kind nach.

»Krümelchen, du Schlingel! Nicht abhauen!«

»Komm doch! Fang mich!«, rief es und trat schneller in die Pedale. Er war fünf Meter hinter dem Kind, aber der Abstand vergrößerte sich. Es fuhr immer schneller und jubelte vor Freude. »Ich kann Fahrrad fahren!«

»Warte! Komm sofort zurück!«

Das Kind hörte nicht auf ihn. Voller Begeisterung trat es immer schneller in die Pedale. Vom Hafen fuhren die ersten Autos weg. Die Fähre hatte längst angelegt.

»Ras nicht so! Pass doch auf!« Er blieb kurz stehen, fasste sich in die Seite, die schmerzte, und atmete tief ein und aus. Das Kind steuerte auf die Ausfahrt des Hafens zu, ungebremst. »Halt an!«, brüllte er aus Leibeskräften.

»Du kriegst mich nicht!«, jauchzte das Kind, und im nächsten Moment flog es durch die Luft.

***

Thea betrachtete fröstelnd den bunten Abfall in dem überquellenden Mülleimer neben der Bank, auf der sie saß. In Wilma Menkens Gegenwart hatte sie nicht gewagt, die Nudeltüte mitzunehmen, denn das Zelt wurde durchsucht. Also war sie stundenlang ziellos umhergelaufen und schließlich hier gelandet. Der Mond stand schon am Himmel. Es ging auf Mitternacht zu.

War das erst gestern gewesen, dass Karlo ihr hier von seiner Tochter erzählt hatte? Theas Kopf war hohl wie eine Kathedrale. Sie konnte an kaum etwas anderes denken als daran, dass sie Hunger hatte. Ihr Blick wanderte wieder zum Mülleimer. Es wäre doch möglich, dass …

»Nein, Thea Thading. Das willst du nicht«, ermahnte sie sich selbst.

Im gleichen Moment begann sie, im Müll herumzuwühlen. Es war ja Nacht und niemand beobachtete sie. Zuoberst lag ein angebrochener Schokoriegel. Jemand hatte nur einmal hineingebissen und ihn dann entsorgt. Er steckte noch zur Hälfte im Papier. Sie nahm den Riegel an sich und packte ihn aus, um ihn von allen Seiten zu studieren. Schließlich brach sie den angebissenen Teil ab und stopfte den Rest hastig in sich hinein. War doch gar nicht so schlimm, dachte sie und warf das leere Papier in den Müll zurück. Sie stand auf und ging weiter. Am Himmel glitzerten die Sterne, dazwischen zog sich der helle Streifen der Milchstraße quer über das Firmament. Wieder wunderte sie sich, wie still es sein konnte auf der Welt. Ihre Parzelle in Oldenburg lag direkt an der Stadtautobahn. Durch die Lärmschutzwände drang ununterbrochen ein dumpfes Brummen.

Eine Sternschnuppe schoss glühend in die Atmosphäre. Thea schloss die Augen. Mach, dass ich etwas zu essen finde, wünschte sie sich, oder dass der Chef endlich das Geld überweist. Letzteres war wohl zu viel verlangt.

Wenig später stand sie vor dem Edeka-Markt am Eingang zum Dorf, der ihr um diese Zeit einsam entgegengähnte. Leere Kisten stapelten sich neben dem Fahrradständer und warteten darauf, am nächsten Morgen durch volle ersetzt zu werden, wenn das erste Schiff die Ware lieferte. Thea schlenderte um den Laden herum. Sie tat so, als ginge sie spazieren. Das Dorf lag verschlafen da. Niemand war jetzt noch auf den Gässchen und Wegen unterwegs. Außer Thea. Sie fühlte sich schlecht, wie sie bemüht unauffällig um den Supermarkt herumstrich. Eine solche Person hätte ich als Polizistin sofort kontrolliert, dachte sie und versuchte, das mulmige Gefühl im Magen zu ignorieren. Von Weitem hörte sie das Surren von Fahrradreifen. Thea duckte sich in den Schatten. Jemand trat heftig in die Pedale und sauste vorbei. Sie wartete noch einen Moment lang, bis es wieder still war. Dann tastete sie sich weiter voran. Schließlich fand sie das, was sie suchte: einen Bretterverschlag, in dem zwei Müllcontainer standen. Sie hatte das im Fernsehen gesehen: Menschen, die sich aus den Abfällen der Supermärkte ernährten. Verstohlen blickte sie sich um. Alles war ruhig, sie war allein. Also schlüpfte sie in den Verschlag. Vorsichtig öffnete sie den Deckel des ersten Containers. Übler Gestank schlug ihr entgegen. Sie schloss ihn schnell und versuchte es beim Zweiten.

»Volltreffer!« Sie lächelte in den Sternenhimmel. »Danke vielmals!«

Der Mond beschien mehrere eingepackte Brote, die zuoberst lagen. Thea nahm sich eines heraus und tauchte erneut in den Container. Sie griff sich, was sie zu fassen bekam: einen Sechserpack Äpfel, von denen nur einer verdorben war, einen Sack keimende Kartoffeln, zwei abgelaufene Packungen Bierwurst und einen eingedellten Tetrapak Tafelwein. Sie fand eine Plastiktüte und stopfte die Beute hinein. Dann schlich sie auf den Weg, wo sie fast mit dem Fahrradfahrer von vorhin zusammenstieß, der schimpfend und schlingernd ins Dorf zurückfuhr.

Montag

Thea genoss zum Frühstück ein dick belegtes Wurstbrot, als Tristan in das Vorzelt stürmte.

»Ist Meta-Marie bei dir?«, fragte er aufgeregt.

Thea ließ das Brot sinken und sah ihn scharf an. »Dass du dich hierhertraust!«

»Sie ist verschwunden«, rief er. »Hast du sie gesehen?«

»Nein. Was regst du dich auf? Sie verschwindet doch andauernd«, bemerkte Thea kühl und schluckte den Bissen hinunter, den sie im Mund hatte. »Schon mal im Hafen nachgeschaut?«

»Von da komme ich gerade. Die Fähre geht in zwei Stunden. Das Gepäck wird jeden Augenblick abgeholt, und diese kleine Kröte verpisst sich! Ich hatte gehofft, sie ist bei dir.«

Thea wischte sich die Hände an der Hose ab. »Warum sollte sie?«

»Herrgott, weil sie dich mag?«

»Sie hat mir fast das Schienbein zertrümmert. Das würde ich nicht als Zuneigung bezeichnen.«

»Verdammt! Sag mir endlich: Hast du sie gesehen?« Tristan packte Thea fest an den Schultern. Sein Griff schmerzte. Er sah ihr mit einem irren Ausdruck ins Gesicht. Thea reagierte reflexartig. Mit einem gezielten Faustschlag in die Magengrube kam sie frei. Tristan taumelte und ging in die Knie.

»So. Und jetzt mal der Reihe nach«, keuchte Thea. »Was ist mit der Kleinen?«

Tristan krümmte sich und wimmerte. »Ich weiß es doch nicht.«

Thea nahm einen Becher und goss Wasser hinein. »Hier. Trink das.«

Er nahm ihn und schluckte gierig. Dann ließ er den leeren Becher fallen und vergrub seinen Kopf in den Händen. »Ragna. Sie will sich von mir trennen. Sie hat –« Er stieß ein verzweifeltes Lachen aus und schlug sich auf die Knie. »Sie hat alles kaputt gemacht.«

Thea ging ein Licht auf. »So ist das also. Jetzt verstehe ich, warum ihr so überstürzt abreisen wollt.«

Er stöhnte gequält und wirkte völlig aufgelöst. »Ich dachte, die Kleine schläft. Ich wollte doch nur in Ruhe mit Ragna reden.«

Thea lief ein eisiger Schauer über den Rücken. »Was hast du mit ihr gemacht?«

Tristan sah sie an. »Herrgott, sie hat mich provoziert, die kleine Schlampe!« Er knirschte mit den Zähnen. »Sie hat gedroht, mich anzuzeigen. Dabei war sie es, die alles kaputt gemacht hat. Nicht umgekehrt.«

Er wischte sich mit dem Handrücken Rotz von der Nase. Am liebsten hätte Thea ihn jetzt gepackt und aus ihm herausgeschüttelt, was genau passiert war, aber sie musste behutsam vorgehen. »Was ist mit Meta-Marie?«

»Was soll schon mit ihr sein? Ich will sie nur finden.«

»Tristan! Was ist mit ihr?«

Er rang die Hände. »Nur eine halbe Tablette! Das hat doch sonst immer geklappt! Aber statt friedlich zu schlafen, ist sie abgehauen. Einfach weg. Das geht doch gar nicht!«

Thea glaubte, ihren Ohren nicht zu trauen. »Was denn für eine Tablette?«, fragte sie. »Tristan, um Himmels willen, was hast du ihr eingeflößt?«

»Herrgott noch mal, dieses Kind schreit und schreit. Ich wollte doch nur mit Ragna reden.«

»Was hast du ihr gegeben?«, insistierte Thea. »Was für eine Tablette? Raus damit!«

»Eines von ihren harmlosen Schlafmitteln.«

»Ragna nimmt Schlaftabletten?«

»Nur gegen Reiseübelkeit. Ihr wird auf Schiffen immer schlecht.«

»Und dagegen nimmt sie Schlafmittel?«

»Ja. Der Arzt hat ihr dazu geraten. Das Zeugs gibt's in jeder Apotheke. Völlig harmlos.«

»Kannst du dir denken, wohin Meta-Marie gelaufen ist?«

»Nein. Eben nicht. Das ist ja das Problem.«

»Wir müssen Wilma Menkens benachrichtigen«, sagte Thea und erhob sich.

Tristan sprang auf und packte sie. »Nein! Nicht die Menkens!«

»Hast du eine bessere Idee?«

Tristan starrte sie böse an. Dann sprang er so plötzlich auf die Füße, dass Thea erschrocken aufschrie. Bevor sie reagieren konnte, schlug er ihr hart gegen die Brust. Sie kippte gegen den Zelteingang. Bevor sie wieder auf die Füße kam, war Tristan verschwunden.

»Komm zurück«, schrie sie ihm nach. »Du machst es nur schlimmer.« Aber er kam nicht zurück. Dafür hörte Thea Stimmengemurmel hinter sich. Sie sah sich um. Da stand eine Traube von Campern. »Was gibt's denn da zu glotzen!«, blaffte Thea sie an.

»Wir glotzen doch gar nicht«, empörte sich ein kräftiger Kerl im Fischerhemd. »Wir haben gehört, dass ein Kind verschwunden ist. Wir wollen suchen helfen.«

Thea blickte überrascht von einem zum anderen. »Na, wenn das so ist! Das verschwundene Kind heißt Meta-Marie und –«

»Das ist doch die Kleine, die immer auf dem Weg sitzt und Muscheln verkauft?«, wurde sie von einer Frau aufgeregt unterbrochen.

»Ja. Genau die.«

»Wo könnte sie denn sein?«, fragte der Mann im Fischerhemd.

Thea hob ratlos die Hände. »Das wüsste ich auch gerne. Sie ist oft am Hafen. Obwohl –«

Der Mann wartete nicht, bis Thea zu Ende gesprochen hatte. Er drehte sich zu den Leuten um. »Wir treffen uns am Inselladen und teilen uns in Gruppen auf. Sagt allen Bescheid!«

Die Leute nickten und rannten auseinander.

Thea sah ihnen überrascht nach. »Danke übrigens«, rief sie. »Wir können tatsächlich jede Hilfe gebrauchen.«

Hektisches Treiben machte sich breit, geschäftige Aufregung waberte über den Platz. Aus allen Zelten strömten Camper und schwärmten aus, während sich Thea auf den Weg zu Ragna machte.

Hoffentlich war ihr nichts passiert. Zunächst sollte sie jedoch die Kommissarin benachrichtigen. Aber wie? Sie ärgerte sich, dass sie den Mann im Fischerhemd nicht nach seinem Handy gefragt hatte. Unterwegs überholte sie einen Halbwüchsigen, der mit seinem Smartphone spielte, und nahm es ihm kurzerhand ab. »Ich bin Kommissarin. Dies ist ein Notfall!« Das Kerlchen machte große Augen, protestierte aber nicht, als Thea Wilma Menkens anrief.

Nach dem Telefonat gab sie ihm sein Spielzeug zurück und eilte weiter am Waschhaus vorbei zu Ragnas Zelt. Es war schon abgebaut, und an seiner Stelle stand nur noch das kleine Packzelt. Offenbar hatten sie darin übernachtet, um am Morgen schnell aufbrechen zu können. Kisten, Rucksäcke, der Kinderholzroller und andere Gepäckstücke lagen um das Zelt herum. Es sah nach Aufbruch aus.

Thea trat näher. Der Eingang des kleinen Kuppelzeltes stand offen, ein Schlafsack war halb herausgerissen.

»Ragna?«, rief Thea leise. Keine Antwort. Sie kniete sich vor den Eingang und blickte hinein. Zunächst erkannte sie nichts, meinte aber, jemanden atmen zu hören. In der Ecke lag ein Haufen Klamotten. Thea kroch ins Zelt. Der Haufen rührte sich. »Ragna?« Thea berührte das, was dort in der Ecke lag.

»Geh weg! Geht alle weg!«

»Ich bin es doch. Thea. Ich wollte dir nur sagen, dass –« Ragna hob den Kopf und drehte Thea das Gesicht zu. Die wich erschrocken zurück. »Um Himmels willen!« Sie schlug die Hände vor den Mund, denn Ragnas Gesicht glich einer blutigen Fleischmasse. Wie es schien, fehlte ein Schneidezahn. Oder zwei. Beide Augen waren blutunterlaufen und geschwollen.

»Wo ist Meta-Marie?«, flüsterte sie.

Thea drückte ihre Hand. »Wir finden sie. Der ganze Zeltplatz sucht schon nach ihr.«

»Und Tristan? Ist er weg?«

Thea hörte die Angst in ihren Worten. »Mach dir keine Sorgen. Um den kümmert sich gleich die Polizei. Das hätten die schon viel eher tun müssen. Jetzt brauchen wir erst mal einen Krankenwagen für dich.«

»Nein!« Ragna versuchte aufzustehen. »Ich muss Meta-Marie finden.«

»Musst du nicht.« Thea drückte sie sanft auf die Isomatte zurück. »Du lässt dich jetzt schön verarzten, und wir suchen deine Kleine. Der halbe Zeltplatz ist auf den Beinen. Mach dir keine Sorgen.«

Ragna wimmerte. »Wir waren am Strand. Wollten reden. Tristan. Und ich. Wegen Meta-Marie. Ich hab gesagt, er soll uns in Ruhe lassen. Da ist er über mich hergefallen. Ist total ausgerastet.«

»Wie bist du ins Zelt zurückgekommen?«

»Ich weiß nicht.« Sie begann zu schluchzen. »Ich hab alles versaut. Er ist völlig irre. Er wird uns beide umbringen. Er hat auch Menno umgebracht.«

»Bist du sicher?«

Ragna gab nur einen unterdrückten Laut von sich.

Thea tätschelte ihre Hand. Tränen standen ihr in den Augen. »Wir finden die Kleine. Ich verspreche es«, flüsterte sie erschüttert.

***

Wer sich nicht an der Suche nach Tristan und dem Kind beteiligte, stand in einem der vielen Grüppchen, in denen das Geschehen diskutiert wurde, auf dem Zeltplatz herum. Ein Hubschrauber war gerade gelandet, er sollte Ragna in die nächste Klinik fliegen. Ein weiterer suchte aus der Luft die Insel nach Tristan und Meta-Marie ab. Einsatzkräfte kämmten gemeinsam mit den Campern jeden Zentimeter der Insel durch. Wenn Tristan und Meta-Marie sich noch auf Spiekeroog befanden, was wahrscheinlich war, würde man sie über kurz oder lang finden. Die Insel war schließlich nicht sehr groß.

»Wo haben Sie die Beamten alle aufgetrieben, Frau Kommissarin?«, fragte Thea, als sie mit Wilma Menkens zu einer Lagebesprechung im hinteren Kabuff des Inselladens saß. Der Bär hatte Kaffee und Tee spendiert. »Ist die Grippewelle vorbei?«

Wilma Menkens nieste und schnäuzte sich umständlich in ein riesiges Taschentuch. Sie sah schlecht aus, war blass und hatte dunkle Augenringe.

»Wie es scheint, hat es Sie nun auch erwischt?«, fragte Thea besorgt.

»Mir geht es ausgezeichnet«, schniefte Wilma Menkens. Thea schob der Kommissarin eine Medikamentenschachtel über den Tisch. »Schlaftabletten? Ist das gut gegen Erkältung?«

»Nein. So was nimmt man auch gegen Reiseübelkeit. Wussten Sie das? Das Medikament gibt es in jeder Apotheke frei zu kaufen.«

»Ja und? Ich habe keine Probleme damit.«

»Ragna benutzt das Zeug, und Tristan hat Meta-Marie etwas davon gegeben, damit sie ruhig ist.«

Die Kommissarin sah erschrocken auf. »Das ist jetzt nicht wahr, oder?«

»Doch. Er sagte, es war nur eine halbe Tablette, und die Kleine ist trotzdem verschwunden. Ich habe eben mit dem Notarzt gesprochen. Der Wirkstoff heißt Diphenhydraminchlorid. Eine halbe Tablette ist eine ziemlich hohe Dosis für so ein junges Kind, aber bei manchen Menschen bewirkt es das genaue Gegenteil. Sie werden nicht müde, sondern drehen auf. Das würde einiges erklären.«

»Was denn?«

»Die Kleine wirkte immer so hyperaktiv, manchmal auch aggressiv. Mein Schienbein ist immer noch blau.«

»Apropos blau. Ihr Auge sieht ja wieder ganz manierlich aus. Aber wollen Sie sich nicht mal die Fäden ziehen lassen?«

Thea drehte die Augen nach oben, als könne sie so die Naht über der Augenbraue sehen. Sie seufzte. »Karlo ist tot. Ich werde sie wohl als Andenken behalten müssen.«

»Übrigens, da fällt mir ein: Ich habe gerade Nachricht aus der Gerichtsmedizin bekommen. Eigentlich dürfte ich es Ihnen gar nicht sagen, aber Karlo Schmidt hatte auch dieses Diphen-Dingsda im Blut.«

»Schlafmittel also. Und was ist mit Fluoxetin wie bei Menno?«

»Nee, nur dieses Beruhigungsmittel. Allerdings in hoher Dosierung. Er hat es gespritzt bekommen. Ziemlich grob.«

»Kann man denn die Tabletten auflösen und spritzen?«

»Ich habe mit einem Arzt geredet. Es gibt das Zeugs auch flüssig. Sogar in Ampullen. Das geht also. Aber ich frage mich, welches Motiv Tristan für den Mord an Karlo haben könnte. Die kannten sich doch kaum. Und woher hatte Tristan dieses Fluoxetin? Das ist streng verschreibungspflichtig. Zu guter Letzt stellt sich die Frage: Wie konnte er Menno und Karlo das Zeugs spritzen? Die müssen sich doch gewehrt haben.«

»Keine Ahnung. Vielleicht war Karlo nur ein Zufallsopfer? Tristan war völlig außer sich, als er heute Morgen bei mir aufgetaucht ist. Total durch den Wind. Ich hoffe nur, er hat der Kleinen nichts angetan und wir finden sie schnell.«

»Glauben Sie, er hat das Kind irgendwo versteckt? Möglicherweise, um ein Verbrechen zu vertuschen? Ist ja nicht das erste Mal, dass ein gehörnter Ehemann sich rächt, indem er dem Kind –«

»Aufhören! Ich will das nicht glauben!« Thea schüttelte sich. »Ich will nicht daran denken. Aber möglich wäre es. Ich glaube, er hat vollkommen die Kontrolle über sich verloren. Wir sollten Adele tom Brok einschalten. Sie ist Psychologin und Therapeutin.«

»Ich war schon an ihrem Zelt«, knurrte die Kommissarin. »Sie ist nicht da.«

»Wahrscheinlich ist sie wieder bei den Seehundbänken.«

»Gut. Ich werde jemanden schicken.«

Der Bär steckte den Kopf um die Ecke. Sogar ihn schien die Sache mitzunehmen, er wirkte angestrengt. »Noch einen Wunsch, die Damen?«

»Nein, danke. Das ist nett, aber wir sind versorgt.«

»Seid ihr schon weitergekommen mit der Suche nach dem Kind und Tristan?«

Die beiden schüttelten trübe den Kopf, und der Bär verzog sich wieder, denn Kundschaft war in den Laden gekommen.

»Nehmen wir mal an, Tristan ist tatsächlich der Mörder, wofür einiges spricht«, überlegte Wilma Menkens und wandte sich Thea zu. »Denken Sie nach. Sie sagten etwas von einem Schatten, den Sie gesehen haben, als Menno von der Abbruchkante stürzte. Könnte das Tristan gewesen sein?«

Thea schloss die Augen und versuchte, sich die Szene ins Gedächtnis zurückzurufen. Es versetzte ihr einen schmerzhaften Stich, aber sie beherrschte sich.

»Es war scheußliches Wetter, und die Sicht war schlecht. Ja, da war ein Schatten oder so was. Vielleicht eine weitere Person, vielleicht auch nur ein Pfahl. Aber ich habe keinen Kampf gesehen.«

»Damit kann ich nichts anfangen. Ich brauche konkrete Beweise.«

Thea schlug sich vor den Kopf. »Verdammt, das habe ich ganz vergessen! Ist das ein Beweis?« Thea zog den Knopf aus der Hosentasche. Sie reichte ihn der Kommissarin.

»Ziemlich auffällig. Und warum sollte das ein Beweis sein?«

»Menno Wittig hatte solche Knöpfe an seiner Strickjacke. Er muss sie an dem Tag, als es passierte, getragen haben.«

»Stimmt. Ich erinnere mich. An der Jacke fehlte ein Knopf, aber die Spurensicherung hat ihn am Tatort nicht gefunden. Ich hab dem keine weitere Bedeutung zugemessen. Verraten Sie mir, woher Sie den haben?«

»Aus Tristans Hosentasche.«

Wilma Menkens pfiff durch die Zähne. »Interessant. Haben Sie seine Wäsche durchwühlt?«

»Nein. Die Kleine hat ihn aus seiner Hosentasche genommen. Sagt sie.«

»Meta-Marie?«

»Ja.«

Wilma Menkens schnaubte. »Wie alt ist die?«

»Keine Ahnung. Vier oder fünf.«

»Das glaubt uns doch kein Richter.«

»Aber vielleicht glaubt Tristan es? Vielleicht können wir ihn damit zu einem Geständnis bewegen?«

»Wir?«

Thea hob beschwichtigend die Hände. »Sie, Frau Kommissarin. Sorry.«

Wilma Menkens schloss die Hand um den Knopf und blickte gedankenverloren aus dem Fenster. »Das nimmt langsam Dimensionen an, die ich zum Kotzen finde. Karlo Schmidt hatte übrigens nur Bermudashorts an.« Sie zog einen Beutel aus ihrer Jackentasche, in dem allerlei Kram versammelt war. »Kurios, was er darin alles versteckt hatte. Geldbörse, Herzpillen, Handy. Das müssen Sie sich mal vorstellen!« Sie schüttelte den Kopf. »De hebbt doch all tohoop Ratten op'n Böön!«

»Was haben Sie gesagt?«

Wilma Menkens winkte ab. »Nicht so wichtig. Ich meine nur: Hinterhältige Giftmorde kann ich nicht ertragen. Da sehnt man sich nach einem Killer, der sein Handwerk noch versteht.«

»Das habe ich jetzt nicht gehört, Frau Kommissarin«, bemerkte Thea. »Haben Sie Karlos Tochter eigentlich schon erreicht?«

Die Kommissarin kratzte sich verlegen am Kopf. »Ich kann das nicht«, gab sie zu. »Das macht unser psychologischer Dienst.«

»Ach!«

»Was soll ich denn machen? Ich kann nicht überall zugleich sein. Zur Not muss ich Sie bitten, Karlo zu identifizieren. Würden Sie das tun?«

Thea hob entschuldigend die Arme. »Wenn Sie mir die Fähre bezahlen, gerne. Ich bin nämlich völlig blank. Mein Chef hat mich gefeuert, und er weigert sich, mir den restlichen Lohn zu überweisen. Ich wühle schon in den Mülltonnen nach Essensresten.«

Die Kommissarin lehnte sich zurück und grinste. »Ach, Sie waren das.«

»Wieso?«

»Ole Mertens hat eine Person um den Supermarkt schleichen sehen und Anzeige erstattet.«

Thea nickte. »Der Mann mit dem Fahrrad.«

»Genau der.«

»Sperren Sie mich jetzt ein?«

Die Kommissarin zog ein Papier aus der Jackentasche und zerknüllte es vor Theas Augen. »Für so eine Lappalie habe ich gerade keine Zeit. Aber sagen Sie mir doch: Wie heißt Ihr ehemaliger Chef, wenn ich fragen darf, und wo kann ich ihn erreichen?«

Thea nannte der Kommissarin die Telefonnummer der Callcenteragentur. »Lassen Sie sich kein Fußdeo andrehen. Das Zeug taugt nichts.«

»Keine Sorge. Und nun zu Karlos Tochter.« Wilma Menkens kramte einen dünnen Hängeordner aus einer Tasche hervor und schlug ihn auf. »Karlo Schmidts Tochter war Schauspielerin.«

»Ich weiß.«

»Sie ist im Winter 2003 inmitten der Dreharbeiten für einen Fernsehfilm mit einer akuten Alkoholvergiftung in ihrem Hotelzimmer aufgefunden worden. Hatte knapp drei Promille im Blut. Sie ist an ihrem eigenen Erbrochenen erstickt. Der Notarzt hat sie wiederbelebt. Danach lag sie wochenlang im Koma und ist seitdem nicht mehr dieselbe.«

»Hat sie sich wegen Menno Wittig so betrunken?«

»Es gibt durchaus andere Vermutungen. Sie trug einen Artikel bei sich, in dem Tristan Kopke sie als Schauspielerin in den Boden stampft. Er arbeitet wohl für die Zeitung oder so.« Die Kommissarin blätterte in der Mappe und zog ein vergilbtes Stück Papier aus einer Klarsichthülle. »Hier ist sein Artikel.«

»›Das Fiasco zu Genua‹«, las Thea die Überschrift. »Ist das eine Anspielung auf ein Stück von Schiller?«

»Ja. Sie hat die Leonore in ›Der Fiesco zu Genua‹ gespielt.«

»Ah, verstehe. Ein originelles Wortspiel.«

»Jedenfalls hat sie unserem Tristan ganz und gar nicht gefallen.«

»Aber ist das ein Grund, sich umzubringen?«

»Wollte sie das denn? Im Bericht steht, dass es wohl eher ein Versehen war. Sie hat schlichtweg zu tief ins Glas geschaut.«

Thea reichte der Kommissarin nachdenklich den Artikel zurück. »Karlo hätte auch einen Grund gehabt, Menno umzubringen, nicht wahr? Vielleicht gibt es zwei Mörder?«

Wilma Menkens Handy klingelte. Sie nahm das Gespräch an und beendete es nach wenigen Sekunden. »Sie haben Tristan gefunden.«

»Und das Mädchen?«

Die Kommissarin schüttelte den Kopf. Mit Ächzen erhob sie sich. »Kommen Sie. Die Kollegen bringen ihn her. Ich möchte, dass Sie beim ersten Gespräch dabei sind.«

***

Nordsee, 1984, früher Abend

Er rannte zu dem Kind. Es lag mitten auf der Straße, die Arme und Beine grotesk verdreht. Es rührte sich nicht. Von irgendwoher rann Blut auf die Straße. Er kniete sich daneben und streichelte ihm über die Haare. Warum waren sie feucht?

»Krümelchen«, flüsterte er hilflos und stand wieder auf. Er musste das Kind von der Straße tragen. Es konnte hier nicht liegen bleiben. Eine Autotür klappte, als er sich bückte, um das Kind aufzuheben.

»Oh mein Gott! Nicht anfassen! Der Kopf!« Es war eine bekannte Stimme, die das herausschrie. Er drehte sich um. Hinter ihm stand seine Frau. Sie zitterte vor Entsetzen. Er starrte sie an. Dann sah er den Wagen, aus dem sie gestiegen war. Der Motor lief. Die Windschutzscheibe war zersprungen. Vage nahm er wahr, dass noch jemand neben dem Wagen stand.

»Was tust du hier?«, keuchte er heiser.

»Oh mein Gott, oh mein Gott …«, wiederholte sie ein ums andere Mal. Sie fiel neben dem Kind auf die Knie, legte ihm die Hand auf den Bauch, die andere tastete nach dem Puls. Dann verdrehte sie die Augen und kippte einfach um wie ein gefällter Baum. Ein Mann stürzte zu ihr hin. Er blieb kurz stehen und warf einen Blick auf das Kind, dann riss er sich die Weste vom Leib und schob sie der Frau unter den Kopf.

»Der Krankenwagen ist gleich da«, schluchzte der Typ. Immer wieder den gleichen Satz. »Der Krankenwagen ist gleich da.«

Es war ihm gleichgültig. Sollte sie doch verrecken in den Armen dieses fremden Mannes. Er hockte neben dem Kind, das den Asphalt anstarrte.

***

Er saß in dem Polizeibulli, der am Hafen stand, die Hände mit Handschellen gefesselt. Seine Haare standen wild zu allen Seiten vom Kopf ab, die Haut an seinen Armen und Beinen war zerkratzt und blutig, als ob er durch Dornen gerobbt wäre.

»Wo habt ihr ihn gefunden?«, fragte Wilma Menkens.

»Der saß zwischen den Dünen im Sanddorn. Hat sich gewehrt wie ein Verrückter, als wir ihn festnehmen wollten. Also, wenn du mich fragst, Wilma, sollten wir die Männer mit den weißen Jacken nach Neuharlingersiel bestellen.«

»Irgendeine Spur von dem Mädchen?«

Der Beamte senkte bedrückt den Kopf. »Leider nicht.«

»Ich will mit ihm reden.«

»Gehört die zu dir?« Der Polizist deutete auf Thea.

»Eine Kollegin aus Oldenburg. Sie kennt sich aus mit solchen Fällen. Hab sie zufällig auf der Insel getroffen.«

»Ah.« Der Beamte beäugte Thea misstrauisch, als überlegte er, woher er sie kannte.

Sie stieg schnell hinter Wilma Menkens in den Wagen. Der Polizist schob die Tür hinter ihnen ins Schloss.

»Herr Kopke?«

Tristan saß an einem Tischchen. Seine Hände waren noch immer mit Handschellen gefesselt, er hatte sie auf die Tischplatte gelegt und starrte vor sich hin. Ein Polizist stand hinter ihm. Er reichte der Kommissarin Tristans Pass.

»Wo ist Ihre Tochter?«, fragte Wilma Menkens ohne Umschweife und setzte sich auf den Platz ihm gegenüber. Thea stellte sich neben sie und verschränkte die Arme.

Tristan sah auf. Seine Augen waren glasig, als habe er zu viel getrunken. »Ich habe keine Tochter«, flüsterte er.

»Meta-Marie ist nicht Ihre Tochter?«

»Nur auf dem Papier.«

Wilma Menkens kniff die Augen zusammen. »Wo ist sie?«

»Ich weiß es nicht.«

»Hören Sie, die Kleine kann nichts für Ihre Eheprobleme. Sie ist ein Kind. Wenn Sie etwas wissen, spucken Sie es aus. Sofort.«

Tristan antwortete nicht.

»Was ist mit Ihrer Frau passiert? Haben Sie sie so zugerichtet?«

»Sie ist nicht mehr meine Frau. Sie hat mich gestern verlassen.«

»Verstehe. Und dafür wollten Sie sie bestrafen?«

Tristan starrte die Tischplatte an.

»Ich habe Sie etwas gefragt!«

Sein Kopf ruckte hoch. »Ich konnte das doch nicht einfach so durchgehen lassen.« Er brach in wütende Tränen aus.

»Sie geben also zu, Ihre Frau misshandelt zu haben?«

»Misshandelt?«, fragte er außer sich. »Sie hat ihre Strafe bekommen. Ich bin noch niemals so gedemütigt worden.« Ohne Vorwarnung schlug Tristan seinen Kopf auf die Tischplatte. Die Stirn blutete, als der Polizeibeamte ihn hochriss und seinen Oberkörper in den Sitz zurückdrückte.

»Wir beruhigen uns jetzt, klar?«, fuhr Wilma Menkens ihn an. »Oder ich lasse Sie sofort in die Geschlossene abtransportieren.«

Tristan sackte wie ein Häufchen Elend in sich zusammen. Rotz rann ihm aus der Nase und tropfte auf seine Oberschenkel. »Ich habe Ragna nie gefragt, wer ihr das Kind gemacht hat. Ich hab das so hingenommen. Sie wollte ja unbedingt ein Kind.«

»Sie nicht?«

Er hob den Kopf. »Ich habe mich sterilisieren lassen. Trotzdem. Ich dachte, wir kriegen das hin. Ich dachte, sie hat sich einfach nur einen Erzeuger gesucht, weil sie unbedingt ein Kind haben wollte. Mein Gott, was war ich für ein Idiot!«

»Wenn du damit einverstanden warst, dass Ragna sich schwängern ließ, warum hast du dich dann überhaupt sterilisieren lassen?«, fragte Thea. Tristan hob den Blick, und sie war in diesem Moment froh, dass er Handschellen trug.

»Ich bin Träger einer Erbkrankheit.«

»Verstehe.«

»Nichts verstehst du!«, schrie Tristan und blickte wild um sich. »Ich Idiot nehme es hin, dass sich meine eigene Frau von einem Fremden begatten lässt! Ich ziehe dieses Balg mit auf, weil sie sich weigert, es wegmachen zu lassen!«

»Ach«, unterbrach die Kommissarin, »dann sind Ihnen während

der Schwangerschaft doch Zweifel gekommen, ob das alles so richtig ist?«

»Ja, Herrgott! Man kann doch seine Meinung ändern, oder?«

»Ein Kind ist keine politische Partei.«

»Es hat mich einfach überfordert. Ich hatte Burn-out. Und dann kommen wir nach Jahren wieder auf die Insel zurück, und dieser Typ läuft mir über den Weg und behauptet, der Erzeuger zu sein und mit mir darüber reden zu müssen. Das ist doch alles scheiße!«

»Das heißt, du wusstest nicht, dass Menno der Vater von Meta-Marie ist?«

Tristan schüttelte den Kopf.

»Entschuldige, aber das finde ich schon ein bisschen seltsam.«

»Es ist aber so! Anscheinend war ich der einzige Ahnungslose auf dem ganzen Zeltplatz, ich Idiot. Ich dachte, sie macht mit ihm Musik. Er war doch so viel älter. Da muss man doch verstehen, dass einem da die Hand ausrutscht, wenn plötzlich die ganze Wahrheit ans Licht kommt.«

»Die Hand ausrutscht!«, höhnte Wilma Menkens. »Sie haben Ihre Frau fast totgeschlagen, Herr Kopke. Sie schwebt in Lebensgefahr.«

»Das wollte ich nicht, das müssen Sie mir glauben. Da ist einfach eine Sicherung durchgebrannt, ich –«

»Erzähl uns, was passiert ist«, forderte Thea ihn auf.

Tristan sah sie an. »Ich wollte das nicht. Wirklich«, wiederholte er und flennte dabei.

»Hören Sie auf zu jammern und machen Sie den Mund auf!«, fuhr die Kommissarin ihn an.

»Ragna und ich sind zum Strand gegangen, da habe ich sie zur Rede gestellt.« Er biss sich auf die Lippen. »Und da ist es eben passiert.«

»Was ist passiert?«

»Ich habe gesagt, dass sie bleiben soll. Ich brauche sie doch! Aber sie wollte nicht. Und da ist mir die Hand ausgerutscht.«

»Wie ist sie ins Zelt zurückgekommen?«, fragte Thea.

»Ich hab sie getragen.«

»Verstehe ich das richtig? Sie haben Ihre Frau an den Strand gelockt, sie dort verprügelt, dann ins Zelt geschleppt und einfach liegen lassen?«

»Ja.«

»Und Sie sind nicht auf den Gedanken gekommen, dass sie Hilfe brauchen könnte?«

»Sie hatte es verdient.«

Wilma Menkens sah ihn fassungslos an. »Großer Gott, wie krank ist das denn!«

»Was ist mit Meta-Marie? Wo ist sie?«, fragte Thea.

»Ich wollte ihr nichts tun. Ich wollte sie mit nach Hause nehmen. Aber sie hasst mich. Sie ist einfach abgehauen.«

Thea packte ihn am Kragen. »Wo ist sie?«

»Ich weiß es doch nicht.«

Wilma Menkens beugte sich über den Tisch. »Wissen Sie was, Herr Kopke, Sie widern mich an!« Sie schob sich einen Kaugummi in den Mund und begann, ihn heftig mit ihren Zähnen zu bearbeiten.

»Hast du Menno umgebracht?«, fragte Thea geradeheraus.

Tristan sah auf. Er wischte sich mit dem Handrücken über die Nase. »Nein, hab ich nicht.«

»Und wie erklären Sie sich, dass das hier in Ihrer Hosentasche gefunden wurde?« Wilma Menkens zog den Knopf hervor und hielt ihn Tristan vor die Nase.

Er starrte entgeistert darauf. »Ein Knopf? Was soll das?«

»Er gehörte Menno. Seltsam, oder? Genau so einer fehlt an seiner Jacke und landet ganz zufällig in deiner Hosentasche«, bemerkte Thea.

»Hast du etwa in meinen Sachen herumgewühlt?«

»Dann gibst du also zu, dass der Knopf aus deiner Hosentasche stammt?«

Er schwieg lange. Dann holte er tief Luft. »Ja, es ist richtig, ich habe Menno auf der Düne oberhalb der Abbruchkante getroffen. Er wollte mit mir reden. Wir hatten uns da verabredet. Er wollte danach aufs Festland rüber.«

»Warum habt ihr euch da verabredet? Doch wohl nicht zum Angeln.«

»Menno wollte partout mit mir über Meta-Marie sprechen.«

»Was passierte dann?«, fragte Thea.

Tristan runzelte die Stirn, als habe er Mühe, sich zu erinnern. »Ist das jetzt wichtig?«

Die Kommissarin schlug mit der Faust auf den Tisch. »Jetzt lassen Sie sich doch nicht jedes Wort aus der Nase ziehen, Kopke!«

Thea legte ihr beschwichtigend die Hand auf die Schulter. »Tristan, bitte.«

Er seufzte. »Also gut. Er war seltsam drauf. Sagte, ich solle ihm seine Tochter zurückgeben. Dabei hat sie ja nie bei ihm gelebt.« Tristan machte eine Pause. »Er faselte irgend so ein wirres Zeug, nannte Meta-Marie ›Krümelchen‹ und behauptete, dass sie gar nicht tot sei und so. Ich bin durch sein Gefasel nicht durchgestiegen.«

Thea blickte ihn verständnislos an. »Das verstehe ich auch nicht.«

»Ich dachte, er sei betrunken oder bekifft.«

»Wusste die Kleine eigentlich, dass Sie nicht ihr leiblicher Vater sind?«, fragte die Kommissarin.

»Nein. Wir haben es ihr nicht gesagt. Vielleicht hat sie etwas mitbekommen in den letzten Tagen, wenn Ragna und ich uns gestritten haben. Was weiß ich!«

»Gut«, unterbrach Thea, »aber was passierte nun auf der Düne?«

»Nichts.«

Wilma Menkens lachte auf. »Immerhin war Herr Wittig kurze Zeit später tot. Das ist doch nicht Nichts, oder?«

»Aber ich war es nicht. Wir haben uns nicht mal gestritten. Er war so … Ach, ich weiß auch nicht. Jedes Wort perlte an ihm ab.«

»Und das hat Sie so wütend gemacht, dass Sie ihn gestoßen haben? Vielleicht wollten Sie das ja gar nicht. Sie waren einfach nur zornig auf ihn, weil er Ihnen Hörner aufgesetzt hat?«

»Nein! Verdammt noch mal!« Tristan schrie so laut, dass die Sehnen an seinem Hals hervortraten. Der Polizist warf der Kommissarin einen fragenden Blick zu, aber Wilma Menkens schüttelte den Kopf.

»Machen Sie sich endlich Luft, Herr Kopke«, sagte sie sanft. »Erzählen Sie uns, wie es war. Es ist Zeit. Glauben Sie mir.« Tristan verharrte einen Moment lang, dann legte er seinen Kopf auf die Tischplatte und weinte. Diesmal war es kein wütendes Jammern. Der Panzer war geknackt. »Schließen Sie die Handschellen auf«, bat sie den Beamten.

Als Tristans Hände befreit waren, schlug er sie sich vor das Gesicht. »Ich bin ein Schwein«, heulte er, »ein verdammtes, elendes Schwein!«

Thea und Wilma Menkens sahen sich etwas ratlos an, ließen ihm aber Zeit. Nach einigen Minuten beruhigte er sich ein wenig.

»Es ist, als ob sich ein Schalter in meinem Hirn umlegt.«

»Und in einer solchen Verfassung hast du Menno das Medikament gespritzt? Und hast ihn dann gestoßen?«, fragte Thea betont freundlich.

»Gespritzt? Nein! Ich habe ihn ein wenig geschüttelt, damit er endlich aufhört, blödsinniges Zeugs zu faseln. Aber er fing an, sich auszuziehen. Völlig bekloppt. Ich wollte nur, dass er damit aufhört.«

»Dann geben Sie es also zu?«

Tristan sah auf. Sein Blick erschreckte Thea. Es war der Gleiche, den sie bei Fridjof gesehen hatte, kurz bevor er Amok lief.

»Ja, verdammt!«, schrie er. »Wenn es euch glücklich macht! Ich gebe alles zu. Ich schlage meine Frau, ich vergifte mein Kind mit Tabletten, ich bin ein Schwein!«

»Wollten Sie Karlo Schmidt auch beiseiteschaffen? Hat er Sie wegen dieser Geschichte mit seiner Tochter bedroht?«, fragte Wilma Menkens.

Tristan lachte überdreht. »Karlo? Klar! Natürlich wollte ich den auch umbringen. Wegen seiner völlig unbegabten Tochter und wegen dieser hässlichen Blümchen-Badehose. Ich bin ein Mörder. Ich will nur töten. Töten! Töten!« Er sprang auf, warf Thea um und stürzte sich auf Wilma Menkens. Der Angriff kam so schnell, dass weder Thea noch die Kommissarin reagieren konnte. Der Beamte hechtete über den Tisch, riss Tristan von der Kommissarin weg und drehte seinen Arm auf den Rücken.

Keinen Moment zu früh, denn er hatte ihre Waffe schon aus dem Holster gerissen.

Der Beamte, der draußen gewartet hatte, riss die Tür auf. »Ich hab doch gesagt, ihr sollt ihm die Handschellen nicht abnehmen«, rief er ungehalten.

Das Handy der Kommissarin klingelte. Sie rappelte sich auf und nahm das Gespräch an. »Frau tom Brok, wo stecken Sie?« Sie horchte gespannt. Ihre Miene ließ nichts Gutes ahnen. Schließlich beendete sie das Gespräch. »Die tom Brok ist nicht bei den Seehundbänken. Sie ist auf dem Weg nach Wittmund zur Beerdigung ihres Exmanns. Sie kann uns hier also nicht helfen.«

»Die Beerdigung ist aber erst morgen«, bemerkte Thea. »Weiß sie etwas über den Verbleib des Mädchens?«

»Nein. Aber immerhin haben wir gerade zwei Morde gelöst.«

»Haben wir das?« Thea blickte skeptisch auf Tristan. »Ich fahre auch zur Beerdigung und rede mit Adele. Könnten Sie mich mit aufs Festland nehmen? Ich wäre für die Nacht mit einer Pritsche in der Ausnüchterungszelle zufrieden.«

Wilma Menkens stöhnte gequält auf. »Sie geben niemals Ruhe, was?«

Dienstag

Der Sarg war aus schlichtem Fichtenholz. Jemand hatte einen Strauß Feldblumen darauf gelegt, zu beiden Seiten brannte eine Kerze, weiter gab es keinen Schmuck. Nur sehr wenige Menschen hatten sich zu Mennos Beerdigung zusammengefunden. In der ersten Reihe der kleinen Kapelle saß Adele, hinter ihr hatte ein älteres Paar Platz genommen. Der Mann konnte, dem Aussehen nach zu schließen, Mennos Bruder sein. Er war ebenso hochgewachsen und hatte die gleichen hellblauen Augen, allerdings trug er einen Anzug, der teuer aussah. Seine Haare waren akkurat geschnitten. Er und seine Frau schauten missmutig, als sei ihnen die Veranstaltung lästig. Auf der hintersten Bank saßen die gemieteten Sargträger.

Thea hielt diskreten Abstand zu den anderen. Sie verfolgte die Andacht, die für ihren Geschmack allzu nüchtern war. Es hatte den Anschein, als wollte Adele die Sache schnell hinter sich bringen. Ein gekaufter Redner sprach dürre Worte zu Mennos Lebenslauf. Anschließend wurde eines seiner Musikstücke vom Band abgespielt. In der Kapelle wirkte es hölzern. Thea atmete fast auf, als die lieblose Begräbnisfeier nach fünfzehn Minuten endete.

Sie stand abseits, als die Träger den Sarg in die Grube hinabließen. Die Männer traten zurück, verneigten sich und machten Platz für die winzige Trauergemeinde. Thea fiel auf, dass das Grab schon belegt war. Ein schlichter Feldstein war beiseitegerückt worden. Es stand nur ein Name darauf, den Thea nicht lesen konnte, weil der Stein in einem ungünstigen Winkel zu ihr stand.

Gerade trat Adele ans Grab und warf eine Blume hinein. Mit einer entschlossenen Geste schaufelte sie Sand hinterher, als müsse sie die Überreste ihres Exmannes schnell bedecken. Nach ihr ging das Paar vor. Der Mann warf ein paar Krümel Sand in die Grube, seine Frau eine Nelke. Die drei verharrten artig einen kurzen Moment, dann drehten sie sich um und eilten davon.

Thea wartete, bis sie sich weit genug entfernt hatten. In der Hand trug sie eines von Mennos Windspielen, das er aus Treibholz und Möwenfedern gebaut hatte. Sie trat an die Grube und warf es als letzten Gruß hinein. »Tschüss, Windmann«, flüsterte sie und wischte ihre Tränen weg. Trotz allem hatte sie ihn geliebt. Liebte ihn noch immer. Die anderen konnten sagen, was sie wollten, Menno Wittig war etwas Besonderes gewesen.

Sie wäre gern ein wenig länger geblieben, um in Gedanken Zwiesprache mit ihm zu halten, aber sie hatte etwas zu erledigen. Voller Trauer warf sie einen letzten Blick auf den Grabstein. Ein Vorname war darauf eingemeißelt. Marie. Sonst nichts. Bald würde sein Name darunter stehen. Menno. Thea wusste, sie würde ihn hier besuchen. Aber wer war Marie? Thea musste unwillkürlich an Meta-Marie denken, und ihre Kehle schnürte sich zu. Sie war immer noch nicht aufgetaucht, obwohl Polizei und Camper die ganze Nacht hindurch nach ihr gesucht hatten.

Sie beobachtete aus den Augenwinkeln, dass der Küster und sein Helfer, auf eine Schaufel gestützt, im Hintergrund darauf warteten, die Grube schließen zu dürfen. Der Windmann wurde verscharrt wie ein überfahrener Kater.

Theas Blick wanderte unwillkürlich noch einmal zu dem Grabstein und blieb eine Weile darauf hängen.

Es begann zu regnen. Sie riss sich los und folgte der kleinen Trauergemeinde. Am Ausgang zum Friedhof holte sie sie ein. Adele verabschiedete sich gerade von dem fremden Paar.

»Es musste ja mal so kommen. Bei seinem Lebenswandel. Er hatte einfach keine Haltung.« Der Mann seufzte und tätschelte seiner Frau die Schulter, als sei sie die Leidtragende.

Thea trat zu ihnen und reichte jedem die Hand. »Mein Beileid. Ich bin Thea Thading.«

»Sind Sie irgendwie mit uns verwandt?«, fragte der Mann barsch.

»Nein. Ich habe Menno am Strand gefunden. Er ist sozusagen in meinen Armen gestorben.«

Die fremde Frau lachte schrill. »Dann ist er sich ja bis zuletzt treu geblieben, der alte Bock!«

Der Mann drückte ihre Hand. »Nicht hier, Margarethe. Bitte!« Er öffnete ihr schnell die Autotür und half ihr beim Einsteigen. Dann schlug er die Tür ein wenig zu laut ins Schloss und ging noch einmal zu Adele. Er umarmte sie lange und innig. »Wenn du etwas brauchst, du weißt ja, wo du mich findest.«

»Danke, Fokko. Ich denke, ich komme klar.«

»Entschuldigen Sie«, sprach Thea ihn an, »sind Sie Mennos Bruder?«

Der Mann musterte sie kühl. »Ich wüsste nicht, was Sie das angeht.« Er umrundete das Auto und stieg ein.

Adele und Thea sahen dem Wagen schweigend nach, wie er davonfuhr.

»Was tust du hier?«, fauchte Adele sie an, als das Auto schon längst außer Sichtweite war.

Thea lächelte und hakte sich bei ihr ein. »Gehen wir ein Stück?«

Adele zuckte zurück, protestierte aber nicht, als Thea sie auf den Friedhof zurückführte. Sie schwieg, und Thea schlenderte mit ihr zwischen den Grabreihen hindurch, wobei sie Abstand zu Mennos Grab hielten, denn die Totengräber gingen dort ihrer Arbeit nach. Die beiden Frauen ließen sich schließlich in gebührender Entfernung auf einer Bank nieder und sahen einer alten Frau dabei zu, wie sie Unkraut entfernte. Der Inschrift auf dem Grabstein nach zu schließen, pflegte sie das Grab ihres vor Jahren verstorbenen Mannes.

»Ich will nie so werden«, sagte Adele mit Blick auf die Frau.

»Warum?«

»Sieh sie dir an, wie sie vor dem Stein buckelt und das Grab betütert. Ihr toter Mann hat sie immer noch im Griff.«

Thea dachte eine Weile über diese seltsame Interpretation nach. »Vielleicht hat sie ihn sehr geliebt und erinnert sich gerne an ihn?«

Adele schnaubte. »Die Toten sind tot. Und wir leben weiter. Alles andere ist romantischer Blödsinn.«

Die alte Frau ging langsam zum Wasserhahn und füllte eine

der grünen Gießkannen, die dort bereitstanden. Dann schleppte sie die schwere Kanne zum Grab und goss hingebungsvoll die Pflanzen. Nach getaner Arbeit schaute sie sich ihr Werk zufrieden an. Thea rührte der Anblick sehr, aber sie riss sich los. Sie hatte etwas anderes zu erledigen.

»Wer war Marie?«, fragte sie.

Adele schwieg, aber Thea hörte, dass ihr Atem ein wenig schneller ging. Sie schloss die Augen, als Adele schließlich doch zu sprechen begann, und horchte sorgfältig in sie hinein.

»Sie war unsere Tochter.«

Adele sagte das ohne jegliche Emotion. Fast tonlos. Sie benutzte einen winzigen Frequenzraum, als fühlte sie sich nur hier sicher.

»Was ist mit ihr passiert?«

»Ein Unfall.«

Thea spürte, dass sie sich auf dünnem Eis bewegte. Sie schwieg in der Hoffnung, dass Adele von allein weitersprach, aber sie tat es nicht. »Wie lange ist das her?«

»Es war vor dreißig Jahren. An ihrem vierten Geburtstag.«

»So alt ist Meta-Marie jetzt auch ungefähr.«

Adele fuhr herum. »Ach, deshalb bist du hier? Weil du kontrollieren willst, ob ich dieses verschwundene Mädchen mit mir herumschleppe? Ich habe es der Menkens doch schon am Telefon gesagt: Ich weiß nicht, wo sie ist. Warum in Gottes Namen sollte ich dieses kleine Biest entführen?«

Die Alte hatte die Gießkanne weggeräumt und wischte sich die Hände an ihrer Hose ab. Sie sah zu ihnen herüber.

Adele stand auf. »Lass uns gehen, ich hasse Friedhöfe«, sagte sie laut.

Sie liefen die Straße entlang. Adele wollte im Café Kluntje einen Kaffee trinken, bevor sie auf die Insel zurückkehrte. Thea hatte ebenfalls nichts gegen eine kleine Stärkung einzuwenden und rannte hinter Adele her, die kräftig ausschritt. Sie war ihr lästig, das spürte sie ganz deutlich. Als das Café in Sicht kam, legte Adele noch einen Schritt zu und stürmte hinein. Sie ließ sich in der hintersten Ecke auf eine gepolsterte Bank fallen und winkte die Bedienung heran. Thea setzte sich zu ihr auf einen Stuhl.

»Hat dein Chef dir das Geld überwiesen? Ich habe nämlich keine Lust, dich noch einmal einzuladen«, sagte Adele barsch, nachdem die Bedienung die Bestellung aufgenommen hatte.

»Mach dir keine Sorgen, die Kommissarin hat mir ausgeholfen.«

»Ach, schau an, die Kommissarin. Dann hat sie dich geschickt, um mich auszuhorchen?«

»Nein. Ich wollte mich schlicht und einfach von Menno verabschieden und das eine oder andere Wort mit dir wechseln.«

Adele stellte den Süßstoffspender ab, mit dem sie die ganze Zeit gespielt hatte. »Gut. Fährst du jetzt nach Hause?«

»Nein. Ich nehme die Nachmittagsfähre nach Spiekeroog.«

»Aber warum? Ich denke, der Fall ist so weit gelöst und ihr habt Tristan festgenommen?«

Thea lehnte sich zurück. »Du hast vergessen, dass ich nach Spiekeroog gefahren bin, um mein Leben zu überdenken. Bei mir ist ziemlich viel schiefgelaufen in letzter Zeit, weißt du? Du hast mir angeboten, mir zu helfen, erinnerst du dich?«

Adele lächelte herausfordernd. »Ich schau gern mal in meinen Kalender, wann ich einen Termin frei habe. Vor März, April nächsten Jahres wird das allerdings nichts.«

»Tja, schade. Ich habe schon gedacht, wir sind Freundinnen.«

»Das dachte ich auch. Aber ich habe es nicht gern, wenn man mir bis ans Grab meines Exmannes nachschnüffelt.« Sie sah zur Seite und schwieg.

Endlich kam der Kaffee. Thea hatte Butterkuchen dazu bestellt, wie es sich für eine Beerdigung gehörte. Nur der Schnaps fehlte, aber Thea hatte keinen Appetit darauf.

Adele ließ ein Stück Zucker in ihre Tasse fallen und rührte um. »Eigentlich mag ich dich, Thea«, sagte sie, »aber ich habe es satt, von dir beobachtet und ausgefragt zu werden. Du kannst einfach nicht loslassen. Du hast mir auf dem Weg hierher erzählt, dass Tristan gestanden hat. Du musst endlich einsehen, dass Menno nicht wiederkommt. Die Toten sind tot. Für immer!«

»Und das Mädchen?«

Adele machte eine heftige Bewegung und die Kaffeetasse, in der sie herumrührte, flog über den Tisch. Der Kaffee ergoss sich auf die weiße Damastdecke. Die Gäste an den anderen Tischen starrten zu ihnen herüber. Als Adele es bemerkte, setzte sie ihr wärmstes Lächeln auf und hob die Hand. »Entschuldigung!«, rief sie in den Raum. »Es tut mir leid. Ich habe gerade meinen Mann beerdigt.«

Wie schnell sie die Fassade wechselt, dachte Thea. Die Leute flüsterten und wandten sich wieder ab. Die Bedienung kam mit einem frischen Tischtuch. In wenigen Minuten war alles ersetzt, und Adele hatte eine neue Tasse Kaffee vor sich stehen.

»Warum habt ihr euch getrennt, Menno und du?«, fragte Thea.

»Das ist dreißig Jahre her!«, polterte Adele. »Was spielt das jetzt noch für eine Rolle?«

»War es wegen eurer Tochter?«

Adele begann hektisch in ihrer Handtasche zu wühlen. Sie zog ein Taschentuch hervor und schnäuzte sich. Ihre Hand zitterte dabei. »Lass Marie aus dem Spiel. Sie hat nichts damit zu tun.«

»Dann war es, weil er ständig fremdging?«

Adele antwortete nicht.

»Ich will das verstehen, Adele. Warum fährst du jedes Jahr nach Spiekeroog, um dir anzusehen, wie er mit den Frauen flirtet und ihnen Kinder macht? Unter Urlaub stelle ich mir etwas anderes vor.«

»Mordermittlungen halte ich aber auch nicht für sehr erholsam.«

Das saß. Adele hatte recht. Thea hatte sich in diesen Fall verbissen, weil … ja, warum eigentlich? Weil sie sich verliebt hatte? Oder weil sie von Herzen gern Polizistin gewesen war? Weil sie es bedauerte, dass sie diesen Beruf niemals mehr aufnehmen konnte wegen der Geschichte mit ihrem Bruder, der tot war und sie trotzdem verfolgte?

»Es stimmt nicht, was du sagst, Adele. Die Toten sind nicht tot. Niemals.«

Adele setzte ihre Tasse langsam ab. Thea erschrak, als sie ihr das Gesicht zuwandte. Sie war weiß wie Milch, und ihre Augen glänzten fiebrig. Die Stimme bebte, als sie zu sprechen begann. »Du hast ja keine Ahnung, wie das ist, wenn man einen Menschen auf dem Gewissen hat. Man wünscht sich nichts sehnlicher, als alles ungeschehen zu machen. Aber die Toten sind tot. Unwiederbringlich. Nur die Schuld bleibt, und sie zerfrisst dich.«

Thea brauchte einen Moment, um zu begreifen, was Adele gesagt hatte. »Du meinst, du –«

»Ich bin schuldig. Ich bin eine Mörderin.«

***

Bremen, 1984, eine Woche später

Die Welt war nicht mehr dieselbe ohne das Kind. Die Beerdigung war eine Farce gewesen, er hatte es kaum ausgehalten, sie dort zu sehen, trauernd. Sie hatte kein Recht dazu! Es scherte ihn nicht, dass sie ihn angefleht hatte, er möge ihr vergeben. Sie hatte zwar geschworen, dass sie nicht gefahren war, denn sie hatte getrunken, aber sie war dennoch eine Mörderin. Seine eigene Frau. Sie hatte sein Kind getötet. Zusammen mit diesem Kerl, der sie vorher gevögelt hatte. Sie beide hatten es einfach über den Haufen gefahren.

Sie hatte immer ihr eigenes Leben geführt, und er hatte es akzeptiert. Sie hatte sich wenig um das Kind gekümmert. Krümelchen war sein Kind. Nicht ihres. Er war in allen Nächten aufgestanden, um es zu füttern, zu wickeln, zu trösten. Er hatte die ersten Schritte begleitet und hatte seinem Krümelchen die aufgeschlagenen Knie verarztet, während sie von Kongress zu Kongress reiste. Angeblich.

Als der kleine weiße Sarg in die Grube gesenkt wurde, war Wind aufgekommen und hatte ein Lied gesungen von seinem Kind. Er war dann einfach gegangen. Weg von dieser bescheuerten Beerdigung und fort aus seinem alten Leben.

***

Wilma Menkens wollte gerade Feierabend machen, als Thea an ihre Tür klopfte.

»Es ist offen«, krächzte sie und bekam prompt einen Hustenanfall. Thea steckte den Kopf zur Tür herein. »Frau Kollegin! Hat Ihnen die Nacht in unserem exklusiven Hotelzimmer gefallen?«

Thea trat ein. Sie sah sich um. Sie war noch nicht in Wilma Menkens Büro gewesen, nachdem sie in der Ausnüchterungszelle übernachtet hatte. Das Büro war winzig. Zwei graue Resopalschreibtische und ein Aktenrondell füllten ihn fast gänzlich aus. An einem der beiden Tische saß Wilma Menkens. Die Platte bog sich unter der Last der Aktenordner, die sie darauf gestapelt hatte. Der Mülleimer quoll über von benutzten Papiertaschentüchern.

»Sommergrippe?«, fragte Thea.

Die Kommissarin knurrte etwas Unverständliches. Sie wärmte ihre Hände an einem Becher, aus dem es sehr gesund roch. Dann nahm sie einen Schluck und schüttelte sich. »Salbeitee ohne Honig ist einfach scheußlich.«

Thea ließ sich auf den freien Stuhl fallen und drehte sich einmal um die eigene Achse. »Hübsch haben Sie es hier. Fehlt nur der Ficus.«

»Ich steh mehr auf Veilchen. Darf ich Sie zu einer schönen Tasse Erkältungstee einladen?«

»Danke, nein. Ich hatte gerade Kaffee und Butterkuchen.«

Die Kommissarin stellte den Becher ab. »Wie war es auf Wittigs Beerdigung? Haben Sie etwas aus der tom Brok herausbekommen?« Bevor Thea antworten konnte, zog die Kommissarin eine wilde Grimasse. Sie riss hektisch ein Papiertaschentuch aus der Packung in Erwartung eines Niesanfalls.

»Die Nachricht des Tages ist«, begann Thea, »Adele hat gestanden.«

»Was?«

»So ganz steige ich da aber auch nicht durch. Sie war ziemlich durch den Wind nach der Beerdigung.«

Wilma Menkens ließ das Taschentuch sinken und vergaß das Niesen. »Das ist jetzt ein Scherz, oder?«

»Nein, ist es nicht.«

»Was hat sie denn gesagt?«

»Dass sie schuldig ist und eine Mörderin. So hat sie sich ausgedrückt.«

»Mehr hat sie nicht von sich gegeben? Das ist ziemlich dürftig.«

»Ja, leider. Ich hab nichts weiter aus ihr rausgekriegt, aber ich finde, wir sollten sie in die Mangel nehmen.«

»Und das Mädchen? Weiß sie wenigstens etwas über dessen Verbleib?«

»Nein.«

»Glauben Sie, dass sie es war?«

»Keine Ahnung. Wir können sie fragen. Sie wartet im Flur.«

Adele war kaum wiederzuerkennen. Sie schien um zwanzig Jahre gealtert. Zusammengesunken saß sie da, die Hände im Schoß zu Fäusten geballt.

»Frau tom Brok, guten Tag. Wir haben uns ja schon auf dem Zeltplatz kennengelernt.« Wilma Menkens reichte ihr die Hand, aber Adele sah nicht einmal auf. Die Kommissarin warf Thea einen ratlosen Blick zu. »Was ist mit ihr?«

Thea hockte sich vor Adele und ergriff ihre Fäuste. Sie waren eiskalt. »Adele. Wir wollen dir helfen, aber du musst mit uns reden, hörst du?« Adele sah sie mit trübem Blick an. Thea betrachtete sie. Die stolze Frau, die sie unter der kalten Dusche kennengelernt hatte, schien nicht mehr zu existieren. Die Frau, die vor ihr saß, war nur noch ein Häufchen Elend. »Adele, hörst du mich? Wir gehen jetzt in den Verhörraum, und dann haben wir ein paar Fragen.« Adele reagierte immer noch nicht. Sie gab nur einen seltsamen Laut von sich. Sie lallte. Thea griff ihr unter das Kinn und hob den Kopf, sodass sie ihr in die Augen blicken konnte. Ein dünnes Rinnsal Speichel lief ihr aus den Mundwinkeln. Ihre Pupillen waren geweitet. »Scheiße! Was hast du genommen, Adele?«

Wilma Menkens hockte sich nun ebenfalls vor sie hin. »Was hat sie denn?«

»Die ist total high. Helfen Sie mir. Sie muss etwas geschluckt haben. Das Zeugs muss raus!«

Wilma Menkens verdrehte die Augen. »Ich wusste, dass mir das irgendwann einmal blüht.« Sie packte Adele unter dem Arm und stemmte sie gemeinsam mit Thea auf die Füße. »Aber verlangen Sie nicht von mir, dass ich ihr den Finger in den Rachen stecke.«

Ein Beamter schaute aus seinem Büro. »Kann man euch helfen?«

»Ja. Leih uns deinen Finger. Und ruf den Krankenwagen.«

Nachdem die Sanitäter Adele abgeholt hatten, saßen die beiden Frauen erschöpft an Wilma Menkens' vollgestopftem Schreibtisch. Thea stützte ihren Kopf auf einer Hand ab, mit der anderen rührte sie gedankenverloren im Kräutertee.

»Wie konnten Sie sie nur unbeaufsichtigt im Flur sitzen lassen? Eine Mordverdächtige! Ich dachte, Sie waren mal Polizistin!«, schimpfte die Kommissarin und zog die Nase hoch.

»Ja, mein Gott, ich habe einen Fehler gemacht«, knurrte Thea. »Es tut mir leid.« Sie hob den Kopf. »Adele war vollkommen friedlich, als ich vorschlug, hierherzukommen. Ich habe es ihr nicht angehört, dass sie sich etwas antun wollte.«

»Jetzt fangen Sie schon wieder mit diesem Stimmenquatsch an. Sie –« Wilma Menkens nieste herzhaft. Thea reichte ihr ein frisches Taschentuch. »Danke«, japste sie und schnäuzte sich. »Hat sie noch irgendetwas Relevantes gesagt, außer, dass sie einen undefinierbaren Mord begangen hat? Vielleicht hat sie ja nur eine Fliege erschlagen.«

»Sie erwähnte, dass Menno und sie eine Tochter hatten, die früh verunglückt ist. Vor dreißig Jahren. Sie hieß Marie.«

»Das ist für unseren Fall einen Dreck wert. Wir müssen die Kleine finden. Seit gestern ist sie verschwunden. Das ist schon viel zu lange.«

Thea seufzte tief. »Ich weiß.«

Eine Weile brüteten beide Frauen über ihren dampfenden Bechern, bis sich Theas Miene plötzlich aufhellte. »Vielleicht hat es ja doch etwas miteinander zu tun.«

»Wovon reden Sie?«

»Die Tochter von Menno und Adele hieß Marie, und unser verschwundenes Kind heißt Meta-Marie.«

»Na und? Marie ist ein total beliebter Modename.«

»Beide Kinder haben aber nicht nur fast den gleichen Namen, sondern auch den gleichen Vater.«

»Das ist jetzt aber sehr an den Haaren herbeigezogen. Ich verstehe nicht, was das miteinander zu tun haben sollte.«

Thea rieb sich das Kinn. »War auch nur so ein Gedankenblitz. Gibt es denn überhaupt keine Spur von Meta-Marie?«

»Nein. Unsere Leute haben die ganze Insel abgesucht, jeden Grashalm gewendet und jede Muschel umgedreht. Nichts. Es ist, als habe sie sich in Luft aufgelöst.«

»Dann müssen wir mit dem Schlimmsten rechnen?«

»Sieht so aus.« Wilma Menkens stand auf, um sich eine neue Packung Taschentücher zu holen.

»Gibt es Neuigkeiten von Ragna?«, fragte Thea.

»Sie ist außer Lebensgefahr. Wenn Tristan auch nicht der Mörder sein sollte, unschuldig ist er nicht. Zumindest wegen schwerer Körperverletzung kriege ich ihn dran. Er bleibt vorerst in Haft.«

»Ich frage mich auch, aus welchem Grund er Karlo umgebracht haben könnte. Ich sehe da keinen Zusammenhang.«

»Ich weiß es nicht. Er schweigt. Es war vielleicht nur Zufall, und Karlo war im falschen Moment am falschen Ort.«

Thea nickte. Die beiden tranken schweigend ihren Kräutertee, während draußen die Sonne schien und endlich eine Ahnung von Sommer verbreitete.

»Ich denke«, sagte Thea schließlich, »wir sollten der Sache mit dieser Marie doch einmal nachgehen. Es kann zumindest nicht schaden.«

»Haben Sie das auch aus ihrer Stimme herausgehört?«

»Ja. Adele klang so hilflos wie ein verletzter Vogel vor der Katze. Ihr Atem ging stoßweise, sie war aufgewühlt. Sie –«

»Bringen Sie mich nicht auch noch dazu, mich von der Abbruchkante zu stürzen!«, wurde sie barsch von der Kommissarin unterbrochen. »Nur die Fakten bitte und keine poetischen Stimmanalysen!«

»Na schön. Aber finden Sie es nicht seltsam, dass Adele ausgerechnet an dem Ort Urlaub macht, an dem ihr Exmann lustig Kinder fabrizierte? Vor ihren Augen? Ich halte sie nicht unbedingt für masochistisch veranlagt.«

»Für was dann?«

»Vielleicht wollte Sie etwas wiedergutmachen.« Thea spürte, dass sie leidenschaftlich wurde, denn sie sprach aus eigener Erfahrung. Nach der Sache mit Fridjof hatte sie das dringende Bedürfnis gehabt, ihre Eltern um Verzeihung zu bitten, weil sie die Katastrophe nicht verhindert hatte, obwohl sie doch Polizistin war. Aber die Eltern lebten nicht mehr. Sie hatte es kaum ausgehalten und litt heute noch darunter, dass es niemanden gab, der ihr Absolution erteilen konnte. Aber wie sollte sie das der Kommissarin erklären?

Wilma Menkens räusperte sich. »Wie wäre es damit: Adele war gekränkt und wütend, weil Menno es immer wieder mit anderen Frauen trieb. Zuletzt mit Ihnen.«

»Ach, dann bin ich jetzt auch noch schuld?«, empörte sich Thea.

»Vielleicht waren Sie der berühmte letzte Tropfen. Kann doch sein. Dieses Mal war es ihr einfach zu viel, und da hat sie zugeschlagen. Mord im Affekt sozusagen.« Thea sah die Kommissarin mit fassungslosem Erstaunen an. »Was denn?«, setzte die Kommissarin nach. »Gut Ding will manchmal Weile haben.«

Thea verschränkte die Arme vor der Brust und ging zum Fenster. Sie blickte durch die Scheiben in einen trostlosen Hinterhof. »Ja, vielleicht haben Sie recht«, sagte sie müde. »Zugang zum Giftschrank hatte sie als Psychologin auch. Und sicher hat sie gelernt, wie man Spritzen setzt.« Wilma Menkens schnäuzte sich geräuschvoll, und Thea wandte sich ihr wieder zu. »Aber was ist mit Karlo? Der passt nirgendwo ins Bild.«

Wilma Menkens erhob sich ächzend und umrundete ihren Schreibtisch. Neben Thea blieb sie stehen. »Also schön. Ich geh mal ins Archiv, ein bisschen recherchieren. Sie fahren am besten auf die Insel zurück und hören sich dort um.«

»Fährt denn um diese Zeit noch eine Fähre?«

»Nein. Aber das Polizeiboot. Ich gebe den Kollegen Bescheid.«

»Da wäre noch eine Frage«, druckste Thea.

»Welche?«

»Haben Sie meinen Chef schon angerufen?«

Wilma Menkens grinste breit. »Jep. Hab ich.«

»Und?«

»Wir hatten ein nettes kleines Telefonat. Ich denke, ich war überzeugend.«

***

Am frühen Abend war sie wieder auf der Insel. Vom Hafen aus ging sie sofort ins Dorf und steuerte den Geldautomaten an. Der Chef hatte das Geld tatsächlich überwiesen. Thea hätte zu gern das Gespräch zwischen der Kommissarin und ihm belauscht.

Als Erstes zahlte sie ihre Schulden im Laramie. Mit Genugtuung legte sie dem Wirt die Zeche auf den Cent genau auf die Theke und tat fünf Euro dazu. »Schuldzinsen«, erklärte Thea, als er sie misstrauisch ansah. »Habe ich immer noch Hausverbot?«

Der Wirt schüttelte nur stumm den Kopf, steckte das Geld ein und goss zwei Schnapsgläser voll mit Aquavit. »Frieden?«

Thea nickte.

Als sie den Inselladen betrat, kam der Bär aus der hintersten Ecke, dort, wo die Kühltruhen standen. Er wirkte ein wenig gehetzt, was kein Wunder war, denn die Camper hatten seinen Laden zur Zentrale ihrer Suchaktion gemacht. Im Kabuff nebenan saß ein versprengtes Trüppchen, das abenteuerliche Pläne für die Nacht schmiedete. Sie brüteten über einer Karte von Spiekeroog.

»Gibt es Neuigkeiten?«, fragte Thea in die Runde.

»Nein. Leider nicht.«

Thea nahm sich einen Einkaufskorb. Sie schlenderte an den Regalen entlang und legte Nudeln, Tomatenmark und eine Dose Thunfisch hinein.

»Erst zahlen, dann einkaufen!«, raunzte der Bär sie an.

»Kein Problem«, antwortete Thea, legte die Sachen auf den Tresen und zückte ihr Portemonnaie. »Was bin ich dir schuldig?«

Er wischte sich die Hände an seiner Hose ab, kramte den Block hervor und rechnete zusammen. Thea zahlte.

»Tee?«, fragte er anschließend.

Thea nickte. »Sehr gern. Ich zahl auch.« Sie stellte fest, dass sich das Leben erheblich leichter anfühlte mit ein paar Euros in der Tasche.

Der Bär stellte das gefüllte Glas vor Thea hin. »Geht aufs Haus.«

»Danke.«

»Den Fall habt ihr jetzt gelöst, oder?«, fragte er beiläufig und räumte dabei die Ladentheke auf.

Sie zuckte vage mit den Schultern. »Vielleicht.«

Der Bär richtete sich auf. Sein Lächeln dünnte merklich aus. »Was heißt das denn? Ich dachte, Tristan ist überführt?«

»Er hat gestanden, ja. Aber wir haben eine zweite Person, die auch in Frage käme.«

»Noch ein Mörder? Und ich dachte schon, jetzt geht endlich wieder alles seinen Gang. Wer ist es?«

»Das kann ich dir nicht sagen. Im Moment ist es wichtiger, dass wir die Kleine endlich finden.«

Er warf das Handtuch auf den Tresen und verschränkte die Arme. »Wenn du mich fragst, ist das verlorene Liebesmüh. Die wird nicht mehr auftauchen.«

»Wie kannst du so was sagen!«, empörte sich Thea.

Er beugte sich zu ihr herunter und sprach leise, sodass der Krisenstab im Nebenraum ihn nicht hören konnte. »Sehen wir den Tatsachen doch mal ins Auge. Wenn sie nur spazieren gegangen ist, hätte man sie längst gefunden. Die ist ins Hafenbecken gefallen oder so. Ihr solltet anfangen, da zu suchen.«

Thea schauderte. »Daran habe ich auch schon gedacht«, murmelte sie.

»Wie lange willst du eigentlich noch hierbleiben?«

»Bis alle Fragen geklärt sind.« Thea fiel auf, dass er blass wirkte. Er hatte dunkle Augenringe. Die Geschichte nahm ihn sichtlich mit. »Was weißt du eigentlich über Karlo?«, fragte sie.

Der Bär verdrehte die Augen. »Komm mir bloß nicht mit dem! Hast du jemals Karlos Bücher gelesen?«

»Nein.«

»Dann lässt du es am besten auch bleiben.«

»Sind die so schlecht?«

»Schlecht ist nicht das richtige Wort.« Der Bär druckste ein wenig herum. »Es ist nur: Man hielt sich besser von Karlo fern, wenn man nicht in seinen Romanen vorkommen wollte. Das hat einige hier sehr genervt. Unter anderem Tristan. Jedenfalls hat er sich mit Karlo ziemlich in die Wolle gekriegt.«

Thea dachte eine Weile darüber nach. »Du meinst also, Tristan hat Karlo umgebracht, weil er in einem seiner Romane schlecht wegkam?«

»Wär doch immerhin möglich. Tristan ist ein Choleriker.«

»Interessante Theorie. Ich werde mit der Kommissarin darüber sprechen.« Sie packte ihre Sachen ein und wandte sich zum Gehen. »Tschüss dann.«

»Warst du eigentlich auf der Beerdigung?«, rief der Bär ihr nach.

Thea stand schon in der Tür. Sie drehte sich noch einmal zu ihm um. »Ja. Ich habe mich gewundert, dass niemand vom Zeltplatz gekommen ist.«

»Ich hab's erst heute zufällig erfahren. Adele hat keinem Bescheid gesagt.«

»Verstehe.«

»Hat sie alles gut überstanden?«

Thea betrachtete ihn nachdenklich. Er klang besorgt. »Warum interessiert dich das?«

»Na ja, man kannte sich eben. Die beiden kamen ja seit über dreißig Jahren hierher. Haben sogar auf der Insel geheiratet.«

Thea stutzte. Sie erinnerte sich an ein Gespräch, das sie vor einigen Tagen mit ihm geführt hatte. »An dem Tag, als ich dich nach Mennos Zelt gefragt habe und ob ich noch ein wenig bleiben kann; warum hast du da behauptet, du wüsstest nicht, wer Mennos Exfrau ist?«

»Hab ich das?«

»Ja. Ich erinnere mich genau.«

Er schluckte. »Ich red eben nicht gerne über die Leute hier.

Ich leb doch von den Campern! Wenn die sich alle gegenseitig umbringen, kann ich hier dichtmachen. Ist so schon alles knapp genug. Ich will ja nur, dass endlich wieder Ruhe ist.«

»Gut. Kann ich verstehen. Aber vielleicht kannst du mir mehr über Marie erzählen? Sie war die Tochter von Menno und Adele. Die war doch sicher mit ihren Eltern hier, oder?«

»Nee. Daran kann ich mich nicht erinnern.«

»Sie ist sehr früh gestorben. Haben die beiden das mal erwähnt?«

»Keine Ahnung.« Der Bär griff nach einem Geschirrhandtuch und begann, die Ladentheke zu polieren, obwohl die schon glänzte.

Thea riss ihm das Tuch aus der Hand. »Wenn du etwas weißt, dann mach den Mund auf. Ein Kind ist verschwunden. Was scheren mich da deine Verdienstausfälle!«

»Ich muss arbeiten«, sagte der Bär kühl. »Gib mir das Geschirrhandtuch zurück.«

Thea pfefferte es auf den Tresen. »Mich kotzt euer Getue hier gewaltig an!«

Wütend kehrte Thea zum Zelt zurück. Sie pfefferte die Lebensmittel in die Küchenkiste. Warum waren die alle so verbohrt? Der Bär, Ragna, Tristan und auch Adele. Sie wussten mehr, als sie zugaben, und jetzt war ein Kind verschwunden, aber es kümmerte sie nicht. Der Appetit war ihr vergangen. Die Insel ging ihr gehörig auf die Nerven. Nein, dachte sie, nicht die Insel. Der Zeltplatz. Dieses moderne Nomadendorf. Andererseits hatte der halbe Platz Hilfe bei der Suche nach dem Mädchen angeboten.

Sie sah in den Himmel. Das schöne Wetter würde nicht mehr lange halten. Am Horizont schwammen schwere Wolken heran. Noch war es relativ klar, und auf den Dünen fand das allabendliche Public Viewing statt. Jemand klampfte dazu auf der Gitarre. Es war nichts gegen Mennos Windmusik, die sie vor einer Ewigkeit gehört hatte, als sie neben ihm auf der Düne im nassen Gras gesessen hatte. Thea hielt ihr Gesicht in die verlöschende Abendsonne.

Es ging kein Wind heute. Nicht einmal ein Lüftchen. Die Insel schwieg, seit Menno tot war.

Sie kramte den Tetrapak Tafelwein hervor, der vom Containern übrig geblieben war, und goss sich einen Becher voll. Es schmeckte erträglich. Zumindest war der Wein süß. Thea hasste trockene Weine. Sie hatte diesbezüglich einen vollkommen gewöhnlichen Geschmack. Sie blickte über das Meer zum Festland hinüber und ließ die Ereignisse der letzten Tage Revue passieren. Wo war der Anfang vom Faden dieser Geschichte? Thea hatte das Gefühl, ein völlig verknotetes Wollknäuel in den Händen zu halten.

Ein Boddenschiff mit schwarzen Segeln lief gemächlich in den Hafen ein. Thea trank einen Schluck Wein und beobachtete das Schauspiel. Vielleicht war es doch das Beste, nach Hause zu fahren. Sie hatte die Nase voll und genug eigene Probleme am Hals. Wilma Menkens würde sich schon um alles kümmern. Sie war eine gute Polizistin, ganz im Gegensatz zu ihr.

»Du bist ja noch da!«, rief da eine bekannte Stimme. Thea hob den Kopf. Auf dem Wanderweg stand Dieter.

»Hallo, Dieter!«, begrüßte sie ihn. »Schön, dich zu sehen.«

»Heute Abend spielt Jan Flut im Laramie. Kommste mit?«

Thea hatte gerade wenig Lust auf Menschenansammlungen und laute Musik. »Wer ist Jan Flut?«, fragte sie kaum begeistert.

»Der is 'ne Granate«, antwortete Dieter aufgekratzt, »ein echtes Spiekerooger Original.«

Thea kamen sofort überalterte Shantychöre in den Sinn. Sie stöhnte innerlich auf, wollte aber nicht unhöflich sein. »Was für Musik macht der denn?«

»Er singt zum Akkordeon. Aber nicht so retromäßig wie Freddy oder so. Nee, der ist richtig cool.«

»Also gut.« Thea, die ohnehin nichts mehr tun konnte, als zu warten, seufzte. »Ich komme mit. Wann geht es los?«

»In einer Stunde. Wollen wir uns gleich bei Jens treffen?«

Thea nickte. »In einer halben Stunde beim Bären. Versprochen.«

Sie aß schnell ein Brot und warf sich vorsichtshalber eine Regenjacke über. Ein leiser Wind kam auf.

Dieter stand schon vor dem Inselladen, der um diese Zeit geschlossen hatte. Sie machten sich auf den Weg.

»Kennst du den Bären schon länger?«, fragte Thea beiläufig.

»Ja, klar. Das ist einer, mit dem man reden kann. Der trägt die Nase nicht so hoch wie einige andere hier.«

»Du bist der Einzige, der ihn mit Vornamen anspricht.«

»Na ja, er ist doch kein Zootier, oder? Auch wenn er den ganzen Tag in seinem Kabuff hockt.«

»Er sieht aber aus wie ein Bär.«

Dieter lachte. »Ja, das schon.«

Sie schlenderten nebeneinander her, ohne etwas zu sagen. Von Weitem wehten Wortfetzen an ihr Ohr, es klang nach Soundcheck.

»Sag mal«, nahm Thea den Gesprächsfaden wieder auf, »was war Karlo für ein Typ? Kanntest du ihn näher?«

»Karlo? Nee, keine Ahnung. Hatte nicht viel Kontakt mit ihm. Warum fragst du?«

»Ach, nur so.«

Dieter hob den Finger. »Na, na. Sind wir immer noch am Ermitteln?«

Thea nickte. »Wir müssen endlich die Kleine finden.«

»Ich hab mich auch schon gefragt, wie die einfach so vom Erdboden verschwinden kann. Vielleicht ist sie entführt worden?«

»Entführt? Wer sollte denn so was tun?«

»Keine Ahnung. Du bist die Polizei.«

»Schön wär's.«

Dieter sah sie nachdenklich an. »Moment mal. Da fällt mir was ein. Tristan hat sich am ersten Tag, als er hier war, mächtig mit Karlo gezofft. Wegen seiner Kühlboxen. Er wollte sein Zelt wohl unbedingt am Zaun aufbauen. Da, wo du später dein Kuppelzelt hingestellt hast. Ich glaube, Tristan hat einen schönen Wutanfall bekommen, als er davon hörte.«

»Du willst doch nicht etwa andeuten, dass Karlo dran glauben musste, weil er den Platz am Zaun nicht bekommen hat?«

»Warum nicht? Ein eingefleischter Spiekeroog-Camper kann da schon mal zum Mörder werden.«

»Warum sind eigentlich alle so scharf auf die Zaunplätze?«

»Da logiert der Zeltplatzadel.«

Thea lachte. Ein junger Mann raste auf einem klapprigen Damenrad an ihnen vorbei, sodass sie den Fahrtwind in den Haaren spürten. Eine Weile gingen sie schweigend nebeneinander her.

»Hat Tristan wirklich gestanden?«, fragte Dieter. Thea nickte, und Dieter verzog das Gesicht. »Schon komisch. Der kann das eigentlich gar nicht gewesen sein.«

Thea sah ihn überrascht an. »Und warum nicht?«

»Er war auf dem Boot, das zu den Seehundbänken gefahren ist. Wir waren erst am späten Abend zurück. Ich hab ihn auf dem Schiff gesehen. Ich war auch mit. Wollte mal 'n bisschen Kulturprogramm machen.«

»Bist du dir ganz sicher?«

»Na klar.«

»Und Adele? War die zufällig auch mit auf Kutterfahrt?«

»Diese Psychotante? Nee, die hab ich nicht gesehen.«

»Hast du ein Handy? Ich muss die Kommissarin anrufen.«

»Nee. Das liegt im Waschhaus an der Ladestation.«

Thea stöhnte auf. Warum hatte nie jemand ein Handy dabei, wenn sie eines brauchte?

Es begann leicht zu nieseln, als sie am Laramie ankamen. Die Bühne war noch leer, aber die Leute drängelten sich schon davor. Die meisten trugen Regenjacken, einige hatten Südwester aufgesetzt, als ginge es auf See. Thea und Dieter schoben sich durch die Masse und fanden schließlich einen Platz in einer versteckten Nische. Wenn sie sich auf Stühle stellten, konnten sie die Bühne einsehen. Thea hatte beschlossen, mit dem Anruf zu warten und die Sache erst einmal sacken zu lassen. Heute Abend konnte sie ohnehin nicht mehr klären, ob Tristan am Tag von Karlos Tod eine Bootsfahrt gemacht hatte.

»Ich hol uns mal ein Bier«, sagte Dieter und verschwand in Richtung Theke.

Thea schlang die Jacke fester um sich. Der Wind hatte merklich aufgefrischt und vertrieb endlich die schwüle Luft, die den ganzen Tag wie eine Glocke über der Insel gelegen hatte. Sie sah sich im Publikum um. Viele Gesichter kannte sie vom Zeltplatz. Die Leute begannen zu klatschen. »Jetzt geht's los!«, riefen einige. Thea stieg auf ihren Stuhl, um besser sehen zu können, was vor sich ging. Begleitet von tosendem Applaus und Fußgetrampel, betrat ein schmächtiger Mann die Bühne, standesgemäß gekleidet in Seemannsmütze und Matrosenjacke. Vor der Brust baumelte sein Schifferklavier. Er stöpselte das Verstärkerkabel in das Instrument und ließ seine Finger über die Knöpfe gleiten. Der Jubel brandete so heftig auf, dass man fast glauben konnte, Mick Jagger sei überraschend erschienen. Oder Bob Marley.

Jan Flut hob lässig die Hand. »Hey, Leute, alles in Budder aufm Kudder?«

Das Publikum johlte. Zufrieden stimmte Jan Flut das erste Lied an. Es handelte, wie sollte es anders sein, von Liebe, Sehnsucht und Seefahrt. Sogar die Jüngeren sangen kräftig mit. Auch der Laramie-Reiter kam in dem Lied vor. Obwohl das düstere Erinnerungen weckte, ließ sich Thea von der Stimmung mitreißen. Sie klatschte eifrig in die Hände.

»Geile Stimmung hier, was?«, rief Dieter ihr zu, als er mit zwei Flaschen Bier zu ihr zurückkam. Er reichte ihr eine und stieg auf den freien Stuhl neben Thea. Sie stießen an. »Du warst bei der Beerdigung von dem Wittig, hab ich gehört?«

Thea stöhnte gequält auf. Warum fragten sie das alle? »Ja«, antwortete sie knapp.

»War übrigens 'n netter Kerl, der Wittig. So ohne Allüren. Is schade um ihn.«

Thea nickte nur. Sie hatte jetzt keine Lust, über Menno zu reden. Sie wollte Musik hören. Zu ihrem Glück stimmte Jan Flut ein neues Lied an. Es handelte von den langen Fußwegen auf Spiekeroog. Thea sang den Refrain nach dem zweiten Mal aus voller Kehle mit und klatschte. Die Stimmung steckte sie an. Der Gedanke war so verführerisch, sich einfach fallen zu lassen und die schlimmen Dinge, die geschehen waren, für ein, zwei

Stunden zu vergessen. Aber dann kam ihr Meta-Marie in den Sinn, und sie ließ die Hände sinken. Was, wenn die Kleine sich verletzt hatte? Wenn sie allein und hungrig irgendwo lag? Oder wenn Dieter recht hatte und sie war tatsächlich entführt worden?

»Was is?« Dieter stieß sie in die Seite.

Erst jetzt merkte Thea, dass sie wie erstarrt auf dem Stuhl stand. Sie sprang hinunter und schüttelte bedauernd den Kopf. »Tut mir leid, Dieter, aber ich kann das nicht.«

»Was kannst du nicht?«

»Feiern. Singen und Bier trinken.«

Dieter kletterte ebenfalls von seinem Stuhl und legte ihr fürsorglich den Arm um die Schulter. »Ist es wegen der Kleinen? Du machst dir Sorgen, was?«

»Ja. Sie ist irgendwo da draußen, friert und hat Angst. Oder sie ist –« Thea brachte es nicht fertig, den Satz zu Ende zu sprechen.

»Was willst du denn machen? Die Polizei sucht nach ihr. Und der halbe Zeltplatz.«

»... während ich mich hier amüsiere.«

Dieter blickte sie an. »Man muss doch auch mal Luft holen, Thea! Was willst du denn tun?«

»Ich muss mit Wilma Menkens reden. Ich muss ihr sagen, dass Tristan für Karlos Tod ein Alibi hat. Und ich muss bei der Suche helfen.« Ohne ein weiteres Wort drehte sie sich um und ließ Dieter stehen.

Thea lief ins Dorf. Auf dem Weg fand sie den Gedanken, die Kleine sei entführt worden, immer plausibler. Sie würde das Wilma Menkens ebenfalls sagen.

Das Dorf war um diese Zeit fast leer. Die Cafés hatten längst geschlossen, die meisten Restaurants waren kurz davor. Thea steuerte die Telefonzelle neben dem Rathaus an. Diesmal musste sie keine Teenager verscheuchen. Sie hoffte inständig, die Kommissarin noch zu erreichen. So erkältet, wie sie war, hatte sie sich höchstwahrscheinlich mit einer Wärmflasche ins Bett gelegt. Überraschenderweise hatte sie Glück. Eine völlig verschnupfte Wilma Menkens meldete sich.

»Ich habe Neuigkeiten«, sagte Thea. »Tristan Kopke hat ein Alibi.« Sie erzählte der Kommissarin, was sie von Dieter erfahren hatte, und berichtete auch von seinem Verdacht, Meta-Marie könne entführt worden sein.

Wilma Menkens putzte sich geräuschvoll die Nase, bevor sie zu reden begann. »Interessante Theorie. Das passt zu dem, was ich herausgefunden habe. Ich wollte mir sowieso gerade ein Polizeiboot besorgen. Ich komme sofort zu Ihnen rüber. Wir treffen uns im ›Blanken Hans‹. In einer Stunde.« Sie legte auf.

Thea stand da und starrte den Hörer an. Es ging auf zehn Uhr zu. Später Abend, jedenfalls für Theas Verhältnisse. Es mussten wichtige Neuigkeiten sein, die die Kommissarin für sie hatte, wenn sie sich um diese Zeit auf den Weg machte.

Thea schlenderte in Richtung Hafen. Auf dem Weg lag der »Blanke Hans«. Das letzte Mal war Thea mit ihrem Vater und Fridjof in dieser Kneipe gewesen, eine der wenigen, in denen auch Insulaner verkehrten. Es war während einem ihrer seltenen gemeinsamen Kurzurlaube. Ihre Mutter lebte da schon nicht mehr. Es hatte damit geendet, dass Fridjof und ihr Vater sich fürchterlich gestritten hatten. Ihr Bruder war danach verschwunden. Thea hatte ihn erst Jahre später im Gefängnis wiedergesehen. Sie beschloss, am Hafen auf die Kommissarin zu warten.

Kaum jemand war noch unterwegs am Hafen. Das Wasser schwappte in Wellen an die Spundwände. Der Wind rüttelte an den Leinen der Segelschiffe und ließ sie klappern. In den Kabinen brannte hier und da Licht. Thea setzte sich in den Strandkorb und wartete. Hin und wieder schlenderte jemand vorbei auf dem Weg zur Bootsanlegestelle oder zu den öffentlichen Duschen für die Segler, deren Boote im Hafen lagen. Ansonsten war es still.

Thea schloss die Augen und lauschte den Austernfischern, die in der Nacht aktiv waren. Sie lauschte auch dem Wind. Sie war so versunken in diese Musik, dass sie nicht hörte, wie sich Schritte näherten. Ein Geräusch ließ sie jedoch auffahren. Thea riss die Augen auf. Etwas schoss auf sie zu. Bevor sie begriff, was vor sich ging, stülpte ihr jemand eine Plastiktüte über den Kopf.

Sie stank nach Fisch, und sie bekam keine Luft. Thea schlug um sich. Sie versuchte, sich die Tüte vom Kopf zu reißen, schrie in Panik, aber es kamen nur dumpfe Töne. Dann spürte sie einen stechenden Schmerz im Oberschenkel. Sie schnappte nach Luft, hatte das Gefühl, zu ersticken. Der Angreifer ließ kurz los. Thea nutzte den Moment und riss sich die Tüte vom Kopf. Ihre Lungen füllten sich mit frischer Luft. Im matten Licht der Laterne erkannte sie die Person, die da stand und sie anstarrte.

»Nein! Nicht du!«, keuchte sie.

***

Neuharlingersiel, 1984, einige Wochen nach der Beerdigung

Sie war gekommen, auf Anraten ihrer Therapeutin. Sie sah schlecht aus. War nur noch ein Schatten ihrer selbst. Er spürte keinen Funken Mitleid. Er spürte nichts mehr. Nicht einmal Hass.

»Du solltest dir auch Hilfe holen«, sagte sie und blickte sich um in dem halb verfallenen Häuschen an der Nordsee, in dem er nun wohnte. Der Tisch stand voller Weinflaschen. Er wusch sich nicht mehr, und sein Bart wucherte. Sie sah darüber hinweg. Es war ihr im Grunde egal, wie er hauste. Sie tat das nur, weil ihre Therapeutin das wollte.

»Ich werde zu keinem Scheißtherapeuten gehen, niemals!«, sagte er tonlos.

»Ich will nicht auch noch schuld sein an deinem beschissenen Tod.«

»Dann gibst du es zu, dass du sie umgebracht hast?«

Sie starrte ihn an. »Nein. Ich saß nicht am Steuer. Im Gegenzug könnte ich dich fragen, warum du nicht besser aufgepasst hast.«

»Das frage ich mich jede Sekunde.«

Sie brach am Tisch zusammen. Mehrere Weinflaschen fielen auf den Boden und zerbrachen. »Es war ein Unglück«, heulte sie, »ein schrecklicher Unfall. Ich kann nichts dafür. Keiner kann das!«

Er sah sie an mit diesen Augen, die ihr eine Gänsehaut verursachten. »Doch. Du kannst etwas dafür. Du hast uns betrogen. Dein Betrug wiegt so schwer wie das Leben unseres Kindes. Halt dir das immer vor Augen.«

»Dann bestraf mich doch! Schlag mich tot! Mach schon.«

Er beugte sich über sie und strich ihr zärtlich über den Kopf. »Nein. Das wäre doch viel zu einfach.«

***

Ein riesiger Vogel rauschte heran. Sie konnte ihn nicht sehen, aber fühlen. Er leckte an ihr und zog sich wieder zurück. Sein Speichel war kalt und schmeckte salzig. Sein Flügelschlag wirbelte eiskalte Luft auf. Irgendwie wusste Thea, dass sie träumte. Sie hatte schon mehrfach versucht, die Augen aufzuschlagen, aber immer wieder rutschte sie in diese düstere Endlosschleife zurück. Träumte von Vögeln und Zungen. Hatten Vögel Zungen?

Als sie es endlich schaffte, die Lider zu öffnen, unterschied sich das, was sie sah, kaum von ihrem Alptraum. Zähes Dunkel umgab sie. Es dauerte eine ganze Weile, bis sie verstand, dass es Nacht war und sie an irgendeinem feuchten Strand lag. Es war auch kein Vogel, der an ihr leckte, sondern die Nordsee. Der Mond spiegelte sich in den Wellen. Wie war sie hierhergekommen? Was tat sie hier?

Mühsam kam sie auf die Knie. Ihr war so schwindlig. Die Beine fühlten sich an, als seien sie aus Pudding.

Thea schleppte sich den Strand hinauf, fort vom Wasser, und ließ sich in den nassen Sand fallen. Ringsherum war nichts als Meer. In der Ferne konnte sie die Lichter von Neuharlingersiel sehen. Auf der anderen Seite hob sich Land aus dem Meer. Die Insel. Spiekeroog. Sie starrte darauf. Wenn das Spiekeroog war, wo zum Teufel befand sie sich dann? Langsam dämmerte es ihr. Das hier war kein Strand. Sie saß auf einer Sandbank mitten im Watt, und das Wasser stieg.

Nachdem sie den ersten Schrecken überwunden hatte, ließ sie sich auf den Rücken fallen und blickte in den Himmel. Wolkenfetzen rasten vorbei, dazwischen sah sie die Sterne.

Wie war sie hierhergekommen? Thea betastete ihren Oberschenkel. Er fühlte sich taub an. Das Hosenbein hatte einen langen Riss, sie konnte hindurchgreifen und die nackte Haut spüren, die kalt und klamm war. An einer Stelle ertastete sie eine Schwellung. Die Erinnerung kam in Fetzen. Jemand hatte sie überfallen. Sie hatte ihm ins Gesicht gesehen. Und sie hatte ihn erkannt.

»Der Bär!« Sie schoss hoch, ignorierte den Schwindel und schlug sich vor den Kopf. »Wie konnte ich nur so blöd sein!«, schrie sie gegen den Wind. »Ich habe ihm vertraut. Hab ihm auch noch alles erzählt!«

Sie stolperte ein paar Schritte vorwärts, fiel, erhob sich wieder und rannte einmal quer über die Sandbank. Keuchend hielt sie einen Moment inne, lief dann weiter, einmal im Kreis, und noch einmal. Je länger sie lief, desto klarer wurde ihr Kopf. Nach zwei weiteren Runden spürte sie keinen Schwindel mehr, sondern nur noch kochende Wut und ein Stechen in der Seite. Ihr Herz schlug ihr bis zum Hals. Das konnte doch alles nicht wahr sein! »Verdammt, verdammt, verdammt!« Thea setzte sich, prügelte den Sand, als sei der verantwortlich für ihre Misere, und sprang wieder auf, rannte eine weitere Runde, bis sie schließlich atemlos auf die Knie fiel. »Scheiße! Du bist so ein superblödes Rindvieh, Thea Thading!« So einsam und hilflos hatte sie sich lange nicht gefühlt.

Thea starrte in die Nacht. Sie zwang sich zur Ruhe. Wilma Menkens würde nach ihr suchen, bestimmt. Sie sah sich um. »Hallo? Kann mich jemand hören?« Stille. »Hört mich denn keiner?« Thea horchte. Da war nur dieses verfluchte Geschrei der Austernfischer und das Rauschen des Meeres. Sonst nichts. Sie war allein mitten in der Nordsee. »Ich bin tot«, flüsterte sie. »Ich werde ertrinken, genau wie Karlo!«

***

Wilma Menkens hatte sich beeilt, aber sie fand Thea nicht im »Blanken Hans«. Sie war laut Auskunft des Wirtes gar nicht gekommen. Das sah ihr nicht ähnlich. Am Telefon hatte sie so aufgeregt geklungen.

Die Kommissarin eilte zum Hafen zurück. Vielleicht hatten sie sich verpasst? Aber weder auf dem Weg dorthin noch am Hafen fand sie sie. Da kamen ihr erste Zweifel, ob alles in Ordnung war mit Thea. Ratlos stand sie am Hafen und blickte sich um.

Ein Segler kam von seinem Boot, das zwischen den anderen Kähnen am Hafen vertäut lag. Er blieb vor Wilma Menkens stehen. »Suchen Sie jemanden?«, fragte er.

»Ja. Eine Frau. Ziemlich klein. Kurze, helle Haare. Wir haben uns möglicherweise hier am Hafen verpasst.«

»Da saß eine im Strandkorb«, sagte der Segler.

»Und wo ist die hin?«

»Keine Ahnung. Ich glaube, dieser Jens Kröger hat sie in seinem Boot mitgenommen. War ganz schön hackevoll, die Gute.«

»Jens Kröger? Der vom Inselladen?«

»Jedenfalls war es sein Boot, das weggefahren ist.« Er grinste vielsagend. »Hab mich gewundert, wo der so spät noch mit einer besoffenen Frau hinwill.«

»Danke, Sie haben mir sehr geholfen«, sagte Wilma.

»Immer wieder gern. Die Polizei muss man doch unterstützen, wo man kann, oder?«

Wilma Menkens konnte nicht antworten, denn ein Niesanfall schüttelte sie.

»Ein steifer Grog und dann ab ins Bett«, schlug der Skipper vor, tippte sich zum Gruß an den Mützenschirm und ging weiter.

Wilma griff in ihre Hosentasche, die sich vor einer beachtlichen Sammlung benutzter Papiertaschentücher beulte, und zog eines heraus, um sich die Nase zu putzen. Sie stopfte das Taschentuch gedankenverloren wieder zurück und entschied, den Einsatzleiter der Suchmannschaft zu informieren, die nach dem Kind fahndete.

»Noch ein Vermisstenfall?«, stöhnte er ins Handy. »Wir wollten die Suche gerade abbrechen. Es ist zu dunkel.« Als er hörte, wie lange Thea schon vermisst wurde, nämlich genau eine Stunde, riet er der Kommissarin, ein weniger scharfes Erkältungsmittel einzunehmen.

Wilma drückte das Gespräch weg. Sie setzte sich in den Strandkorb. Im Licht der Laterne blinkte etwas Buntes direkt zu ihren Füßen. Neugierig bückte sie sich und hob es auf, um es zu untersuchen. Es war eine benutzte Spritze.

***

Der Sternenhimmel kokettierte mit dem Mond. Die Nacht hatte sich in Samt gekleidet. Es wäre eine schöne Nacht, eine friedliche dazu, wenn sie jetzt vor dem Zelt säße. Aber sie stand bis zur Hüfte im Wasser und stemmte sich gegen die Strömung. Sie befand sich bereits auf der höchsten Stelle der Sandbank. Das Wasser stieg schnell.

Sie drehte sich immer wieder im Kreis, hielt Ausschau nach einem Boot, aber da war nichts. Gar nichts. Nur ein paar Lichter am Horizont und diese verschissene Nordsee. Ihr graute vor dem Moment, in dem sie keinen Boden mehr unter den Füßen spürte. Sie war nie eine gute Schwimmerin gewesen. Wie lange könnte sie sich über Wasser halten? Sie wusste, dass sie es auf keinen Fall schaffen konnte, schwimmend das Festland zu erreichen. Die Strömung würde sie ins offene Meer treiben. Genauso musste es Karlo ergangen sein. Sie machte sich schwere Vorwürfe. Wenn sie schneller zu Ergebnissen gekommen wäre, würde Karlo vielleicht noch leben. Vielleicht wäre Meta-Marie nicht verschwunden und Ragna nicht schwer verletzt? Sie hatte versagt. Wieder einmal. Wie es aussah, das letzte Mal. Es war nicht schade um sie. Wenn sie einfach losschwamm, würde es vielleicht schneller zu Ende sein, aber ein Rest Lebenswille hielt sie davon ab.

Das Wasser stieg mit jeder Minute höher. Seltsamerweise schlief das Tier in ihrem Kopf tief und fest. Es rührte sich nicht einmal. Ihre Gedanken waren seltsam klar. Es fühlte sich an, als hätte sich ihr Kopf vom Körper losgelöst, der schon ganz steif war vor Kälte und Panik. Sie ärgerte sich nur, dass sie dem Bären so freimütig alles erzählt hatte, ohne einen Funken Verdacht zu schöpfen.

Sie war wieder in die Falle getappt. Wie damals, als sie Fridjof zu sich genommen hatte im Vertrauen, es würde schon alles gut werden. Menschen waren einfach zu kompliziert. Einen winzigen Moment lang sehnte sie sich zurück in die Anonymität ihres Callcenters. Fußdeo war doch eigentlich ein tolles Produkt, zumindest, wenn man bis zum Bauchnabel in der Nordsee stand. Sie horchte auf. War da nicht ein leises Brummen wie von einem Dieselmotor? Sie hielt den Atem an. Tatsächlich! Ein Boot näherte sich. Thea schrie sich die Lunge aus dem Leib, sie winkte, drehte sich im Wasser um ihre eigene Achse, aber das Brummen entfernte sich wieder. Das konnte nicht sein!

»Hierher! Hier bin ich! Hilfe!« Jetzt rührte sich auch das Tier. Es hob den Kopf und knurrte. Nein, dachte Thea, nicht jetzt! Nur nicht ohnmächtig werden! Sie watete ein Stückchen in die Richtung, aus der sie den Dieselmotor noch leise vernahm. »Hierher! Verdammt! Hört mich denn keiner?«

Sie paddelte mit den Armen, hüpfte unter Wasser auf und ab und verlor urplötzlich den Boden unter den Füßen. Prustend schwamm sie und versuchte, gleichzeitig zu winken. In der Ferne sah sie einen Suchscheinwerfer über das Wasser gleiten, aber er war viel zu weit weg. Sie strampelte mit den Beinen, ruderte mit den Armen, versuchte, mit den Füßen die seichte Stelle wiederzufinden, aber die Strömung hatte sie bereits abgetrieben. Es blieb ihr nichts anderes übrig, sie musste schwimmen. Solange sie noch konnte.

Die Wellen spielten mit ihr, hoben sie auf und warfen sie wieder fort. Nach einer Weile hatte sie Mühe, den Kopf über Wasser zu halten, denn die Kleidung klebte schwer an ihrem Körper. Ein ums andere Mal schluckte sie Wasser. Und dann hörte sie den Motor wieder und sah die Scheinwerfer näher kommen. »Hilfe! Hierher! Ich bin –« Sie schluckte Wasser, hustete und versank. Sie ruderte mit den Armen, kam wieder hoch, schnappte nach Luft.

In diesem Moment erfasste sie der Scheinwerfer. »Hier bin ich! Hilfe!« Eine Welle schwappte von hinten über sie hinweg und drückte sie unter Wasser. Sie verlor die Orientierung, schwamm, spuckte Wasser, winkte und schrie, bis sie nicht mehr konnte. Gib auf, dachte sie schließlich. Es wäre so einfach. In diesem Moment wurde ihr Kopf über Wasser gerissen. Lichtblitze tanzten vor ihren Augen. Jemand zog sie an den Schultern aus den Fluten. Thea riss den Mund auf und kotzte Salzwasser. Dann schnappte sie gierig nach Luft, die wunderbar köstlich schmeckte.

Sie lag auf einer Trage. Es dauerte eine ganze Weile, bis ihr Atem sich beruhigte. Die Brust schmerzte. Auch der Hals fühlte sich wund an. Jemand hielt ihre Hand und tätschelte sie rüde.

»Verdammt, Thading, du bist so ein ausgewachsener Hornochse!«

Thea lächelte. Diese robuste Stimme kannte sie. »Kein Ochse. Eher eine blöde Kuh, was?«

»Von mir aus auch beides! Mein Gott, ich bin so froh, dass wir dich gefunden haben. Oole Zeeg!« Wilma Menkens wischte sich schniefend die Nase. Sie quetschte Thea grob die Schulter.

»Ich glaube«, sagte Thea matt und lächelte dabei, »das ist der Beginn einer wunderbaren Freundschaft.«

***

Spiekeroog, 2014, Sommer

Es war alles wie immer. Sie hatte wieder versucht, mit ihm zu reden. Wie jedes Jahr. Sie gab nicht auf. Seit dreißig Jahren bettelte sie ihn an, er solle ihr vergeben. Es war jeden Sommer das gleiche Spiel, wenn sie sich auf der Insel trafen. Er solle die Toten endlich tot sein lassen und ihr verzeihen, hatte sie ihn früh am Morgen angefleht, als er in der Nachbarkabine unter der kalten Dusche stand. Er ließ das Wasser einfach laufen, während sie durch die blödsinnige Trennwand mit ihm redete. Er kannte die Litanei auswendig. Dennoch hörte er mit halbem Ohr zu. Er war an diesem Morgen milde gestimmt, vielleicht lag es daran, dass er alt wurde. Vielleicht auch an der Frau, die ihm der Sturm in dieser Nacht ins Zelt geweht hatte. Thea. Mit Bedauern hatte er sie am frühen Morgen verlassen, nachdem er sachte die Rundungen ihres Rückens mit dem Finger gestreichelt hatte. Ihre Haut klang aufregend. Zum ersten Mal hatte er für Momente vergessen, was ihn seit dreißig Jahren quälte.

Er musste dennoch rüber in sein Haus. Er wollte nicht auf Spiekeroog sein, wenn alle feierten. Auf der Insel ging das Leben trotz allem weiter, ob er wollte oder nicht. Auch wenn diese Dinge passierten.

Endlich hatte sie aufgehört, ihn anzubetteln und war gegangen. Er hatte sich schnell angezogen. Es wurde Zeit, er musste auf dem Festland sein, bevor die Flut einsetzte.

Da war es ihm über den Weg gelaufen. Direkt vor dem Inselladen.

»Krümelchen!«

Das Kind drehte sich zu ihm um und blieb stehen. Es sah ihn überrascht an. Sein Herzschlag hatte einen Moment lang ausgesetzt. Seine Marie war gar nicht tot! Er hatte all die Jahre nur schlimm geträumt! Er stolperte dem Kind entgegen, wollte es in die Arme schließen, aber da trat ihm jemand in den Weg. Das Kind versteckte sich erschrocken hinter einer Frau, die er kannte. Sehr gut sogar.

»Ragna! Ist das –« Tränen rannen ihm über die Wangen, er wischte sie weg. Das Kind lugte hinter dem Rücken seiner Mutter hervor. Er musste es immerzu ansehen. Sie war es doch. Genau so hatte sie ausgesehen. Die gleichen kupferfarbenen Locken, dieselben grün-grauen Augen.

»Was willst du, Menno?«, fragte Ragna.

»Das ist meine Tochter. Marie.«

»Das ist Meta-Marie.«

»Sie ist nicht tot?« Er starrte das Kind mit einer Mischung aus wilder Freude und Angst an.

Ragna wich einen Schritt zurück. »Warum sollte sie tot sein?«

»Ich verstehe das nicht. Warum ist sie bei dir, Ragna? Und was tust du auf Spiekeroog?«

»Wir sind gestern angekommen. Tristan ist auch da.« Ragna trat nah an Menno heran, damit das Kind sie nicht hörte. »Wir hatten eine Abmachung. Ich habe Tristan nicht gesagt, wer Meta-Maries Vater ist. Wäre schön, wenn du dich auch daran hältst.«

Er hörte sie gar nicht. Er hatte nur Augen für das Kind. »Komm mit mir nach Hause«, sagte er sanft und streckte die Arme nach ihm aus.

Ragna legte schützend die Hand auf Meta-Maries Kopf. »Du kennst sie doch gar nicht.«

Ein Mann tauchte auf. Er baute sich vor Menno auf. »Was will der Kerl?«

»Nichts. Es ist nur eine Verwechslung.« Ragna nahm ihre Tochter auf den Arm und wandte sich um.

»Nein!«, rief Menno. »Nimm mir meine Tochter nicht weg!«

»Was soll das heißen?«, fragte Tristan und packte Ragna am Arm.

»Krümelchen. Sie ist meine Tochter.«

Ragna drückte das Kind an sich, drehte sich um und lief davon. Menno wollte ihr nach, aber der Kerl hielt ihn zurück.

»Stimmt das? Du hast Ragna gevögelt? Dieses kleine Monster stammt von dir?«

Menno starrte ihn an und endlich begriff er. »Ich glaube, wir beide haben etwas zu besprechen. Von Mann zu Mann«, sagte er. »In einer Viertelstunde auf der Düne oberhalb der Abbruchkante. Am Westend.«

Mittwoch

Sie wollte sich nicht behandeln lassen wie eine Kranke. Sogar den heißen Tee, den Wilma Menkens ihr brachte, lehnte sie ab. Sie wollte nur eines, und zwar zum Bären gehen und ihm ins Gesicht sagen, dass sie ihn erkannt hatte. Sie war dem Tod vor wenigen Augenblicken von der Schippe gesprungen, aber statt erleichtert und dankbar zu sein, kochte sie vor Wut. Warum Jens Kröger?, fragte sie sich ein ums andere Mal. Warum hatte sie nichts, aber auch gar nichts Verdächtiges an ihm bemerkt? Sie bildete sich doch so viel ein auf ihre Fähigkeit, die Menschen nach ihrer Sprechweise einordnen zu können. Jens Kröger jedoch hatte sie hinters Licht geführt. Dabei war sie ihm oft genug begegnet. Ja, sie hatte ihn sogar irgendwie nett gefunden. Ein bisschen verschlossen vielleicht und unnahbar, aber waren das nicht alle Insulaner?

»Thea, du musst mit mir reden.« Wilma Menkens hatte sich neben sie auf die Bank gesetzt. Sie startete einen neuen Versuch, ihr zu entlocken, was genau am Hafen geschehen war, aber Thea schwieg beharrlich. Das brachte die Kommissarin an den Rand ihrer ohnehin schon beschränkten Geduld. Thea hörte ihr das an. Immerhin. Bei der Kommissarin funktionierte ihr Stimmengehör noch. Dennoch verspürte Thea nicht die geringste Lust, mit ihr zu reden, denn ihr Hals war vor Zorn zugeschwollen.

»Jetzt reiß dich doch mal zusammen«, fuhr Wilma Menkens sie an. »Wir hatten uns im ›Blanken Hans‹ verabredet, und wo finde ich dich? In der Nordsee. Erzähl mir nicht, du bist mir entgegengeschwommen.«

Thea blickte auf. Sie musste unwillkürlich grinsen. So kannte sie Wilma Menkens. Direkt, kratzbürstig und frei von jeglicher Empathie. »Ich hab das eben wortwörtlich genommen, das mit dem Treffen im ›Blanken Hans‹.«

»Na endlich. Sie spricht wieder.« Die Kommissarin seufzte

erleichtert. »Dann spuck's mal aus. Was hattest du mitten im Meer zu suchen?«

Thea schluckte ihre Wut hinunter. »Danke übrigens«, murmelte sie. »Wie bist du überhaupt auf die Idee gekommen, ich könnte da draußen sein?«

»Tja, du vergisst, dass ich bei der Polizei bin. Hab mich ein bisschen umgehört. Jemand hat dich und den Bären gesehen.«

»Dann weißt du schon alles?«

»Dass Jens Kröger in den ganzen Schlamassel verwickelt ist? Jep. Aber ich will es von dir hören. Was ist passiert?«

Thea holte tief Luft. »Na schön.« Stockend begann sie zu erzählen und die Kommissarin hörte aufmerksam zu.

»Das deckt sich mit dem, was ich herausgefunden habe«, sagte sie, als Thea geendet hatte.

»Deshalb bist du so schnell darauf eingestiegen, als ich dir von Tristans Alibi erzählt hab?«

»Ja. Ich wollte bestimmt nicht noch mal ins Boot steigen, um mir das von diesem Dieter bestätigen zu lassen. Nicht nach Feierabend.«

Thea schlang die Decke, die ihr jemand um die Schultern gelegt hatte, fester um sich. Sie schnatterte vor Kälte und sehnte sich nach einem Bett und einer Wärmflasche, aber sie riss sich zusammen. Das hier war wichtiger. »Nun sag schon. Was hast du erfahren?«, drängte sie die Kommissarin.

»Wir haben Adele vernommen.«

»Und? Hat sie Menno –«

»Nein«, unterbrach Wilma Menkens. »Sie hat weder mit Mennos noch mit Karlos Tod etwas zu tun.«

»Ach. Jetzt bin ich aber neugierig.«

Wilma Menkens schnäuzte sich geräuschvoll in ein Taschentuch und faltete es anschließend sorgfältig zusammen, bevor sie es in die Hosentasche zurückstopfte. »Tja. Das ist eine sehr tragische Geschichte, und irgendwie hängt das alles auch zusammen. Adele und Menno hatten eine Tochter.«

»Ich weiß. Sie hieß Marie.«

»Woher weißt du das?«

»Sie liegt im gleichen Grab wie Menno. Adele sagte, sie sei bei einem Unfall ums Leben gekommen.«

»Ja. Sie ist an ihrem vierten Geburtstag verunglückt. Sie ist Adele vors Auto gelaufen.«

Thea klappte der Mund auf. »Das ist ja fürchterlich. Die arme Adele.«

»Hör dir erst mal den Rest an. Menno Wittig war an dem Tag, als es passierte, mit seiner Tochter in Neuharlingersiel. Sie haben einen Geburtstagsausflug gemacht.«

»Ohne Adele?«

»Wittig dachte, sie sitzt im Büro, um sich auf ihren nächsten psychologischen Kongress vorzubereiten. Stattdessen ist sie zu einem Schäferstündchen nach Spiekeroog aufgebrochen.«

»Was? Wie unverfroren ist das denn!«

»Na ja, sie war wohl frisch verliebt. Da dreht so mancher am Rad, oder?«

Thea senkte schuldbewusst den Kopf. »Kann schon sein«, knurrte sie.

»Na, jedenfalls kam sie gerade mit der Fähre von Spiekeroog. Das Kind ist ihr mit dem Fahrrad am Hafen direkt vors Auto gefahren. Die Kleine war sofort tot.«

»Scheiße.«

»Ich bin noch nicht fertig«, fuhr Wilma Menkens fort. »Was glaubst du, wer Adeles Liebhaber war?«

Thea musste nicht lange überlegen. »Der Bär?«

»Treffer. Er saß mit Adele im Wagen. Und jetzt kommt's: Er saß am Steuer, weil sie ein bisschen zu tief ins Glas geschaut hatte.«

»Der Bär? Kaum zu glauben.«

»Ja. Das ist wirklich kaum zu glauben. Der Fahrersitz des Wagens war ganz nach vorne gerückt, eher passend zu Adeles Körpergröße. Jens Kröger muss mit der Nase an der Windschutzscheibe gehangen haben.«

»Oder er ist es gar nicht gewesen und will Adele bis heute schützen?«

Wilma Menkens seufzte tief. »Ja, die Liebe ist eine Himmelsmacht.«

»Seltsam ist das schon.« Thea versank einen Moment lang in Gedanken.

»Interessant ist auch, dass Kröger damals Medizin studiert hat«, sprach die Kommissarin weiter. »Er machte eine Art Praktikum in der Praxis auf Spiekeroog. Er hat also medizinisches Wissen.«

»So, wie er mir die Spritze ins Bein gerammt hat, ist es damit nicht so weit her. Aber wie kommt er als Arzt zu einem Zeltplatzkiosk?«

»Er ist kein Arzt. Ist bei den Prüfungen durchgefallen.«

»Das glaube ich gern. Ich verstehe trotzdem nicht, warum Jens Kröger nach all den Jahren plötzlich Amok läuft. Warum jetzt erst?«

»Vielleicht hat es damit zu tun. Schau dir das mal an.« Wilma Menkens zog ein Foto aus ihrer Jackentasche und reichte es Thea. Das Foto hatte einen altmodischen weißen Rand, und die Farben waren ein wenig vergilbt. Es zeigte ein Kind, das in die Kamera lachte.

»Das ist Meta-Marie!«, rief Thea überrascht.

»Nein. Das ist Marie. Mennos und Adeles Tochter.«

»Wie kann das sein? Die sehen sich ja zum Verwechseln ähnlich.«

»Soll vorkommen bei Schwestern.«

»Halbschwestern.« Thea reichte Wilma Menkens das Foto zurück. »Wussten Menno und Adele von dieser Doppelgängerin?«

Wilma Menkens wiegte den Kopf. »Ich glaube nicht. Aus Adele war nicht viel rauszukriegen, aber sie sagte im Verhör, Ragna und Tristan seien einige Jahre nicht auf der Insel gewesen. Sie behauptet, sie wusste nichts von dieser Halbschwester.«

Thea pfiff leise durch die Zähne. »So ein schrecklicher Unfall, und dann steht nach dreißig Jahren plötzlich ein totes Kind quietschlebendig vor dir. Kein Wunder, dass einige nervös wurden. Trotzdem: Warum rastet Jens Kröger aus? Warum nicht Menno? Oder Adele?«

»Sag du es mir. Du bist doch diejenige, die Geister hören kann.«

»Was den Bären angeht, war ich völlig taub.«

»Schade. Aber was ist mit den anderen beiden?«

»Ich könnte jetzt mit meinen küchenpsychologischen Theorien kommen, aber das bringt uns nicht weiter. Viel interessanter ist doch, dass Kröger wahrscheinlich Meta-Marie bei sich hat.«

Wilma Menkens nickte. »Genau das vermute ich auch.«

Der Seenotrettungskreuzer setzte die beiden Frauen im Hafen ab. Wilma Menkens ging schnurstracks zum Strandkorb. Ihr Fahrrad stand immer noch daneben. Thea folgte ihr. Sie musste sich kurz setzen, denn ihr war ein wenig übel. Trotz Decke und geliehenem Trainingsanzug fror sie immer noch.

Die Kommissarin fummelte an der Fahrradkette herum. Thea sah ihr zu. Dabei kam ihr ein Gedanke.

»Was ich auch nicht verstehe: Warum musste Karlo dran glauben?«

Die Kommissarin hatte das Schloss endlich geöffnet und wickelte die Kette um das Sattelrohr. »Vielleicht gingen jemandem seine Blümchenshorts auf die Nerven? Das wäre mal ein Motiv, das ich nachvollziehen könnte.«

Thea erhob sich. Ihre Beine fühlten sich immer noch an wie aus Pudding, aber sie hielt sich wacker aufrecht.

Wilma Menkens musterte sie kritisch. »Bis zum ›Blanken Hans‹ schaffst du es wohl zu Fuß, das ist ja nicht weit. Ich bring dich da hin und dann bleibst du da, bis ich dich abholen lasse. Ich fahre zum Zeltplatz und suche den Bären.«

Thea stöhnte gequält. Sie hatte mit so etwas gerechnet, aber sie würde sich jetzt nicht abwimmeln lassen. »Weißt du denn überhaupt, wo du ihn suchen sollst?«

»Na, ich denke auf dem Zeltplatz. Oder? Da soll er doch den Sommer über wohnen.«

»Glaubst du tatsächlich, er liegt jetzt in seinem Schlafsack und liest Meta-Marie eine Gute-Nacht-Geschichte vor nach allem, was passiert ist?«

Wilma Menkens schmiss wütend das Klappfahrrad hin. »Verflixt und zugenäht! Ich weiß es doch nicht. Hast du eine bessere Idee?«

»Nein«, gestand Thea. »Kennst du sein Zelt?«

»Nein.«

Thea hob das Fahrrad auf und reichte es der Kommissarin zurück. »Ich aber.«

Wilma Menkens brummte etwas in ihren Bart, das wie »sturer Esel« klang. »Also schön«, gab sie schließlich nach, »steig auf.«

»Worauf soll ich steigen?«

»Auf den Gepäckträger, du Paddel!«

»Aber das ist verboten!«

»Nicht, wenn ich im Dienst bin.«

Thea klammerte sich an der Hüfte der Kommissarin fest, wobei die Länge ihrer Arme kaum ausreichte, sie zu umfassen. Der Platz auf dem Gepäckträger reichte knapp für Theas linke Pobacke. Wilma Menkens gab mächtig Gas, und Thea hüpfte hinter ihr auf und ab wie ein Flummi. Sie rechnete jederzeit damit, dass der Reifen platzte, die Speichen brachen, sie beide in den Dünen landeten oder alles zusammen. Nichts von alldem geschah.

Endlich kam der Zeltplatz in Sicht. Das Kugellager knackte heftig, als Wilma Menkens vor dem Eingang mit der Rücktrittbremse das Fahrrad zum Stehen brachte. Die Handbremse baumelte lose am Lenker. Thea sprang schnell ab, bevor das Rad im Gras landete. Die Kommissarin stürmte bereits in Richtung Waschhaus, während Thea sich den schmerzenden Hintern rieb. Sie sah sich um. Der Inselladen stand verlassen und friedlich da. Die Bronzefigur thronte wie immer auf ihrem Balken und starrte über das Watt. Hier war niemand. Auch das Zeltdorf war längst zur Ruhe gekommen. Nur am Waschhaus kalberte ein Grüppchen Jugendlicher herum, und ein einsamer Camper wusch noch Geschirr ab. Hier und da brannte in den Zelten mattes Licht, aber die meisten lagen in den Schlafsäcken und schliefen. Aus manchen Zelten schnarchte es laut heraus. Es war weit nach Mitternacht.

»Was ist?«, zischte Wilma Menkens, die sich zu Thea umgedreht hatte und ungeduldig auf sie wartete. Thea gab sich einen Ruck und setzte sich in Bewegung. Ihr war flau. Obwohl das Tier in ihr sich schon lange nicht mehr gerührt hatte, spürte sie Angst. Sie fürchtete, der Bär habe dem Mädchen etwas angetan. Sich selbst möglicherweise auch. Er war völlig irre. Wilma Menkens winkte. »Nun komm schon. Zeig mir das verdammte Zelt.«

Thea ging voran. Sie stieg hinter dem Waschhaus auf eine Düne und sah sich um. Die Nacht war mild und der Himmel klar. Mehrere Sternschnuppen schossen in die Atmosphäre. Lass sie leben, wünschte sich Thea inbrünstig und schloss kurz die Augen.

»Was ist denn?« Wilma Menkens hatte Mühe, ihre Ungeduld im Zaum zu halten. Thea verstand das.

»Musste mich nur kurz orientieren. Es ist da hinten. Glaube ich.« Thea zeigte in eine Richtung. Zwei Nordlandzelte standen direkt an der Kante. Dahinter fielen die Dünen steil zum Strand ab. Von hier aus war es nicht weit bis zu der Stelle, an der Menno abgestürzt war.

Als sie bis auf wenige Meter an die Zelte herangekommen waren, blieb Thea stehen und blickte von einem zum anderen. In der Dunkelheit konnte sie sie kaum unterscheiden. Nur an einem hing ein Windsack, der sich träge in der Brise bauschte. Genau so einer hing auch am Eingang zum Inselladen.

»Das muss es sein«, raunte sie Wilma Menkens zu.

Die nickte entschlossen und griff nach ihrer Pistole. »Du bleibst hinter mir. Der Kerl hat schon mal versucht, dich umzubringen.«

»Eben. Du willst doch nicht allein da rein«, flüsterte Thea.

Wilma Menkens überlegte kurz. Dann zog sie eine astdicke Stabtaschenlampe aus dem Gürtel und reichte sie Thea. »Wenn ich das Zelt öffne, leuchtest du rein, verstanden? Aber immer schön hinter mir bleiben.«

»Ja, Mama.« Thea nahm die Lampe entgegen. Sie wog schwer in der Hand. Ein Schlag damit auf den Schädel konnte einen Angreifer ohne Mühe ausschalten.

Wilma Menkens schlich mit vorgehaltener Waffe zum Eingang, blieb kurz davor stehen und lauschte. Leises Schnarchen war zu hören. Sie bückte sich, und Thea stellte sich hinter sie in

Position. Die Kommissarin riss mit einem Ruck den Reißverschluss des Zelteingangs auf, und Thea leuchtete ins Zeltinnere.

»Polizei!«, schrie Wilma Menkens. »Hände über den Kopf, zack, zack!«

Thea schlüpfte an Wilma Menkens vorbei ins Zeltinnere und leuchtete um sich. Hinter ihr trat die Kommissarin mit vorgehaltener Waffe ein. Aus mehreren Schlafsäcken starrten sie erschrockene Gesichter an. Ein Mann, eine Frau, zwei Halbwüchsige. Der Mann griff mit zittrigen Fingern nach seiner Brille, die am Kopfende auf einem Buch lag, in dem er anscheinend vor dem Schlafengehen gelesen hatte.

»Hände hoch, verdammt!«, blaffte die Kommissarin.

Der Mann hob zögernd die freie Hand, mit der anderen setzte er sich die Brille auf. »Polizei?«, stammelte er. »Was wollen Sie?«

»Wo ist Jens Kröger?«, schrie die Kommissarin ihn an.

»Wer?«

»Der Bär! Vom Inselladen! Wo ist er?« Die Kommissarin fuchtelte mit der Pistole herum.

»Lass gut sein«, flüsterte Thea ihr zu.

»Was?«

Der Mann im Schlafsack ließ die Arme wieder sinken. »Herr Kröger ist nicht bei uns.«

Wilma Menkens ließ verwirrt die Pistole sinken, während Thea verzweifelt versuchte, sie aus dem Zelt zu ziehen.

»Wir sind falsch«, raunte Thea zwischen zusammengebissenen Zähnen. Sie lächelte den erschreckten Leuten zu. »Tut uns wirklich leid. War eine Verwechslung.«

Wilma Menkens schüttelte Theas Arm ab. »Was heißt das, wir sind falsch?«

Der Mann nahm das Buch vom Kopfende. Er hielt es der Kommissarin hin. Ein silbernes Kreuz war auf dem Einband eingraviert. »Das ist eine Bibel, sehen Sie? Ich bin Pastor. Und das hier«, er deutete in die Runde, »sind meine Frau und meine beiden Kinder. Mein Name ist Olbricht. Hubert Olbricht. Ich bin Pastor in Vegesack. Jens Krögers Zelt ist nebenan.«

Wilma Menkens gab einen undefinierbaren Laut von sich.

»Es tut uns unendlich leid. Schlafen Sie weiter«, beschwichtigte Thea. Sie nahm der erstarrten Kommissarin die Waffe aus der Hand und schob sie ihr ins Holster zurück. »Nun komm schon!«, zischte sie ihr ins Ohr.

Wilma Menkens' Mund klappte auf und wieder zu. Sie räusperte sich. »Ja. Also. Entschuldigung dann. Und gute Nacht.«

»Wenn Sie bitte die Zelttür schließen könnten?«, rief der Pastor ihnen nach.

Als sie draußen standen, schloss Thea den Zelteingang sorgfältig. Dann wandte sie sich schuldbewusst an die Kommissarin, aber sie kam nicht dazu, sich für die Verwechslung zu entschuldigen. Nebenan weinte dumpf ein Kind, so, als steckte es mit dem Kopf unter einer Decke. Eine Gestalt, groß und bärenhaft, stand im Mondlicht. In den Armen hielt sie ein zappelndes Bündel.

»Kröger!«, rief Wilma Menkens. »Bleiben Sie, wo Sie sind!«

Thea leuchtete ihn an. »Jens. Mach keinen Mist. Lass das Kind los. Das ist nicht Marie.«

Der Bär lachte auf. »Lüge!«, presste er mit großer Anstrengung hervor. »Ihr wollt mich fertigmachen. Alle wollten das.« Er hob das Bündel hoch. »Sie lebt! Seht ihr? Ihr habt mich alle belogen!«

Thea trat einen Schritt auf Jens zu. »Es ist jetzt vorbei, Jens. Gib uns das Kind. Du musst dich nicht länger quälen.«

Der Bär ließ das Bündel langsam sinken. Das Kind in der Decke war jetzt ruhig. Wahrscheinlich hat es fürchterliche Angst, dachte Thea. Er war kurz davor, Meta-Marie auf dem Boden abzulegen, wie Thea erleichtert feststellte. Die Kommissarin hinter ihr hielt den Atem an. Da stand plötzlich der Pastor zwischen ihnen. »Gott wird Ihnen vergeben«, sagte er salbungsvoll. Der Bär richtete sich ruckartig auf, und das Kind in seinen Armen fing an zu schreien.

Wilma Menkens riss die Waffe hervor und richtete sie auf den Bären. »Hinlegen! Sofort!«, schrie sie ihn an.

Der Bär erstarrte, und das Kind zappelte und schrie. Fast hätte er es fallen lassen, aber er bekam es wieder zu fassen. Dann begann er zu laufen und war im Bruchteil einer Sekunde mit Meta-Marie zwischen den Zelten verschwunden.

»Scheiße!«, brüllte Thea die Kommissarin an. »Warum hast du die Waffe auf ihn gerichtet?«

»Warum hast du die Zelte verwechselt?«

»Meine Damen, wenn ich –«, sprach der Pastor dazwischen.

»Warum haben Sie sich eingemischt?« Wilma Menkens steckte hastig die Pistole weg.

»Komm«, sagte Thea, »es hilft nichts, wir müssen hinterher. Du nimmst die Seite, ich die andere, wir treffen uns am Waschhaus.« Sie wandte sich dem Pastor zu. »Haben Sie ein Handy?« Er nickte. »Rufen Sie die Polizei an. Wir brauchen Verstärkung.«

Wilma Menkens war schon losgespurtet.

»Warte!«, rief Thea ihr nach. »Ich glaube, ich weiß, wo er hinwill!« Die Kommissarin bremste so abrupt ab, dass sie ins Stolpern kam, und Thea lief ihr entgegen. »Ich denke, er will zum Laden. Das ist die einzige Zufluchtsstätte, die ihm noch bleibt.«

»Dann mal los.« Die Kommissarin setzte sich in Bewegung, zuerst langsam, dann immer schneller. Thea hatte Mühe, ihr zu folgen. Sie hörte hinter sich Schritte und drehte sich im Laufen um. Der Pastor setzte ihnen nach.

»Warten Sie!«, rief er und fuchtelte mit den Armen. »Ich kann Ihnen helfen, ich bin Seelsorger.«

»Wir kommen darauf zurück«, rief Thea. »Wenn das hier vorbei ist, dürfen Sie einen Choral singen!«

Endlich erreichten sie den Inselladen.

Dieter kam ihnen entgegen. »Jens ist an mir vorbeigerast wie ein Verrückter«, berichtete er atemlos. »Ich wollte gerade meine Schantal auslüften, da hab ich ihn gesehen. Hat was mit sich herumgeschleppt. Ist in den Laden rein und hat sich eingeschlossen. Was hat er denn?«

»Kann ich dir nicht sagen«, keuchte Thea, die stehen geblieben war und sich atemlos die Seite hielt.

»Was tun Sie denn hier?«, fuhr Wilma Menkens ihn an.

»Helfen!«

»Wollen Sie uns auch einen Choral vorsingen?«

»Ich kenne Jens Kröger. Hab mich immer gut mit ihm verstanden. Ich könnte mit ihm –«

»Nix da!« Wilma Menkens schob ihn beiseite. »Sie können uns helfen, indem Sie die Schaulustigen vom Laden fernhalten, bis die Kollegen kommen.«

Inzwischen hatte sich eine ganze Traube von Campern vor dem Inselladen eingefunden, und es wurden immer mehr.

Dieter grinste. »Wird gemacht, schöne Frau.«

Wilma Menkens starrte ihm nach, während er die Camper zusammentrieb und hinter das Waschhaus scheuchte.

»Lass mich zuerst mit dem Bären reden«, sagte Thea.

Die Kommissarin steckte sich einen Kaugummi in den Mund. »Gut.«

Thea trat vor die verriegelte Tür des Ladens und klopfte an. »Jens? Hörst du mich?« Sie drückte ihr Ohr an das Holz. Nichts rührte sich. Thea klopfte noch einmal, diesmal lauter.

»Lasst mich doch einfach in Ruhe!«, kam es jetzt von drinnen. Und dann hörte sie ein leises Wimmern: »Mama? Ich will zu Mama!«

»Jens, lass das Kind raus. Du machst alles nur noch schlimmer. Du willst der Kleinen doch nichts antun. Sie hat dir nichts getan.« Sie horchte. Drinnen war es wieder still geworden. »Geht es Meta-Marie gut?« Nichts rührte sich. »Warum hältst du sie gefangen?«

»Ich will, dass es endlich aufhört.«

»Was denn, Jens? Was soll aufhören?«

»Diese verdammte, beschissene Schuld. Ich hab sie doch totgefahren. Ich war das. Ich halte das nicht aus, sie leibhaftig vor Augen zu haben. Ich will, dass sie weg ist!«

Der Bär heulte auf und Meta-Marie wimmerte: »Ich hab Angst.«

»Du musst keine Angst haben, Meta-Marie. Der Bär tut dir nichts. Nicht wahr, Jens? Du wirst ihr nichts tun, oder?«

Er lachte schrill. »Nichts tun? Ich hab sie umgefahren. Und jetzt ist sie wieder da. Irgendjemand erlaubt sich einen bösen Scherz. Aber das lasse ich mir nicht gefallen.«

Dieter stand plötzlich wieder an der Ladentür.

»Was machen Sie hier?«, fuhr Wilma Menkens ihn an.

»Ich habe vielleicht eine Möglichkeit gefunden, wie wir da reinkommen.«

»Was redet ihr da?«, rief der Bär. »Und wer ist bei euch? Ihr wollt mich auch reinlegen, oder? Alle wollen mich reinlegen.«

Wilma Menkens packte Dieter und zog ihn ein Stück von der Ladentür fort. »Hatte ich nicht gesagt, Sie sollen sich um die Schaulustigen kümmern?«

»Hab ich doch. Die sitzen in den Dünen und beten mit dem Pastor.«

»Beten?«

»Kann ja nicht schaden, hab ich gedacht.«

Thea kam zu ihnen. »Da drinnen ist es viel zu ruhig. Wir sollten überlegen, ob wir die Tür aufbrechen.«

Dieter lachte leise. »Die hat mehrere Sturmfluten überstanden, die hält auch uns stand. Das ist massive Eiche. Aber ich weiß was Besseres. Auf der Rückseite ist ein Brett lose. Davor steht ein Stapel Gemüsekisten, deshalb kann man die Lücke nicht sehen. Einer von uns könnte versuchen, durch den Spalt reinzukommen.«

Die beiden sahen Thea an, die die schmalste von ihnen war.

»Gut. Ich mach das. Ihr lenkt Jens ab, und ich schlüpf zu ihm rein.«

Wilma Menkens verschränkte die Arme. »Und wenn er dich überwältigt? Wenn dir etwas passiert da drinnen?«

»Wilma! Er hat es nicht geschafft, mich zu ertränken. Was könnte er mir noch Schlimmes antun?«

Kurze Zeit später stand Thea mit Dieter hinter dem Laden.

»Hier ist es«, flüsterte er und schob vorsichtig einige Gemüsekisten beiseite, während Wilma Menkens von der anderen Seite auf den Bären einredete. Dieter zeigte auf ein loses Brett, das nur noch an einem Nagel unter dem Dachüberstand an einem Balken hing. Wenn sie es leise beiseiteschieben könnten, würde Thea knapp hindurchpassen.

Sie gab Dieter ein Zeichen. Der drückte vorsichtig gegen das Brett. Als der Durchschlupf groß genug war, warf Thea einen Blick hindurch. »Scheiße!«, fluchte sie leise.

»Was ist denn?«

»Die Kühltruhe steht im Weg. Ich komme nicht rein.«

In diesem Moment quetschte sich Meta-Maries zerzauster Kopf in die Lücke. »Mama?«

Thea stöhnte erleichtert auf. Sie streckte ihr die Arme entgegen und bekam sie zu fassen, aber der Bär hatte sie gehört. Bevor sie das Kind herausziehen konnte, polterte es und die Truhe wurde grob beiseitegeschoben. Das Mädchen warf sich gegen die Bretterwand, und Thea bekam einen Arm zu fassen. Sie zog, aber der Bär hatte das Kind an den Beinen gepackt und zerrte es zurück. Meta-Marie schrie auf und Thea ließ sofort los. Der Bär riss das Kind zurück.

»Was ist da los?«, rief Wilma Menkens von der anderen Seite.

Meta-Marie schrie aus Leibeskräften. Thea brach der Schweiß aus. Wenn der Bär jetzt seinen letzten Rest Verstand verlor, was würde er tun? Sie dachte an Fridjof und an den letzten Blick, den er ihr zugeworfen hatte. Ohne weiter nachzudenken, drückte Thea sich durch den Spalt und war drinnen.

Es war dunkel hier. Nur durch die Scheiben drang ein wenig Helligkeit herein von der Laterne, die in der Nähe milchiges Licht streute. Es dauerte einige Sekunden, bis sich Thea an die Dunkelheit gewöhnt hatte. Dann entdeckte sie die beiden. Der Bär stand mit der sich windenden Meta-Marie im Arm hinter der Theke und wühlte in einer Schublade. Was suchte er da? Eine Spritze mit irgendeinem Gift?

»Herr Kröger, geben Sie auf! Ich habe Verstärkung angefordert. Sie machen doch alles nur noch schlimmer«, rief Wilma Menkens von draußen.

Der Bär reagierte nicht darauf. Er wirbelte herum und sah direkt in Theas Richtung. In der Hand hielt er ein Messer. »Wer ist da?«, stieß er hervor.

»Thea Thading. Ich glaub, ich hab noch Schulden bei dir.«

»Nein, hast du nicht. Und jetzt hau ab.«

»Wie wäre es mit einem Tee? Wir könnten das alles hier in Ruhe besprechen. Soll ich uns einen kochen?« Thea trat einen Schritt auf Jens Kröger zu, der Mühe hatte, das Mädchen weiter im Arm zu halten. Er ließ das Messer einen Moment lang sinken. »Gib sie mir, Jens. Sie ist nicht das Kind, das du damals überfahren hast. Sie sieht nur so aus. Eine Doppelgängerin.«

Der Bär rutschte an der Bretterwand hinunter und ging in die Knie. Das Kind hielt er immer noch umklammert, ebenso das Messer. Thea trat an den Samowar. Sie stellte ihn an und kramte zwei Becher hervor.

»Ich bin schuld. Ich bin ein Mörder!«, stammelte er und stieß dabei das Messer in den Holzboden und zog es wieder heraus.

Thea wartete, bis der Samowar aufhörte zu brodeln, und mischte den Tee. Sie ging in die Hocke und stellte einen Becher vor dem Bären ab.

»Erzähl mir, was dich quält«, sagte sie sanft und beobachtete, wie Meta-Marie langsam von seinem Schoß rutschte. Der Bär schien das nicht zu bemerken.

»Ich bin schuld, ich bin ein Mörder«, wiederholte er, und Thea horchte auf. Es klang wie auswendig gelernt. Sie trank einen Schluck. Der Tee schmeckte alt.

»Komisch. Die gleichen Worte hat Adele benutzt«, sagte sie.

Der Bär blickte auf. Er wischte sich über das Gesicht. Das Kind schien er vergessen zu haben. Es rutschte zu Boden und verharrte wie vor Schreck erstarrt.

»Adele? Was ist mit ihr?«

»Sie hat gestanden, dass sie eine Mörderin ist.«

»Aber sie hat gesagt, ich war es. Ich hab den Wagen gefahren. Ich bin schuld. Ich, ich, ich!« Er schlug mit dem Kopf gegen die Ladentheke.

Wilma Menkens hämmerte von außen gegen die Tür. »Was ist da los? Thea? Geht es dir gut?«

Der Bär riss das Messer aus dem Holzboden. Er sprang auf, sah das Mädchen auf dem Boden hocken. Thea stellte sich zwischen sie und schob das verängstigte Kind hinter ihren Rücken. Da stach der Bär zu. Thea spürte einen rasenden Schmerz im linken Arm.

Mit der anderen Hand hielt sie das Mädchen fest und gab ihm einen Schubs in der Hoffnung, es werde allein weiterkriechen und den Spalt in der Wand finden.

»Thea! Sag mir, was da drinnen los ist!« Wilma Menkens warf sich gegen die Tür, aber Dieter hatte recht. Das Holz gab keinen Zentimeter nach.

»Alles in Ordnung«, keuchte Thea und drückte die Hand auf die blutende Wunde am Arm. »Wir trinken Tee und reden ein bisschen.« Sie sah zu Jens Kröger hin, der an der Theke lehnte und sie mit dem Messer bedrohte. »Ich glaube nicht, dass du schuld bist an Maries Tod.«

Der Bär keuchte. »Ich bin schuld, ich bin ein Mörder«, wiederholte er und betonte »schuld« und »Mörder«, als sagte er einen Reim auf.

»Wer behauptet das?«, fragte Thea. Der Bär sah auf. Im milchigen Licht sah sie, dass er weinte.

»Adele«, flüsterte er. »Sie war doch im Wagen. Sie hat mir all die Jahre geholfen, wenn es mir dreckig ging. Dabei habe ich ihr Kind totgefahren. Ist das nicht unglaublich?«

»Du liebst sie immer noch?«

»Ja.«

Thea schob ihm den Tee hin. Er umklammerte den Becher wie einen Rettungsring und trank wie in Trance.

»Was ist vor dreißig Jahren passiert?«, fragte sie.

Der Bär schlug sich gegen die Schläfen. »Frag mich nicht. Ich kann mich doch nicht erinnern. Ich bin schuld, ich bin ein Mörder!«

»Wie kannst du das wissen?«

»Adele weiß das. Sie war im Wagen. Sie hat es mir erzählt.«

Der Bär vergrub das Gesicht in den Händen, und Thea wagte einen Blick nach hinten. Meta-Marie war verschwunden. Sie hatte die Lücke gefunden. Thea atmete erleichtert auf. Der Arm pochte. Das Blut trat schwallartig aus. Er hatte anscheinend eine Hauptader getroffen. Sie drückte die Hand fester auf die Wunde und lehnte sich gegen das Regal mit den Nudeln. Vor ihren Augen tanzten Sterne.

»Ich glaube, Adele hat gelogen«, sagte Thea. »Ich glaube, sie saß selbst am Steuer.«

»Das hat Menno auch behauptet. Aber das stimmt nicht! Sie würde mich nicht hinters Licht führen, so wie dieser Wittig. Der hat mir doch das Kind vor die Nase gesetzt!« Seine Stimme überschlug sich, und sein Verstand schien nun völlig auszusetzen. »Er hat das mit Absicht getan. Er wollte, dass ich durchdrehe. Er wollte sich rächen, indem er das Kind wieder auferstehen ließ. Er war eifersüchtig, weil ich seine Frau liebe.«

»Und dann hast du ihn umgebracht?«

»Nein! Ich wollte das nicht. Es war ein Unfall. Ich wollte mich selbst töten. Mich!«

Thea goss Tee nach, was mit einer Hand schwierig war, aber sie schaffte es und reichte dem Bären seinen Becher wieder. Sie tranken schweigend.

»Was ist auf der Düne passiert, Jens«, fragte Thea nach einer Weile.

Der Bär griff wieder nach dem Messer, das im Boden steckte, und stocherte in dem Holz herum. »Ich habe das Kind gesehen. Bin fast verrückt geworden. Die ganze Nacht hab ich nicht geschlafen, hab es immer wieder vor mir gesehen, wie es auf die Windschutzscheibe knallt. Es hat mich dabei angesehen. Ich musste mir danach dieses Mittel spritzen. Gegen meine Depressionen. Adele hat es mir immer verschrieben. Es war das Einzige, was half.«

»Fluoxetin?«

Er nickte und fuhr fort: »Ich bin dann gegen Morgen auf die Abbruchkante rauf. Ich wollte mir bei Sonnenaufgang den goldenen Schuss setzen. Ein romantisches Ende sozusagen. Hatte alles in eine Tüte gepackt. Und dann sitzt der Wittig da und starrt mich an. Geht auf mich los. Ich soll verschwinden und so. Da hab ich die Spritze genommen und hab sie ihm ins Bein gerammt. Er wollte wissen, was da drin war. Antidepressiva, hab ich gesagt, und da hat er mich ausgelacht. Meinte, ob Adele mich geschickt hätte. Dann ist dieser Tristan aufgetaucht, und ich bin abgehauen. Ich wollte nicht, dass der mich sieht. Hab mich in der Nähe versteckt. Die beiden haben sich gestritten, und Tristan ist ihm an die Wäsche. Aber dann hat das Zeugs angefangen zu wirken. Wittig hat sich komisch benommen. Manchmal macht das Fluoxetin komische Dinge mit dir.«

»Er fing an, sich auszuziehen?«

»Ja. Tristan war das wohl unheimlich. Er ist abgehauen. Dachte wohl, der Wittig hat nicht alle Tassen im Schrank. Außerdem zog dieses Gewitter auf. Aber der Wittig hat sich weiter die Klamotten vom Leib gerissen. Ich bin dann wieder zu ihm hin.« Er ballte die Fäuste. »Ich weiß nicht, welcher Teufel mich geritten hat. Ich hab auf ihn eingeredet, er sei ein Vogel. Er hat sich auch wirklich an die Kante gestellt und die Arme ausgebreitet. Ich brauchte ihm nur noch einen kleinen Schubs zu geben.«

Theas Beine gaben nach. Sie rutschte an dem Regal herunter. Ihr Körper gab auf, aber ihr Verstand funktionierte weiter. »Und Karlo? Warum musste der sterben?«, flüsterte sie.

Jens trank einen weiteren Schluck Tee, der längst kalt sein musste. »Er hat wie du angefangen, in dieser alten Geschichte zu wühlen. Wollte einen Roman darüber schreiben.« Er schnaubte verächtlich. »Er kam zu mir mit dem Manuskript, der Idiot. Ich sollte das mal lesen. War verdammt nah dran an der Wahrheit.«

»Dann hast du beschlossen, auch ihn zu beseitigen.«

»Ja. Es war ganz einfach. Schade, dass es bei dir nicht auch geklappt hat. Ich wäre aus dem Schneider. Ich würde Adele holen und mit ihr abhauen. Ganz weit weg von alldem.«

»Adele hat ebenfalls versucht, sich das Leben zu nehmen, weißt du das nicht?«

Der Bär ließ den Becher fallen. »Nein! Du lügst!«

»Sie ist in der psychiatrischen Klinik und wird wohl eine Weile dort bleiben müssen. Sie ist schwer tablettenabhängig. Wusstest du das nicht?«

Der Bär klammerte sich an den Griff des Messers, das immer noch vor ihm im Boden steckte. »Aber das geht doch nicht. Was soll ich denn ohne sie machen?«

Thea hörte es im hinteren Teil des Ladens rumoren. Offenbar waren Wilma und Dieter damit beschäftigt, das Loch in der Wand zu vergrößern. Dann splitterte Holz und Wilma Menkens schrie: »Hände hoch!«

Der Bär riss das Messer aus dem Holz. Er starrte Thea an, die zum Sterben müde an dem Regal lehnte. Vor ihren Füßen glänzte im matten Licht eine Pfütze Blut. Er stürzte auf sie zu. Thea schloss die Augen. Sie hatte keine Angst. Gleich war es vorbei.

Es knallte laut. Der Bär sackte vor ihr zusammen und fiel ihr in den Schoß. Er starrte sie an. Auf seiner Brust blühte ein roter Fleck, der schnell größer wurde. Es war unglaublich still im Laden.

»Jetzt weiß ich es wieder«, flüsterte der Bär so leise, dass Thea sich zu ihm hinunterbeugen musste.

»Was denn?«

»Ich war das nicht.« Er lächelte erleichtert. »Ich bin gar nicht schuld. Ich bin kein –« Er seufzte laut und blickte Thea überrascht in die Augen. Dann sackte er von ihrem Schoß.

Donnerstag

Wilma Menkens saß unter dem Sonnensegel vor Menno Wittigs Zelt. Der Morgen war nicht mehr taufrisch, aber auch noch nicht alt. Thea hatte ebenso wenig geschlafen wie die Kommissarin. Nur Dieter war zu seiner Schantal ins Zelt geschlüpft. Langsam war der Zeltplatz zur Ruhe gekommen. Die Schaulustigen hatten sich verzogen. Wilma hielt einen Becher Kaffee in den Händen, aus dem es stark nach Rum roch. Thea saß neben ihr, einen Arm dick verbunden und in einer Schlinge. In der freien Hand hielt sie die Rumflasche. Sie goss sich ebenfalls einen Schuss in den Kaffee.

»Eigentlich solltest du im Krankenhaus sein«, tadelte die Kommissarin.

»Eigentlich gehört Rum in Tee.«

»Wir haben keinen und der Inselladen ist dicht.«

»Ja. Wirklich schade. Ich hoffe, es wird sich jemand finden, der ihn weiterführt. Es wäre sonst ein herber Verlust für die Insel.«

Wilma nickte. Dann setzte sie eine strenge Miene auf. »Du solltest nach Hause fahren und dich ein bisschen pflegen.«

»Geht nicht. Ich habe noch was zu erledigen.«

»Was denn? Der Fall ist gelöst.«

»Ich muss noch die Fäden aus meinem Gesicht entfernen. Die sehen so unvorteilhaft aus.« Thea betrachtete sich in einem kleinen Handspiegel.

Wilma schüttelte resigniert den Kopf. Sie wirkte niedergeschlagen.

Auf der Düne hatte sich die Pastorenfamilie mit einigen Campern zu einem Abschiedschoral versammelt. Sie wollten abreisen, ihr Gepäck stand schon bereit. Fetzen von »Jesus meine Zuversicht« wehten zu Mennos Zelt herüber. Thea kannte das Lied aus ihrer Konfirmationszeit. Damals hatten sie heimlich gesungen: »Jesus, meine Kuh frisst nicht«, aber das war hundert Jahre her. Sie kicherte.

»Was ist denn so lustig?«, fragte die Kommissarin.

»Keine Ahnung, es muss am Adrenalinschub liegen, dass ich ein bisschen albern bin.«

»Ich habe einen Menschen erschossen«, sagte Wilma.

Thea wurde ernst. Sie ließ den Spiegel sinken und legte der Kommissarin die Hand auf den Arm. »Du hast mir das Leben gerettet. Ohne dich wäre ich jetzt tot.«

»Trotzdem fühlt es sich scheiße an.« Wilma wischte sich über die Augen. »Verdammte Grippewelle! Ich bin total am Arsch.«

Thea schwieg. Es gab keine tröstenden Worte, die hier halfen. Sie nahm sich vor, ihr eines Tages von Fridjof zu erzählen, aber nicht jetzt. Stattdessen griff sie sich eine Pinzette und betrachtete sie einen Moment lang misstrauisch. Dann zupfte sie sich entschlossen die Fäden aus dem Gesicht. »So!«, sagte sie nach getaner Arbeit und lehnte sich zurück. »Ohne Naht sehe ich doch gleich viel besser aus.«

»Die wären auch von allein rausgefallen«, bemerkte die Kommissarin.

»Was denn?«

»Die Fäden.«

Thea zuckte die Schultern. Dann räumte sie Karlos Medizinkoffer beiseite, den sie sich zu diesem Zweck aus seinem Zelt geholt hatte. »Armer Karlo. Er konnte nicht ahnen, wie verrückt diese ganze Geschichte ist. Und wie gefährlich. Niemand hat das geahnt.«

»Für einen Schriftsteller muss das ein gefundenes Fressen gewesen sein. Nur leider auch ein tödliches«, bemerkte Wilma.

»Haben wir den Fall jetzt wirklich gelöst?«, fragte Thea.

»Ja, das haben wir. Und zwar gründlich.«

***

Thea saß auf der Düne zum Texastal, dort, wo sie den Windmann hatte spielen hören. Wieder ging die Sonne unter und verlieh dem Ende dieses Falls eine melodramatische Note. Sie hatte Mennos Hummel mitgenommen und strich leise über die Saiten. Der Campingplatz lag völlig friedlich im Abendlicht, als wäre nichts passiert. Nur der Inselladen hatte geschlossen, und einige Camper waren abgereist.

Thea hatte sich vorgenommen, endlich über ihr zukünftiges Leben nachzugrübeln. Sie legte sich ins Gras und schloss die Augen. Der Wind strich sanft über sie hinweg und flüsterte kosende Worte. Wenn sie genau hinhörte, erkannte sie die Stimme des Windmannes. Am liebsten wäre sie für immer hiergeblieben, denn in Oldenburg wartete eine schäbige Parzelle auf sie. Ein Holzhäuschen mit nur einem Zimmer. Knapp zwanzig Quadratmeter Wohnraum direkt unter der Autobahn. Mennos Zelt war geräumiger. Ich könnte den Inselladen übernehmen, schoss es ihr durch den Kopf, aber sie verwarf den Gedanken sofort wieder. Sie hatte kein Kaufmannstalent. Sie war Polizistin durch und durch. Wenn sie eines auf der Insel herausgefunden hatte, dann das. Aber der Polizeidienst würde ihr auf immer verwehrt bleiben. Da war nichts zu machen.

»Was soll ich jetzt tun?«, flüsterte sie in der Hoffnung, eine Antwort zu bekommen. Der Wind summte still vor sich hin. »Sehr witzig!«

»Na?«, sprach sie jemand an. »Welcher Fall wird jetzt gelöst?«

Thea öffnete die Augen. Über sie gebeugt stand Dieter mit einer Bierflasche in der Hand und grinste auf sie herab. Sie blinzelte ihn an. Schlagartig wusste sie, wie es in ihrem Leben weitergehen sollte. Sie brauchte nur ein Telefon und einen Computer. Das passte alles auf den Küchentisch.

»Detektei Thading«, sagte sie entschlossen und erhob sich. So also fühlte sich ein geordnetes Leben an.

emons:
URLAUBS-KRIMIS

WENN DIE INSEL KOPF STEHT.

Klappenbroschur, 208 Seiten
ISBN 978-3-95451-243-0

DER KOMMISAR BELLT!

Klappenbroschur, 208 Seiten
ISBN 978-3-95451-280-5

URLAUBSKRIMIS MIT WOHLFÜHL-FAKTOR!

Was gibt es Schöneres als einen entspannten Urlaub in idyllischer Umgebung? Einen entspannten Urlaub in idyllischer Umgebung ***mit einer Prise Nervenkitzel!***

Genau das bieten die emons: Urlaubskrimis – spannende Kriminalfälle vor atemberaubend schönen Ferienkulissen, ob am Meer oder in den Bergen, ob mit tierischem Ermittler oder menschlichen Tätern.

WER WIND SÄT, WIRD TOD ERNTEN …

Klappenbroschur, 192 Seiten
ISBN 978-3-95451-248-5